i

为了人与书的相遇

潦草

贾 行 家

上海三联书店

目 录

第 一

二〇一一年八月开始，我在网易微博用"他们"做标签，每月写三十条微博，既不成文，又不成章，讲的是人事景物，不过一闪念、一片断、一言行、一场景、一旧事。那三年里，遇到什么就写什么，一百六十三个字为限，写到第九百九十条，无论如何该结束了，因为网易微博倒闭了。

从此处开始，整本都将只是一二百字一节，少有关联。竟有如此厚颜无耻的作者，拿这样的东西当书卖？可不是么，我要不是那个作者，也要和您一道骂他。节省时间的读者，请在此掷下，并接受我的道歉。我当然知道这东西有多么粗鄙可笑——如果还有点儿自尊，本该打死不认——我既不是谦卑，也不是准备振作，只是急于打发它离我而去，至于评价之类，顾不得在乎了。

这文档在网上、纸上出现过几次，内容不全相同。每次我决心丢下它，都遇到新的高估和热情，命我先写着再说，先后有石不该、城南草木生、氓姐、吴主任、谢小曼、东东枪、六哥和《读库》的诸位。他们的意思，我揣测，是不妨有这种以草率来记录众生潦草的东西。这次借家胜的力量，但愿能略齐整些。如果您在阅读过程中（想必会）发现受骗了，请就近向上述人士索赔。

羞愧之余，我倒也悟出这限制的好处来，请容我辩解：对这些片言只语，我更像拾荒者而非作者，这样豕突简陋的记录，不会也不必使它们深入和丰厚。这东西没有次序，以随意翻几页为宜，假如对某处略有沉吟，也不值得细思量，它携带的缘分仅此而已。时下，惊人的事实隐而不宣，寻访荒谬只要留意新闻，这些随时随处的平常事，没什么目的和意义，起码我说不清。

如果宣称它都属于真实，也许能严肃些。可我却要卑怯地托庇于虚构，且自觉地一再删减。但愿虚构像许多人所说，已经是种事业；小说贵为"核心文类"，履行着曾由诗歌承担的东西，早已不是道听途说；打有网络以来，这类玩意儿就叫段子，最不入流。至此，任何指责都不会让我更难为情了。我仍然选择保留它：耻辱值得咽下，痛苦和对痛苦的预感令人自感庄严，耻辱至少提醒我还活着，用不着把它换成别的什么。

既然没有"作者"的体面，就又从饭否的第二编辑部、没大耳朵、白一刀等数位朋友处抄来了许多条，贪图他们有更好的表达。

文中加了"#"号若干，算是松散的标签。也有用几条才说完一件事的，段前标记了"续""再""又"等序号。还有"【 】"号三种，决心不议论，到底还是没忍住：【宾白】在每节前，这词挺好，杂念为实之宾；索性又借了杂剧的两个术语来乱套，【前腔】是贴着前面那条接着说，【馀文】在整个标题之后，意思是行而有馀的絮叨，即俗话说的嘴欠，轻浮地发泄些奸巧语、污秽词、市井气。

我见识到的许多事情，都轻率得像打草稿，但不会真有重来的机会，如许多人的一辈子。我是不可知论，觉得连后悔也可以免了，追悔属于有希望的人。别人给我普及物理，说无序的运动会趋向平衡，所以时间只能为单向；另有哲学上的论证，判决道即便重来，人生仍是永远要一再如此。

"同情心"总被作为判断人性的标准，我觉得这概念是中性的，常产生干涉和灾难。人无法见到辽远，又擅长遗忘。当我怀着同情在记这些条目时，想谈论的是做了一回人所感到的局限：于时间空间，于心智和力量，悲喜、爱恨、祸福、正反，这些经不起推敲的体验都是从这局限里来的。归人和过客，远道而来，映入眼底，又从另一面远去，如同我在他们眼中的去来。这就是我所知道的同情。

总之，于是乎，第一条是这么写的：

"他们，困苦地活着"——狂妄地引用这句话作为开篇。在"活着"这条窄路上，无需对困苦有清楚的知觉和记忆，"在经历"已经够受的了。当我们因为破灭而活在世上、而彼此戕害时，我们忍受着自己配不上的磨难。

市井

【宾白】我日日往返于那几条街上，像条老狗。旧城中心改建不起，又伸展不得，二十年里无从变化，只是日复一日地腌臜寂静下来。春秋都短，冬日很长。有些人和我一样在此长居，蓄息畜藏并歌哭于斯，我却不大认得，真是熟视无睹；有些人流来流去，情绪紧张，我们构成他们对城市冷淡卑微的印象：

每天带着儿子来散步的老先生像个老干部，他的儿子像个唐氏儿综合征患者，父子俩都干净体面。他们打羽毛球、踢球，每天玩得很尽兴，老干部用一种自豪欣赏的语气和儿子说话，看着他一拐一颠地跑来跑去。他们在小广场上消失一段时间了，人们觉得是老干部没了。

老妇人以门前夏天的大街为上衣，以天地为房屋，祖露着晒得紫红的上身，露出两只饱经沧桑的乳房，乳头粗粝而坚硬，像是已经先她死去多年。她逐个审视着路人的回避眼神。

在大厦屋檐下睡觉的流浪汉，有点儿神志不清，总能想办法弄到点儿白酒，让自己在入睡前暖和一些。他的十个脚趾一个接一个地烂没了，伤口附近生满冻疮。有一天来了辆120，把他拉走了。他再回来时，两只脚彻底没了，缠着新绷带，爬回那个屋檐下养精蓄锐。

（续）入夏以后开始经常惹人尴尬。终日赤裸着上身摊在储蓄所的水泥台阶上，几步外就能闻到挑衅一样的恶臭，常常露大半截屁股出来，浑身黧黑，唯独屁股雪白。储户宁可换一家去取钱。傍晚下班时，他正横在报摊前酣睡，不知梦到什么，两只手伸进裤裆，掏出件和他一样又黑又皱巴的物件，高高兴兴地当街舞弄起来，行人很难忽视这个一点儿一点儿顺风长的东西。

新搬来的邻居都要问问大院门前的傻子有没有攻击性。老太太们以二十年的乘凉经验保证：没有。"你看这孩子好像不大，其实都四五十了，可仁义啦，天天吃完饭就下楼来坐着，一句话不说。二十年前还有人想把她拐走祸害了，现在没了。没事儿，没事儿。"

靖宇大街被废弃多年，店铺倒闭后没有接盘，行人车辆稀少，一片树叶可以顺利地被风从狭长街头吹到街尾。有段时间，总能见到两个手挽手的女精神病人走过，穿着自制的大红呢子长裙和绿呢披风，撑着伞，戴着有蕾丝边儿的帽子，脸抹得像日本歌伎，神色高傲。在她们的脑中，她们正巡游于她们的旧世界里。

据我观察，有些精神病患者喜欢指挥交通，有些则喜欢待在气派的办公大楼门外，在武警或石狮子的鼻子底下，坐着憨笑、跳舞或骂些语焉不详的脏话，保卫信访干部也懒得干涉。市里的机关搬迁到江对岸，据说也有躲清静的功能，没几个月，那几个精神病患者又跟来了，也说不清他们怎么找到这里的。

火车站前的那种小流浪汉跑到小区里来了，睡在老人们乘凉的亭子里。小流浪汉长得漂亮，像黄晓明一样自作潇洒，染着红棕色的头发——理发店学徒为了练手，不要钱。盛夏里，还穿着长裤和夹克衫，满嘴成年人的语汇和脏字。很快，全院的男孩子，即便比他高大的也都奉他为首领，像一群家猪敬畏着野猪。直到有忍无可忍的家长找来救助站。

她起初并没计划就这么在省城住下去，在遭遇了各种拒绝之后，也挨着其他人，在附近居民区寻了块空地，安顿好随身的一切，把打印的材料用塑料布包了几层，压在席子下面，晚上睡在上面。几个月以后，事情没有一丝头绪，只有天气越来越凉，她露宿时的神情已像个拾荒者一样安闲自在。

两人简直是兄弟，面容相近，均是风吹日晒出的黑瘦，衣着也差不多，像打一个村儿出来的。却在街头扮起了素不相识的人，一个捧着树脂压制的观音像，另一个说"这是纯金的啊我要买可钱不够你等等我问有没有识货的一起凑钱"。行人都默默地避开他俩，有几个在阴凉里站住，远远地看，冷笑两人连口音也一样。过了几天，他俩并排坐在阴凉里，牵着根绳子，绳头上拴着只很大很大的乌龟。

冬日一般零下二十度，正午时没风，可以多挨一会儿。有
两个少年在百货公司门前赤膊跪在雪地上乞讨，引人称奇，大
声感叹，踊跃扔钱。过了十来分钟，来了条恶汉，掷两件棉袄
给他们披上，就地敛钱，又将棉袄收走。这路要钱法很传统，
据说事先擦上红矾会通体发热，只是到开春时会长遍体的癞疮，
现在也许有新药。因太过招摇和触目惊心，只半天就绝迹了。

摆鞋垫、针头线脑地摊的老太太，带着条串得看不出种来
的长毛狗。下大雪，她在摊上盖了层塑料布，围上厚围巾，只
露双积雪下的眼睛，让狗蹲在她的两腿中间，远看是个雪坟。
这天气，谁会来买针头线脑呢？天气好时，她静坐着，狗在不
远的花坛里幸福地钻来钻去。

珠算是非物质遗产，不知如今的行市如何。我小学上过珠
算课，哗啦哗啦响，聪明的能学会乘法，比老师快，我从1加
到100无论如何也得不出5050。那些年，偶有个中年男人来到
这一带，把自行车支在路边，在树上挂起只大算盘，演示很多
聪明的方法给路人看。他不推销什么。他来自珠算协会，好像
是义务向群众普及的公家单位。人圈忽大忽小，他讲完一遍，
喝口水，就走了。

那时，看下棋也是文娱活动，文化宫前有挂巨型棋盘，脸

盆大的棋子能粘在上面,用根竹竿推来推去,有棋院的老师来讲。夏天,我爸领我去广场上玩,他坐在人堆里仰脖子看,人不少,表情都很认真,因为这是玩儿。棋子上的字我都不认得。到人人都看不清字的时候,就散场了。其实他从来不下棋。

自然界是公平的,给东北以严寒,给东北女士以貂皮。经过前十几年谁穿上都像狗熊的摸索之后,身材样貌好的人穿上不再像狗熊了。直率的东北女士一旦披挂上貂皮,神气就不一样了,走路的姿势也不一样了。我认识一位,直接向养殖场订了几十只貂,秋后集体屠宰,倩人制成大氅,上身以后杀气弥空。近年行市一降再降,价格跌到三折。

街头,一个穿运动鞋、端着胳膊拖着腿锻炼的半身不遂患者,走到丛丁香花前,停下,像只鸟一样慢慢转头看,掏出根自拍杆,安上手机。

那种吓人声音是鞭子响,深夜或凌晨,不绝于耳,在居民区的广场荡开,越高处听得越真。抽的是小水桶似的籴,会嗡嗡响,还有挂着彩色灯带的。甩鞭子的多为健硕老者,还有中年妇女,个个像武林高手。他们总有办法找到最搅扰旁人的乐趣。

饭局以后,好像还有许多心意需要交流,"第二悠"要找个街头烧烤摊,烤很多乱七八糟的东西,赤膊把更多的啤酒灌进胃里。有三十几岁即呈中老年心脑血管状态的,说不得已,否则办不成事，也还是有几分依赖这活法。本地已无工业，夏天空气原本尚好，但入夜之后全是烧烤的烟尘、贫穷的味道，他们在午夜里坐着，直坐到清洁工和朝霞出来。

马路两旁都画上停车位，剩了一条时断时续的车道，长短夹杂如骂街的喇叭声响，催促唯一一个女收费员，跑步来回。看人吞吞吐吐地进不去车位，喊"下来下来我来"，不用看倒镜，一把就进去了。谨慎人不动别人的车，都说这女人"有点儿虎吧"。我目睹她侧停一辆鲸鱼似的奔驰轿车，觉得岂止是"有点儿"啊。"她啊，就愿意摸车，老想有辆车开"，卖烤地瓜的说。

出租车司机常在立交桥下的空地上小便，热天辣得睁不开眼。有对在这儿拥吻的情侣，肤色黝黑，女孩儿背影粗壮，从穿着上看，应该是结伴到城里来打工的。他们需要付出很大代价，也许永远没有机会，在这片面无表情的街区里得到个体面的空间亲近彼此。

在私家车和电动车之前，街上有过三个修自行车的人。一个连车胎都补不好，还总带着副看不起人的样子。另一个右眼和右腿有残疾，歪头拖着腿走路，手又稳又快，对车很体贴，翻过来前，先在地上铺块毡子。他的几只气筒都省力好用。还有个年轻人，那时已经很少有青年肯做这一行，出摊的时间没准儿，兼做购赃和销赃的生意。

无损音质随手可得时，还有人沿街卖 MP3 碟：看上去吊儿郎当的青年，蹬"倒骑驴"三轮车，平板上铺着白皮碟，两只大音箱里放他自选的拼盘，"昨日一去不复回哦也"、"我的心都是为你陶醉的"，生气勃勃，但热天很吵人午睡。我还以为这生意赚不到钱呢，其实主顾真不少，我又偏激地以为这是破败的迹象。

秋天，坐在装满白菜的拖拉机顶上的一母三子进城来了，都健壮、开朗、俊俏，整天高高兴兴的。我家不渍酸菜，看他们活泼泼的也忍不住想买五十斤。他们不啰唆地自夸，过称，有五十四五斤。大娘又从上面扔下来两颗，爽朗地对小伙子说："再给人家饶两颗，这玩意儿稀烂贱。"实在是不好意思。回家疑虑地称了称，多说四十三斤吧。

这个老者卖菜属于玩票，站在市场尽头，不吆喝，很多人不知道他是干嘛的。菜装在自行车后座的柳条筐子里，单日子是小白菜，双日子是豇豆角。菜生得细小抽巴，不少虫子眼儿，没喷水，卖相难看，自己家吃剩的。逛早市的人自然舍弃茁壮得可怕的青菜来买他的。他没称，犯不上买称，按捆儿卖，一捆儿两块，捆儿打得也大小不一，大的被抢光了之后，小的也很快被买光了。

守着学校和许多小公司，成了个小吃夜市，路过时，鞋底被油污粘得"啪啪"响。说小吃，叫肠胃弱的人看俱都致命，地沟油增香剂药粉药膏药水不在这里用还能在哪儿用呢，尤其是炸臭豆腐的臭，叫人坚信里面肯定有屎。核心竞争力唯便宜、过油、一辣解千馋。夏天，年轻人坐在道边，举着炸肉串或鱿鱼，就着塑料袋，边蘸着吃麻辣烫边笑。踌躇于是否该为公共卫生取消这里。

做生意要有精神头。街口上卖香瓜的车，收拾得干净，码得也齐整，还给自己立了品牌和 Slogan，其实和别人一样，都是水果批发市场大堆上趸来的，比别人贵，也不更甜，不过不缺称，也就说不上有问题。夫妻俩会说话，勤勉，四点起床上货，赶完早市，不休息，出一整天的摊，除非下雨，舍不得便宜卖一个。前年买了所学区房，把女儿收拾得干净漂亮。

没精神头的一家，起初卖啤酒，靠着新疆羊肉串摊，生意好过一夏天，有了雄心，租下废品收购站改装成小旅店，装修完了，还是脏得像废品站，没人住，改包子铺，可也得会蒸包子啊。逐渐雇不起人，男人自己扛啤酒。女人比男人小十几岁，晚饭后俩人在楼下吵架解闷——我如何如何你妈你再如何如何我妈——比音量，直到摔盘砸碗，"不过了！"没人劝。泥猴一样的女孩在旁边一声不吭地抠土往嘴里塞。

包子铺崩殂，欠了仨月房租跑了。来了对小夫妻卖馒头，看着心酸：店名写在张红纸上，置不起大的电蒸锅，一天蒸不出几屉，用辆旧手推车推到院门口卖，这怎么过呢？入夏以后，来买的人日渐多了，纸壳上添了"花卷糖三角发糕"，又添了"煮黏苞米自制大酱咸鸭蛋咸菜"，像雨后抖动的一株草。小媳妇能和回头客们寒暄了，小伙叮叮当当地敲打，又做了辆推车。

烧烤摊子每晚六点左右支起来，两对夫妻带几个少年，炉子极长，几十张折叠桌，扇起来弥天烟尘，三条街外看就是火灾。这里是市中心，禁止摆摊，还是某家商铺的正门前，但是他们看见，他们来了，他们就烤羊肉串。一宿的流水近万元。收钱的女人灵活修长，精通东北脏话。

花鸟鱼市场的烧烤摊除了炉子没有其他家具。不像其他摊子肯烤许多花样，包括本地人嗜食的腰子乃至代冲方便面，他们在肉串之外只有馕，且坚决不卖酒。女主人不参与经营，夏天里穿着厚黑长袍，怀里抱着个光腚娃娃，端坐在下风头，睫毛长长的，眼神警戒庄严。

花鸟鱼市场里有卖耗子药的，包装上印着很多老鼠尸体和发明人胸像。奇怪的是，摆在一起的还有几排春药，他家的耗子药是完全没效的，料春药也如是。终日围着三四个老头子，在看包装上洋人裸体男女修炼密宗的照片，咂摸着那些药的魅惑名字，看完这张，再细细看那张。这几个老头子互相不认得，也不交换意见。

时髦的电商模式，落到旧街巷里还是日常场面：原来废品收购站的半间偏厦子，刷了刷，墙上捅了窟窿伸出截洋铁烟囱，门口堆了煤气罐、面袋和几筐菜，门上钉着块带二维码的牌子，就在居民的白眼里做起生意来。老人们看不懂，这食堂不食堂、饭铺不饭铺的，又没上门的顾客，见天门口堆了层电动摩托车，算什么生意？听说主要是便宜，一单午饭八九块钱还管送上门。

（续）给送餐员们腾出块地方，摆了两只捡来的长沙发。最近送餐比送快递来钱，都转来做这行。这些小伙子终日风吹日晒，在街上肆意穿行，远看是群灰突突的麻雀，近看，个个精力旺盛，把简易头盔挂到车把上，歪在沙发里抽烟，嬉笑打闹，摸扑克，举起手机给别人看上面的东西。等自己那单好了，一跃而去。

晚上六点多，开饭早的已放下了碗，路远的也快进家门了，白昼腾起的烟尘依次平息。街头几个摊子的生意均近了尾声。小卖店主人就住在帘子后面，临睡时才关门上板，搬出矮桌和凳子，招呼附近几个摊主都过来坐，终日厮守，用不着喝酒吹牛和攀交情，只是各自抱着肩膀坐着，夏夜里的风正好，所感所思都差不多。

有对夫妇在门口摆了个小小的配钥匙摊。男女都五十来岁，都白白净净，彼此很像。两个人都会操作机器，男的看摊的时候，女的就去附近和老太太们闲聊，帮她们择菜。女的看摊的时候，男的就骑上自行车外出或回家做饭。疑难的钥匙，需要去楼上他们家里，由男人仔细加工，家里也是那么干干净净的。

钥匙摊附近有个六十多岁的乞丐,裸露着上身跪在地上,用一对儿迷离的眼球凝视着半空,和空气大声地辩论,他的语言夹杂着毛泽东语录、脏话、政治新闻和自己的各种重大科学发明的细节。有时候,他安静地用彩色铅笔画令人作呕的仕女图。入夜以后,他不知在哪儿洗得干干净净,穿上白衬衫,挂着斯文的笑容在市场上闲逛。癫狂只是他的道具。

蔬菜店里从来只有一个女人,没见过她的丈夫,她的丈夫存在的证据是她日益高耸的肚子。根据女顾客们的估计,肚子挺到一定程度之后,她果然不再看店了,继之以自称是她嫂子的女人,二十天后,她就回来继续卖菜,像变魔术一样。

早上九点,理发店口排了两三行头发颜色各异的孩子,在领班的带领下,目不斜视或把头埋低挥舞着肢体,背景音乐千奇百怪。他们中的多数人并不会做这一行,只是来这里学习驯服。
(抄录自 @ 饮马东南)

小理发店是个女人开的,铺面叫隔壁食杂店母子相中,将她挤对到另一条街上。我怕理发,惯了就不敢换地方,她雇了两个相貌平平的女孩,十几二十年下来,和我们这些顾客一起老了,十几二十年,只和她们就我的鬓角交换过意见。生意越来越难,行行都出连锁,一样的价钱,精装修,设备新,有生龙活虎的姑娘小伙和很亮的灯泡,略讲究一些的都不再来这家了,只我和几个老汉老太太。

挤走理发店的食杂店用杂物和三四台三轮车、破面包车占领了大半条人行道，又摆了两排石头街垒，逼迫行人必须从他家门口过。店里脏乱恶臭，生意也做得狠叨叨的，对四邻同样漫天要价，两块钱的香要二十，从收音机里抠出电池当新的卖，街坊都不敢光顾。当妈的常坐在门口骂店里的几个男人，其中有个是她丈夫，有时动手打。忽然一天挂出"本店出兑"的牌子，忽然又摘掉了。

（续）原来只养一条狗，当妈的心善，又捡了五六条，方圆十几米，雨雪皆压不住的猫狗的腥膻。任由它们翻遍附近的垃圾箱，互相传染和交配，直到自家那条也跟着生了癞疮，每年都有新的癞皮怪狗加入。时常咬人，母子和闲汉就围上前去混赖，说这是野狗，不赔，爱哪儿告哪儿告去。她镇定自若地终日端坐在这群恶臭的生物里，越来越胖，散发着诡异的母性。

（再）旁边的卖菜男人，夏秋来此租半年房，大院门口跟着他脏乱半年，也是跑马占荒只给居民留条窄过道，也养了爱扑行人的狗。因为生意无涉，英雄相惜，又比她家的闲汉英俊，和当妈的很谈得来。也只能做过路生意，院内居民不在他这儿买果蔬，嫌贵，嫌他挡道，说话又难听。下班高峰时，抱着膀，见谁拎着菜回来，狠狠地瞪，临走近，收回目光，走过去，再瞪，朝地上啐口吐沫。

临街的旧居民楼底层，窗户改门就是门市房，何况前面是

市井　017

干道上的公交车站，一个月的租金赶得上普通人半年工资。所以还有户住家的就很怪。里面住的是个八十多的老教师，中介出价一涨再涨，还是不租，问原因，答非所问，说这是资产阶级。老有人来登门，就在木框的窗户上贴了张纸："不租！"叹号下的窗台上摆着几盆兰花。

还有栋独门独院的石头房子也不租，其他这类房，大多住着大干部或后代，在附近的高矮楼房中很显眼。邻居说，房主是个九十岁的老太太，她儿子已经谈好了价钱，仰着脖子在盼她死呢，儿子挺着急，等着娶女朋友。儿子总得六十多了吧？"七十多了，你说就算等上，是不是也没啥意思了？"

抬头看，看不太真，在附近的六七楼往下看，就看出那家接楼的来，不是普通的"屋塔房"，是在整座旧楼上又盖了一层，举架三四米，窗户都是实木包铝的，全下来贵得很。还有个空中花园，种了棵小树。均眼馋流于义愤地问："压塌了怎么办，没人管么？""谁知道咋整的，就是没人管呗。"

修地铁，干道封闭了两三年，百货公司等于在工地里，生意清淡得使人想起人生的许多忧伤。这类损失政府不管赔，想必也不该作此非分想。来店里闲逛的人比在这儿上班的人还少，花钱雇来的营业员呈现出国营工人的精神状态。常有几个女孩儿窝在货架子下面，头碰着头说笑。我问过这么难受是干什么，一个业内人士回答：躲头上的监控。

当路易威登进入本市那天，百货公司幸福到如临大敌，有很多前一天开车从周边县市赶来的人。中午以后，保安开始不耐烦地推搡人群，轮流入内购物时间从三十分钟压缩到二十分钟。相邻的其他几个身价、国际名誉差不多的牌子却乏人问津。听说是因为这个牌子背出去别人认识。

五星宾馆门口，一条穿着闪银光、扣子紧绷西装的黑铁塔大汉亲自指挥停他的黑古斯特，内蒙古牌照，四个相同的数字。司机下车欲走，被大汉拽了个趔趄，口音很重："来往的人太多了吧？停这儿行么？把咱家车刮了怎么办？""停车场有人给看呢。""有么？你叫他来，我告诉他几句话。"不由得想起他骑骏马的射雕祖先。

小生意，战略咨询远而风水近。这条闹市上唯独有间铺面任何生意都做不起来，较经典的一次，趁热开了个该稳赚的网吧，赶上北京两个少年在网吧纵火，死者中有对新丝路男女模特。连我们这儿也要跟着重新核发牌照，一搁就是半年，再没见缓。之后，饭店，服装店，补习班，旅馆，每隔半年左右，就能看到一伙满脸发财梦不信邪的人出现在开业典礼上。

我觉得毛病出在门口那个老鞋匠身上。说他是鞋匠其实很勉强，摆了十几年摊，连个拉锁都不会换。老也未必，来时相貌就像老汉，从半地下室台阶上的摊子后头往女人裙子里扫视时，眼里还有精光。他的手艺烂，要价高，遇到顾客不满会耍死狗，但生意好，因为谁都误以为他比街对面姐妹俩的擦鞋店便宜。他如个尿盆堵在这铺面口，不知道为什么承租者都没发现。

擦鞋店里看店的两个女孩儿仿佛双生，其实是表姐妹，差两岁呢。两个女孩儿终日挂着好奇的笑，对乏味的工作和街景永远都看不厌。她们灵巧的做事场景很动人。春节以后，只剩下表妹，还是那样笑，飞快地整理着鞋子，说"我姐不来了，冬天回农村说亲结婚，都怀上了"。还说自己也快要回家相对象了，已经说定了，说不定明年也不来了。

本地取景过电影《白日焰火》，专寻破落景象，也好寻。我常吃的一家烤肉店，剧组在里面吃喝拉撒了几日。问老板怎么不挂与明星的合影，他挠挠头：谁搭理他们啊，还以为是骗子呢。他的生意一度很大，忽然把连锁店逐个关闭，只剩下这起家的"卧子"，并没有破产，倒像是悟道。生完今天用的炭，就坐进最后那张桌里和人打扑克。前几天，这家也悄悄停业。从此，再没有能入口的朝鲜烤肉了。

楼下包子铺的夫妻，你什么时候去他们什么时候在。铺子巴掌大，两张小桌子，两人沉默地在狭窄的过道上忙碌穿梭，偶尔低声交谈一两句，不嗔不怒不悲不喜的样子。冰箱上一台只能看到一半画面的十四英寸电视机，长年有一搭没一搭地放着中央一套。有一个小上网本，恰好不忙，他们就和在老家的孩子视频两句。（抄录自 @第二编辑部）

凌晨的麦当劳，只有咖啡、凉薯条和凉芝士堡，几个穿戴整齐的人擦过了皮鞋，就堆在各自的角落里睡觉，找了点东西盖在脸上。一个女疯子靠窗坐着，边整理一堆垃圾边轻声哼唱着。餐厅值班的女孩儿趴在柜台里发呆。这是午夜城市的唯一慈祥。

（续）看来，他们在深夜里用取暖和热水换附近的流浪者来收盘子。这家有三个：一个是老汉，尽量穿戴整齐，坐在最里面的桌前，反复翻一张免费报纸，试图融合进这里。一个老太太，两手放在腿上，似乎与老汉无涉，紧张地缩小自己。一个光头中年汉子，穿中山装，挂着垂到肚脐的佛珠，无缘无故地瞪人，还总为收纸箱子卖钱和店员大声争执。

（再）每次去吃早饭，都能碰上对二十岁左右的情人。女的有一点风尘气，穿着很入时，男的比她矮一些，是在校学生的模样，又长又油的头发，表情像个冤死鬼。女人一屁股坐下打开铝合金化妆箱描绘自己，等男的托着餐盘回来，虔诚地用双手喂她喝水、吃东西，崇拜地凝望她。咀嚼完便一言不发地站起而去。应该是天天如此。

最喜欢冬天去公共澡堂洗澡，普浴，朴实的大姑娘散了辫子，褪了衣裳，热水烫得她们乳房红涨涨，小腿和南豆腐一样在雾气里微微发颤，站成一排，她们老妈边帮她们搓背，边找回自己子宫的零碎："喏你看，这是我和青春私奔生下的孩子，都已经这么大了，比我还要高咯。"（抄录自 @白一刀）

老道外市场里的小浴池,连征收办都忘拆了。在这里洗完澡,比进去时还脏。作最不入流的皮肉生涯的女人才接这里的生意,价钱便宜得让人深思。她们的客人通常是街上的商贩和醉鬼、坦坦荡荡的流氓,有时候,突然都觉得意兴阑珊,就和客人肩并肩地坐在简易的床沿上,掏出包瓜子,低声地聊一个下午。

每座城市的老城区里都有些家族经营多年的小饭馆,其实不小,门脸虽如旧日逼仄,年深日久,已陆续买下了许多套相邻民房,逐一打通,营业地势蜿蜒如地道战。店主是第二三代,菜单、标准和味道厮守着过去,视作安身立命的东西。"饭口"时爆满,一群等位的人围观一群坐着吃的人。也尝试过连锁,不成功。这些小店支撑了周围的许多东西。

小商品批发市场的三楼扶梯口,常有三五个男女,见到——我也不知道他们是什么标准,反正总被相中——就大声问:"好片儿要不要?十块钱一张。"知道你其实是想要还不好意思,于是拽住衣服不让走。买了就知道都是假的,只好自认倒霉,那本来也不是回头客生意。有了宽带和BT,他们就少了,不知如今在哪片天底下正忙些什么呢。

【前腔】我想念既不知道怎么走又不问路。想念游戏厅音像社和书摊。想念站在街边受出租车司机的质询和白眼。想念自己去饭店点菜然后交钱带回去。想念逛小商品批发市场。想念每半年买一辆自行车每三个月丢一辆。想念从钱包里抽出钞票和找回零钱，在人行道上追赶滚落的硬币。我想念语言不通，想念误解和不必要的麻烦，想念黑夜里的陌生感。

本地所怀之旧，主要是兵团时期。杀猪菜馆能想出来的创意文化，就是生产队：墙上贴大红大绿的花布，挂大蒜干辣椒，贴主席像和当时的政治漫画，吃饭的盘子碗上印语录，喝水用仿搪瓷的瓷缸子。服务员打扮成知青，还有戴造反派袖标的，以忠字舞、语录歌为才艺。作为没有经历的人，看不出有意思，也想不出对经历过的人来说趣味何在。

挨着大医院住院处的小超市，个个不祥，看着就难受：门口堆着折叠床轮椅，挂着鸭嘴壶、坐便器和成人纸尿裤，都是用不住的次品，专做一锤子买卖。每爿铺面，都经过授权和恶斗，都有突发或定期的索贿行贿，店主们个个目露凶光，枕戈待旦。小饭店也是，隔三岔五即被媒体曝光，在查封期内打通关节，接着开业。

医学院研究生宿舍就在我家前面，早起，一帮女孩子叽叽喳喳地披着白大褂往住院处走，边走边挽头发。宿舍门口堆了如山的快递。没有自习室，都在食堂找个座位，直到夜里十点，还是坐得满满的，学生们说，只是为了完成功课而已。没几个有闲工夫谈恋爱的。已经没有那么多愿意叫孩子来学医的人家了。

一对大学生情侣正在路边分手，男孩儿在做最后陈述，女孩儿低垂着头，这情景无损于夜色的温暖安静。不远处，一对中年男女开始拌嘴，女人骂声越来越响，喷溅着脏字，然后动手抓男人的脸，啪啪响过几声，男人也低吼着"我他妈明天怎么见人，你个……"，扭打成一团。情侣尴尬地看了那边一眼，默默地走到街对面去分手了。我就没办法再跟过去偷听了。

#分理处# 每月二十五号的储蓄所是个灾难，满满一屋子不能等待一天、一个下午的老人，颤抖着站起来、坐下，放慢一切动作，把十几张纸币数过正反面。在默默地凑够了一个不断萎缩的整数时，再回到这里存回来。窗口里的人笑着交头接耳："差一岁九十了，存五年定期，要干嘛？"

（续）在银行的玻璃后面坐了几年之后的柜员熟悉来这里的一半储户。"那个刚进来的是个小姐。""这么胖会是小姐？""那帮老头子，只要年轻就行了。她的钱你得注意，小姐收到的钱里有四分之一都是假币。这帮老头子，真他妈的。"

（再）多年前，利息正高而房子便宜，有些人靠吃长在银行里的一笔积蓄或债券的孳息活。储蓄所的常客里，有位神情孤傲、很有风韵的中年女人，每个月领一次利息，本金在当时很大：一百万美元，推测不是她的钱。柜员猜了几次，没猜出所以然，后来只是记得有这么个人。至于她什么时候不再来了，记不清了。

#地下# 这儿是边境上的大城，革命时期的遗迹是白蚁

洞似的人防工事。当年，上面一号召，各单位闲着没事儿就挖、高兴了就挖、想起来就挖，沟渠纵横，标准各异，设置了"人防办"管理，但似乎没有详尽的图纸，说不清有多少地道。日后，这些洞偶尔变成吞噬人的陷阱，一个人从突然出现的坑掉下去，会在几里外的地沟里被冲出来。

（续）地下摩肩接踵，阴无天日，空气污浊，装修刺鼻。警察早就坐立不安：十里地道上下纵横，只有不多几处狭窄的出口。当时尚无"恐怖袭击"概念，只是想到一旦失火，闷死的多，踩死的更多。建议起码隔断成几部分，万一有事，起码少死些人，但影响了经营收益，人为财死，管理、经营方都坚决不同意，连行人都觉得还是这么着方便。对峙了几年，各撤一步，所幸至今没出事。

（再）二十多年前，地下商场正中间开了家巨型游戏厅，游戏机都装着光枪、摩托车，让我等小孩儿头晕目眩。还有柏青哥、老虎机，没几个人玩得起。最里面有小厅，专打扑克玩骰子，输了还给发两包良友烟，不许学生进。开幕式请来了周润发，举城如狂。据说老板和某某人有关，或者说不就是他儿子嘛。这一切就在城市最中心，那些年的坦荡直率真是叫人想念。

（又）管此地的部门，专擅地下的事情，十几年前，是泼天的富贵。在闹市区的地下挖条通道，就凭空变出个服装批发市场，电商之前，每个摊床能养活一大家人。随之而来的争斗就凶险，牵连的人物使人咋舌。市中心的几条街已经挖遍了，向下再挖第二、第三层。那年月，工程时有事故，地下施工者和地上行人，最后一次时是十几二十个。赔了多少，后事如何，年深日久，都记不得了。

我爱读电线杆上的启事，最有趣的一类是狂躁的教主用不通顺的语句预言末日和招募信徒。多数是寻找宠物或车祸目击者，有一则："我儿子×××，身高204cm，于×月×日夜在此路口暴毙，至今死因不详，急盼有知情人或目击者与我联系，13×××××××××，酬金1000元。"两米多高，每个看过的人都不容易忘掉。

《寻人启示（事）》 女，30岁，微胖，身高一米六十五，穿粉色连衣裙，黑色皮凉鞋，背白色单肩背包，少言寡语，患有重度产后抑郁症，请见到者与家属联系。

还有一则启事："此地的免费棋盘，已经转移到儿童公园乒乓球台旁，热烈欢迎棋友前往切磋。"我特地跑了一里路到公园看过，是个弥勒模样的老者，巡回于几架木头棋盘间，身后树枝儿上挑着副没装裱的对联，上联是"其乐无穷"，下联是"公园下棋"，无情对。已经有了几对棋友，下得臭而严肃。

公园的男厕所墙上，有人写了几个遒劲浓烈的大字——"求同性朋友"，没有联系方式和其他信息。他精心准备了一支饱满的黑墨笔，只是为了在这么一个地方绝望地说出心里的愿望。

公园里操皮肉生涯的女人，在自己面前摆上一溜四五块砖头，每块砖头代表十元钱。遛弯的老头子迂回过来，左看看右看看，再数数砖头，伸脚扒拉开两块，满怀期望地望着她。

夜公园黑着灯，只有跳广场舞的地方有亮，几百人穿一样的运动服，戴白手套，合着流行歌曲硬着关节走，队伍越来越大，所以被叫僵尸舞。听说来做僵尸要交钱的。"你以为老太太们是来健身的？"看久了的人说，"她们是来搞政治。这个领舞的老太太上个月刚篡了权，那几个老太太，正在琢磨推翻她，她们一边走，一边正商量具体细节呢。"

白天的这里，是市抗癌协会免费教气功的地方。我知道他们倒确实是有政治，老会长是患病二十多年的明星，教了个学生，学生刚刚当了会长，老会长便再也不能来了，只在家教气功和卖灵芝孢子粉一类的药。都以为重病足以让人反思超脱，大概独处才可能，出得门去，依旧是其乐无穷的与人斗。

公园里有个架子搭成的亭子，既不避雨也不阴凉还不好看，只是提供了座位。天擦黑时，里面晃动着数百黑影，中间有乐队，大提琴、电子琴、笛子和扬琴都有，音色相当古怪。唱的都是红歌，下过功夫，能配出不同声部："红军不怕""——不怕！""远征难""——嗯难。"一个老干部背手路过，忽然说：这要是有中央首长来视察，见到得多高兴。我很惊讶于他思维之奔溢与合理。

这里不是民乐渊薮，也不爱京戏，街头拉胡琴的，从要饭的到爱好者，皆荒腔走板。公园里这老者，显得极出众，不只是名曲，随便什么歌儿都能拉，甚至西洋乐，很稳，都挂戏韵，能听出来不是专业，是高票。琴也好，堪称华贵。不远处，有个穿白绸裤褂的老太太，正练双手双节棍，纯钢制，刀马旦耍花枪一样，随着板眼上下翻飞。

走街串巷贩卖江鱼的人是乘坐渔船的打鱼人，不是钓鱼的人。钓鱼的用的渔竿是自制的，带发动机的自行车也是自制的。夏天他们骑车过江桥，去属于自己的河泡子或者江湾边上下竿。他们每个人都曾亲眼见过传说中的鱼王，目睹过江面上某些超自然的现象。游客们时而好奇地观望一下他们的收益：一条半斤重的鲇鱼，十几条指肚大小的鱼。

松花江也搞生态，投放鱼苗。几天以后，几里外的下游，就有一群老头儿用纱窗一样的细网捞指头长短的小鱼。这样的小鱼能干什么呢？"就是为了玩"，老头儿们笑呵呵地回答。还能和他们说什么呢，谁还能把他们怎么样呢？

傍晚的江畔玩什么的都有。十几个人脸朝里围着两大盆鱼，走近看，一盆鲫鱼一盆鲤鱼，菜市场最常见的两种鱼，鲤鱼八块一斤，三道鳞肉厚，九块，宜红烧，鲫鱼六块，宜炖豆腐熬汤。细听，在齐齐念诵《金刚经》，原来是放生的。往下游方向走，见有更大的一群人正张着网兜和渔网等着，肆意冲他们起哄怪叫："还瞎逼逼啥呢？赶紧放生啊！"

大厂被碎碎零剐，卖给了开发商，退休工人中的幸运者拿到数以百计的退休金，觉得差强人意。只是活动的场所越来越小，只剩下块巴掌大的绿地。他们发明出种锻炼法：晚饭后，人挨人排成排，在这块小树林里逆时针绕圈子，每圈一分来钟，像是转经，踩出条道来。生活和上级要求他们如何蜷曲，他们就如何蜷曲。

院里有片黑土，春夏两季属于七楼上的孤老头。他在里头种花，都是泼辣的大红大紫的，还有硕大肥白的喇叭花和剑兰，坟地般茂盛，几场雨过，都蹿到齐胸高。老头弄了很多用词严厉的警告牌，终日趴在阳台上警惕地向下看，大声呵斥试图摘花的人。弄得人人都挺紧张。虽然没几个人喜欢这老头子，但是又怕他死了就没有花看了。

拆迁之前，旧居民闲着没事儿，在街两边摆摊卖旧家当：磁带和二十年前的色情杂志，一筐自行车铃铛盖，几十件多年前从国营工厂顺回家的工具，两条旧棉裤和一摞前进帽，几小盆开不出花的植物。卖不出几个钱，只不过是把那个有点儿凄凉的破家里外抖露给人看。

＃棚户区＃ 在城边上暗暗结成，像蛛网一样，既不可理喻又秩序井然，表面上两间矮砖房后头可能挖掘成了四通八达的构造，藏着四五户租户、开好几个生意。棚户区一旦形成，住户们就在里面自给自足，发展出低廉的生活成本和相安无事的自治，结成紧密的联系。所以，以种种理由拆除他们的生活，像是有点立意深远。

（续）发生一起命案，或重大活动、节庆、只有我们愿意承办的运动会前夕，警察在夜里悄悄包围这里，几台警车堵住出口，一个门一个门地摸过去，逐户查暂住证，带了十几个青壮年男子回派出所比对个人信息。没有被带走的心满意足地回到被窝里，寻找刚才的体温，试图接上中断的电视剧剧情。

（再）人们带着各自的秘密在这里生活。强奸了十几个小学女生的凶手最后在这里找到了，是个迁来多年的外省鞋匠，有妻子和两个孩子，邻居都觉得他规规矩矩，没看出什么不正常。

（又）一旦大批神秘买家来棚户区购买最破的房子，就预示着惨烈的补偿和征收"拆违"在即。产权认定，匆匆翻盖，工作组，煤气罐和标语、条幅，挖掘机。铁腕的领导到现场指挥，一声令下："把爬到屋顶的人给我用高压水枪'滋'下来，拘留，由着他们这么闹还了得？还他妈法治不法治？"大义凛然，也有点儿疲倦和委屈。

城中地皮正贵的地方，有栋快八年还没封顶的楼。房产中介讲，头一个开发商带着预售款跑了，房价重新涨起来时，又来了一个，不知怎的，又跑了，停工五年了，现在是：要钱，没有；要房，没盖完呢；要接着盖，没钱；要人，我们还找呢。真就有掐着三联单来住的，安窗户亮灯的就是。没通水和暖气，电是拉过来的。抬头看了看：最高一处灯光在十五层。

城中还有四五处这种楼，最接近完工的是个楼盘，四五栋高层公寓，已经只剩下窗户没上，停滞了七八年。头几年，还有委屈的业主来拉条幅刷标语，四处奔走。自从有几个附近小学的男孩儿被摔死在电梯井里，便都相互告诫不要再进那个工地去。

我上小学时，学校大概为了点儿票钱组织在附近一家叫地宫的电影院看过几次电影，《黑楼孤魂》和《午夜两点》，甚至还写作文，这混蛋学校。为什么叫地宫呢？因为楼层是向下算的，地面一层，地下至少五层：游戏厅、台球厅、舞厅，电影院在最深处。那地方先后发生了几次火灾，累计烧死三十多人，直到发现怨鬼在营业时间都会在走廊上出现时才关闭。

一个时常能见到鬼的人告诉我：午夜以后出门，应该走在马路当中，鬼大多是怕人的，都贴着墙根来回。还说我们为什么要害怕自己迟早要变成的东西？

北上广以外的商业地产，大半困顿。五年前，三家合伙全款买了门市房，陆续踏空股票牛市和高利 P2P，又目睹股灾和 P2P 跑路，总算饱经沧桑地等到了交房，然而哪里有客流啊，左右铺面，不是招租就是出兑。项目是卖海参燕窝，赶上反腐，有几个自己掏钱吃的？三家股东轮流来看店，轮换趴在柜台上打瞌睡犯愁。店里养了条哈士奇，整天在空荡荡的步行街上乱跑，叫他们好生羡慕。

　　新城区的路又宽又长，信号间距远。车从老城区出来，憋久了的尿一样怒而急，很容易就推上五挡。有几个行人懒得上过街天桥，若无其事地走下人行道，飘逸于车流中，有老人，有抱孩子的。开车的抱怨："真要撞了他们，对方全责也要赔钱。""最怕这帮电动车，没有一个看红绿灯的，你数着吧，没有一个。"

　　小区以欧洲名城命名，因为所有楼都顶了个瘆人的黑色哥特尖顶，如一群无常，看得心里发麻。居民们倒无所谓，注意力在几块绿地上呢，一楼的顺势圈起来窗外的一块，剩下的先到先得，插上木棍，拴上玻璃绳，宣誓主权，小型的闯关东。种大葱茄子豆角的居多，很有些行家里手。物业并不管，何必管。原本是大家心照的和顺场面，直到有一家忘情，为了那半垄茄子拉了车有机粪肥来。

　　搬家公司的人说，常接到这种活：从开发区二三百米的高层公寓里把家搬进破败的平民旧房，东西不多，都是些又重又卖不出去的家具。几乎见不到男主人，女主人的话也很少，以木然神情维持尊严，小费基本指不上。"咱们过惯了的日子，他们可能过不了了。"

新搬来家南方生意人，男人早出晚归，二十岁出头的女人怀抱个不会走的孩子，指着远处跑的七八岁男孩儿说："那也是我儿子。"于是都知道她曾是个"外宅儿"了。邻居的老太太们不屑一顾地议论什么她自然都知道，像没听见，对任何人都得体殷勤，奉承得不着痕迹，几个月后，人人都说：难怪难怪，这南方小媳妇真不得了。

去买豆腐，听位老者冲一群人讲高层新动向，夹杂着新而大的老虎们尚有余温的名字："他到底是拥护（因为）啥下来的呢，我好好跟你讲讲吧。"回来时，说到了该怎样从中美关系入手处理南海问题，听众还剩一个，大概是因为老者坐的那条凳子是他家的。越偏远地方的人，越关心国家大事和全球局势。就我听到的两句，还蛮有水平。

儿童的游戏场景已与昔日不同，每个孩子都有个大人紧张地守着，各子其子。一个男孩儿毫无原因地拧了别的孩子一把，被奶奶拎起来响亮地打了一顿，解释道："谁家不是就一个？这毛病得赶紧扳过来，要不将来闯祸。"

过了好久，总有四五年了吧，我又遇到那个唐氏儿，不似我已显老。是不是他，也不一定，这病的患者难分面貌。穿着干净的运动服，跟在个中年女人后面，在我犹豫时，蹦跳着一闪而过，没来得及拦住他问问："你爸呢？"

【馀文】寺庙分开灵肉，浇灌信念进去，肉体便匍匐在地；灵魂迟疑片刻，也跟着跪拜。喇嘛制作坛城沙画，刚刚显现繁复连环的时轮金刚图样，不及细观，旋即扫去：半懂不懂的人，也会跟着说意思是世间万象森罗只存乎感知以及不昧因果云云。然而……然而，画成这围困着的小小一圈，我的知见是这片阴暗鄙俗、毫无希望的街区代表着某种永恒：你只能逃离，却不能带给它任何改变。

乡
里

【宾白】这里曾是避难逃荒胜地，最美好的是未承治化之时。据说贫困问题，农村较城市好解决，城市要改体制调结构云云，乡下除非残疾或孤寡无劳力，吃饭穿衣总不成问题，也许是说乡下在另一种生存标准之下。老话说的二元分裂，已分裂为多元，又扩大成地域差别。我只是学舌，不明白这是什么意思。对乡村甚是无知，用的是最浅薄的旁观：

北面人迹稀罕，山岭缓慢而深，林下平原广阔。夜路走着走着，会掉头朝向来的地方。山里人见识过各种怪物，具人形的，不具人形的，会说话或不会说话的。人死后变为魂魄，或寄身异类，又顺着开阔平原游荡回来的事，家家都能讲几件。暗风吹雨，被小孩的哭闹惊醒，从炕上爬起来开灯，只见无数白花花的纸钱像群扑棱蛾子一样满屋乱飞。

孩子生下来，许多变数，疫苗因为涨水运不过河来，来年就添几个软脚瘟（小儿麻痹）在土里爬着玩儿。为好养活，去认棵雷劈过的榕树或块阴面长满青苔的巨石为干爹吧，或认村口的榆树当干妈吧。孩子们好不容易完整地长大了，出门在外，当笑谈说起来时，发现从广西到东北都有这风俗。

他十二那年，爹挑着挑，姐领着手，朝东北去，都说那头地多，认干活儿就有吃的，村里人不懂什么叫天堂，只是这么彼此传。

同一条路的人，都挺着鼓胀的肚子，使劲伸着脖子，饿已化作了死，越追越近，只要能挪动，就得咬牙向前，眼里交替着希望绝望。他后来讲给儿子们：你爷爷啥病没有，就是饿死的，临死把我们送上好心人的驴车。谁敢再剩一口饭，我就打死谁。

（续）和姐姐上山割草，顶个壮劳力的工分。十七岁长成一米八几的大个子，走到路上，别人都"嚯"的一声赞叹，要能吃饱的话，不知会蹿多高。被武装部选中进京当兵，据说是天安门广场上管升国旗的兵。姐姐去县里哭闹，给人下跪，说家里就这个劳力，走了就完了，要回来了那一摞盖章的纸。姐姐死时，他也老了，才叹息：去的那几个，后来都吃商品粮，最次的也当上乡派出所长了，我能说我姐啥啊。

二十年前到北方出差，按爹的旨意，去某县寻访闯关东出去的两个大爷的后人，自己的堂兄弟们，在镇上饭店请喝酒，已经繁育出满满四桌。问怎么总不回老家看看。答没有脸，来时两家合搭了个窝棚住，住地窨子又住了多年，两三代了，也没有扯掉个穷字，如今还没住上砖房，回去干什么，倒有的是地，饿不着。酒摆上来才高兴了一些。他说：诶呀，你们这里的菜盘子怎么恁大！

他家在南方，乡村葬仪有许多礼仪，分家吊客吊，家里人人要有篇祭文，守夜时宣读，楚声朗朗，直到天明；客人的祭文于路祭时读，也是已焉哉，有卖的，填上名字就是。杠夫光工钱就是每人五百块，至少六分厚的棺材，没有使穿心或牛头杠的，吃穿在外，讲杠一项，就是多少年的现金收入。

到了东北简单，只有一条，入土赶在正午前就是，有闰月的要等来年。村里老人死了，坚决不愿意被火烧掉的，可以悄悄埋在自家地里，使胶皮轮子从泥地里拽到山上去。埋人没人认真管，连这都管那还是人？坟头上压几块砖，多的半亩地里就有三四座坟，逝者骨骸透过薄薄的棺木，和作物一起随着阳光雨水，再从活着时日日摆弄的地下长出来。

某些地方乡下的民俗：办白事的时候请一棚走乡窜镇的脱衣舞，舞女是些肥痴的中年妇人和没长成的女孩子，看了使人难过。她们在灵棚下伴着震耳欲聋的音乐，像在浴池里一样把身上的衣服脱下又穿上。这个习惯或许出自善意，为远路而来、花了一份份子钱的亲友提供一点儿回报。

镇子上的人差不多都互相认识。随礼是调节收支确立社交的重要一环。每次去送葬都是一次亏损程度待定的冒险，如果在殡仪馆遇到另一支出殡队伍，就要额外再随一份礼。

女人抽烟曾是东北的一怪。怪，其实放在当时都自然而然的。此地适合种烟叶。粮只一熟，冬季漫长，大雪封门之后，坐在炕上，无论是姑娘，还是上年纪的老婆子，只好举着支烟袋。

"三六九，往外走"，城里开工的日子迫近，选择年初九、初六甚至初三就要离家了。他们那里土地贫瘠，全靠男人在外苦作，所以规矩更大，定下出门的日子就必须走出去，天蒙蒙亮动身离家，不许再有回头路，赶不上长途车就在村外和衣露宿一宿。有这样的虔诚，才有了点儿到了明年可以无病无伤地把自己和钱财带回来的信念。

进城打工，让村里寻死的女人少了起来。等能走的人走得差不多以后，寻死的老人又陆续多了起来。

一直认为长寿老太太好像都在农村，其实也不然。医院的保洁员说，她在农村生活了五十多年，能活到八十岁的都少见，不像你们城里，现在八九十岁的老人很多了。她说她从没见过哪个村里有百岁老人，九十岁的都没见过。（抄录自 @ 小名儿）

他执意回乡过节，孩子哭大人叫，小孩儿见到茅坑里拖着长尾巴的蛆想吐，女人夜里被冻得第二天就闹着回去。他见人把整车的垃圾倒进村口的河道，回答他说：这算啥，石材厂弄得空气跟疙瘩汤似的，粉丝厂把地下水都污染了，我这一车东西，发场大水就全冲掉啦。村支书、村民都焦急地觉得这需要管管，都心平气和地等着有人来管管。

除了多了几条耷拉在半空中的电线，家乡的村庄让他觉得自己一头撞进了三十年前，只有一些被遗弃的老人和孩童在等待着和房屋一起倒塌，他感到其中有自己的罪过。

几个都市来的白领被一场暴雪困在了偏僻的滑雪场宾馆，他们非要连夜赶回去，镇上人回答：真不是钱的事儿，路叫雪封死了。其中的总监想了个浪漫的主意，租几匹马骑着出山。六个小时后，他们幸运地在脚趾头冻掉前又摸了回来，几个女孩儿哭出来一脸冰碴。要不是他们交了钱，宾馆里的人差点用心里的那个词当面称呼这几个跟老天爷撒娇的城里人。

"绿色二人转"根本就不叫二人转。要听得去县城边上的小剧场，或直接到村里看串场做堂会的。初听吓一跳，像闯进了犯罪现场，左右四顾，旁人都聚精会神，眉眼乱动，前仰后合，原来就是这般，没有关系，态度上就有了特别着迷和特别反感之分。好之者，说这是生活和艺术的泉水。

（续）大城市下来采风，奔着听这泉水叮咚的二人转。"雅座"是前排的大红沙发，贵二十块钱，赠送茶水瓜子儿。先被泼辣粗野震惊，然后感动了，掏出相机，预备拍几张特写。弹琴的兼把场子，看出那相机专业，怀疑是记者暗访，在琴键上弹了两声，演员立即截住正说的荤段子，换了一段。他抱歉地冲近在咫尺的演员笑笑，收起相机，心想这江湖人真厉害也真不易啊。

镇上市场有块红色灯箱：××乡××屯王×师傅关门弟子李××先生，算卦摇卦破关择日子看阴阳宅迁坟立碑破里外呼画阴阳鱼修庙。高先生大仙（似乎附体于这位李先生，因为手机号和地址是一个，召唤条件应该是单加钱），上医院打针吃药不见好的病、来历不明的病、说不清道不明的病、惊吓无力、看财看事看婚姻看坟地看阳宅、起名、牌匾名。

农田间一条水泥或砂石路，两边住百十户人家，官方叫自然村，本地叫屯子，大半的屯名是人的名字，为闯关东时的大户。"傻子过年看界底儿（隔壁邻居）"，过日子，常过成相近的气质，官方叫"屯风"，屯子里也叫"屯风"。勤与俭连着，屯子里叫"会过日子的"。卖豆腐的都不愿意去，说他们那屯的人有钱管啥，连块豆腐都舍不得吃，过年顶多上集买块肉，都没几户杀猪的。

（续）走村屯卖货的，爱去那懒汉多的地方，啥好吃他们买啥，"抬钱"也要买。成屯子的人都好要，男男女女不分时令地打纸牌、扭秧歌、串老婆舌。那屯的人一个集都不落下，兜里只有十块钱也去，有五块钱也去，都不知道去逛个啥。不敢去好打架上访的那个屯，孩子都一脸狠相，听到货车喇叭声像听到战鼓，全都围上来，两个按住你的手，剩下的就抢。大人们都抱着肩膀冷眼看着。

他家是省级或市级棚室蔬果绿色生产基地，土地兼有火山河床的肥沃，"地有劲儿，别处要上一百斤化肥，这儿也就上七十斤"。地广人稀，家家有很大的小园，种留着自己吃的菜。城里来了"且"（客），都想吃那园里的菜蔬，说玉米奇香，说白菜是甜的，满脸贪婪。他带着似笑非笑的神情说："你们城里人厉害，你们城里人抗药。"

他发现城市人总要让他说说农村种的东西能吃不能吃："我小时候，上学路上顺手摘黄瓜、柿子当饭，擦掉露水就行了，现在得打皮儿了。你们这儿挺贵的'绿色蔬菜'也上药，菜不上农药不带长的，上得可能少一点儿呗。农药不算要紧。工厂流出来的水花花绿绿的，渗到土里、井里。我们乡，看牙的颜色就知道是哪个村的。"

乡间淳朴，短期做客可玩赏，时候长了，看你是谁、看内部构成。生在村主任家，自然觉得邻里大多是好人，生活顺遂。为什么要家族丛生、多生子嗣，和邻里争斗时，不至于落得下风。占了你的地，拼上铁锹镰刀也要打回来，否则以后在你脖子上骑几辈子，怎么做人？不是说五百块钱闹出两条人命就等于人命只值二百五，这是文化使命。这使命罪孽深重。

乡村的罕见凶案，尤其南方，有种经典情节：杀人者是憋屈多年的老实人，人丁不旺或外来户，长期受村上势力大的人欺负。到了爆发的那夜，用镰刀用斧子用菜刀，有道是一夫拚命万夫莫敌，总要灭仇人满门，竟连孩子也不放过。审讯时的理由都一样："不都杀了，他家伢子大了还要欺负我家伢子。"

疯癫杀戮之中，仍清醒于永生永世不得离开村庄。

那小县城在国边儿上，有个著名的文人回忆在那里蹲监狱，犯人的伙食比农民好得多，让农民很羡慕。去那里的高速公路很空，稍不留神就会超速。俄国跑过来七只熊，伤了人，林业部门一动员，才发现从没置办过麻醉枪。当地人讲这件新闻很具体：伤的谁呢？二中旁边那个小卖店你知道吧，小卖店前边有个卖煤的你知道吧，就他妈。

拖拉机掉沟里，摔断了腿。这么大的事儿，得找人儿啊。女婿找了县医院骨科主任，很亲切地来叫"大赎（叔），都是哥们儿"。"哥们哥们儿，主任手把可好了。"排下午第一台，新技术，下钢抓。中午找个好地方安排一顿儿，女婿汇报说喝得尽兴，还唱了KTV呢。他在病床上躺着，怪美得慌。局麻中醒来，低头看看，不大对：妈的！怎么没折的那条腿给包上啦？

瓦匠和木匠恨透了这家刻薄奸诈的老娘们，一边儿干活一边儿在盘算着什么。从老娘们手里领过工钱，他们头也不回地走了。几天以后，男人在每个房间的屋角都发现一张被砌进砖缝里的扑克牌黑桃尖，眼前发黑，给了老婆正反四个竭尽全力的嘴巴子。

镇上最出名的一家人有十个孩子，十个男孩儿，白天是好大一堆，晚上是好长一炕，邻居们愿意去他家看看这十个男孩儿，沾沾喜气。其中一个不是女主人的，是男主人跟邻居寡妇的，生下来之后也领回来养，大锅里多抓一碗的事儿，一条河怎么能没个弯子呢，她有时候简直想不起来究竟是哪个了。

就赌债的数目而言，他不用再担心地里的庄稼，几乎也不用担心世上的任何事。账主们自然会争着抢着来替他收割，在各自的场院里晾晒完毕，告诉他还剩下的数目。他好不容易焐热乎的被窝，实在舍不得放凉风进来。他观察过，确实没见哪只瞎家雀是冻死的。

屯子里两人争一块地，各动员十数人去县里吵闹，都觉得该给自己。干部抱着膀子任由他们吵到午休，看他们缕缕行行地进了同一家饭馆，各开一大桌，"有酒没菜，不算慢待"，当然得有酒，先整两瓶白的，再来几个硬菜，他们那桌上什么我们这桌上什么。酒过三巡，两桌合成一桌，都是兄弟爷们儿，连两个打官司的也互干了两杯。看着表，政府下午两点上班，该接着回去打官司了。

把土地押给银行，就能换钱，村民起初不相信这特大喜讯，看邻居办成了，纷纷拉开抽匣找地契找身份证，天上掉馅饼，总得嚼一嚼。至于是支持创什么专项资金来着可是没听清。办场喜事，小子家必要在县里买楼，带家具装修三十万。姑娘家办陪嫁再置辆车，也得十五万。左右也得借印子钱，贷呗。什么还？还什么还？就这一堆儿一块儿，爱咋咋地。不出一年，他说，全乡，没几家的地没押给银行。然后就家家摆喜酒，相互随礼。

（续）公干住在村上，酒酣耳热，房东搂过去肩膀说："弟儿啊，借哥几万块钱呗。"乡长闻讯说："别鸡巴借他，不带还的，还欠我两万没给呢。我是不怕他欠，他儿子在我这儿上班，我按月扣他工支（资）就完了。你要借了，朝谁要去？诶你说这帮人可咋整啊。"

（再）"还有一种，在家算好能拿到的扶贫补助，合适，分出个老娘们来，跟着乡里一起上班一起下班，就是要钱，两根手指头伸不直就硬说是残疾，不给就上访，死皮赖脸，对政策比你还熟，怎么办？横的怕不要命的，不要命的怕不要脸的，给吧。"

当年，某乡一所小学郊游，客车翻进河里，溺死了十几个学生。据说发车前有这么个事情，来了个家长非要拽着自己的儿子回家，旁人问，他说早上挑水，扁担突然断了。这么个寻常传闻竟起了很大的作用，善后处理得相对顺利，家长们似乎受了某种宽慰和暗示，莫不相信生死有命，怪不得自己和教育局。那事是否聪明人有意编的，难说，乡间藏龙卧虎。

总算，总算，总算任命他去百里外的乡下当官儿了！级别虽不堪，但千万人里一把手，胜似坐办公室当碎催。腊月上任，没公可办，乡下从小年到灯节乃至二月二，都在过年呢。不回家了，预想着推让和笑纳，直到年三十，他妈的一个都没来。既羞又恼，给文书打电话："开会！全体干部大会，都得来，去哪儿的都他妈给我叫回来！"气势汹汹地坐在台上讲话，没白没黑地讲到大年初七。

（续）"不能欺负乡下人，屯大爷都有的是招儿啊。"他不知道打一开始就有人盯着他，去哪里，见谁，搁哪睡的觉、和谁，都拍下来，现在手机功能太他妈多。他向招商招来的老板索要，财迷心窍，缺乏经验，竟亲自跟着去银行取，第二天人家调来监控，第三天找去谈话，听候发落。好在领导开恩，允许提前退休销案。这个最小级别的土皇上，月旬而斩。

#农村所# 我被贬到郊区派出所。派出所建在开满野花的土路边，路隐入苞米地，让人想到爱情。乡民们喜欢自己解决纠纷，终年打着无伤大雅的扑克麻将。民警们在派出所后面开了地，种茄子、辣椒，和路边偷的玉米一起拿回家去，教导员养了四条肥硕的土狗。派出所里有漫长的午睡，"咱这儿什么都缺，就是不缺觉"，第一天，他们这样介绍自己。

（续）杀猪菜馆门口停了辆擦得锃亮的奔驰600，引起了喜鹊和路边晒太阳的武疯子的兴趣。系着金链子、哭丧脸的车主到派出所抱怨："那个精神病就在派出所对面砸我车，警察为啥不管？！"值班民警指着一地的碎玻璃和纸屑，温和地开导他：

"他是砸完了我们派出所才去砸你的车的。"

（再）野彩票盛行的时候，县政府旁设了个大台子，摆着一堆廉价日用品，一等奖是画王大彩电，二等奖是房子，九等奖是牙膏。从早到晚，人山人海，发了几万管牙膏，没有出大奖。下午五点，人群发一声喊，推倒桌子，把台上的东西抢得一干二净，人揍得鼻青脸肿。去派出所报案，看见民警桌上堆着牙膏。

（又）唯一一件命案发在除夕，死者和凶手是姻亲，酒醉引起的积怨。值班所长来到村部，用大喇叭广播，一会儿线索上来，嫌疑人就归案了，实在是土气得不得了的侦查。值班民警半夜把他放回家去了一趟，"他说，屋里太冷，要回去拿床被窝"。从此，就再也没见过那个杀人犯。

（五）乡里的人认为，仅次于杀人的邪恶罪行是偷牛，尽管牛在耕种上的意义几乎是象征性的，但仍然完全符合"罪行特别严重，社会影响特别恶劣"的考语。此外的很多事儿居然还算犯法，他们倒不以为然，久而久之，农村派出所的警察对法律的观感也和他们一样了。

（六）乡间的缺德行为还有一些，比如烧别人家的柴火垛。有个神秘的吟游诗人夜里出没，洗劫了别人家的自行车、仓房之后，还要现场用粉笔在壁上赋诗一首，杂以通假字、二简字。年根底下挖洞偷光了某户的年货那回，诗是这么写的："你忙活一年，我忙活一宿，扛走半扇猪，给你留个小肘。"

种地的人们似乎不再爱土地了，听了报价，拿到相当于三百倍年现金收入的安置款，他们高高兴兴地搬进了新楼。整个村庄无所事事，男人们买了近百万的汽车，女人们早早围上貂皮，日夜置酒高会，嬉戏赌博。按照他们离奇的计算方式，这种过法可以维持三百年。

"七月十五定旱涝，八月十五定收成"。收成还好，昂扬的苞米地低下头来，被踩得凌乱。还剩下一些，这东西不值钱，谁爱进去"遛"谁拿走。苞米出秸秆最多，放倒在地里，没人要，只有烧。白天不让，说罚，爱护环境。那就夜里点吧，连邻居的，一根火柴的事儿，帮忙呗。城镇四周火烧连营，那个叫PM2.5的数字蹦了起来，浓烟扑向公路，司机木然地说："烧秸秆了。"

刚开始城区改造时，以土地换几十万，村民们懵了。几兄弟每人买了部翻盖手机，他们不认识有电话的人家，就各自躺在自己的被窝里互相打电话，惊诧于在棉被里还有信号，一分钟打和接都是五毛钱。等结伴去要求办低保时，被人戏耍说"你们家有钱啊，一人买了一个上万块的手机呢"，兄弟们把掉了漆的手机掏出来："不还是这个么……"

城市化像洪水一样漫过村庄，村民变为市民，对城市很不熟练。公路中分村子，头几年总得有几个被轧死的。幸好每月还有三天大集，到了这三天，他们好像才重新是他们，每样东西都认得。此地讲吃驴，驴在集上宰杀，当街开膛拾掇，倒挂到钩子上，手指哪块，现扒皮现给割，人人都很内行。托着拎着扛着，回家包饺子。

这里能出产天下最好的米：挠力河上游没有工业排放的水，黑土，黑土下吸收日光的岩层，据说是日本人留下的稻种，一小把米熬出来的粥，粒粒清香饱胀，像细小的汤圆。能吃时赶紧吃，也许，干净的水再过几年就没有了，黑土还有二十年就没有了。

收割时最专注疲惫、紧张提防，偌大一片，只有几天的光景可用，既喜又焦，要雇熟练的人手。西北叫麦客，捆扎小小一卷行李，顺着麦子依次成熟的方向去赶麦场。新疆是摘棉花，工钱好的时候，一斤一块钱，三百块钱是好大一座棉花山。一路上吃的都是大盆大桶，里头盛着各色东家的人性。睡通铺，或就在场院里寻一处摊开睡下，指望麻木欲裂的腰背能在露水下来前回转到自己身上。

秋收前刮大风，农机用不上了。多雇了几个人，仨人一大天差不多收一垧，八九百米长的垄边向里看，连摘带扒的苞米飞快地扔出来，渐渐远去，也仿佛是机器，利于感慨中国人的耐劳苦作等等。一天下来，东家管的几顿饭菜要很硬才行，每人能分上一张一百元。他搁到过去要算地主了，小地主。过去苞米不好种时种高粱，有了农机农药，都种苞米，省心省事，虽然不值钱。

他们两口子是种粮的好手，陆续包了邻居的地，连成片有一百多亩，种水稻，添了农机，翻新了房子。说土地集中流转给大户，传到村里，传成"都去城里住楼"。她是无可无不可的，否则怎么样？给钱，还不少给，否则怎么样？住楼里日复一日地打麻将，从一块打到十块，最近开始熬夜了。天亮的时候，看着高空的曙光，"这节气该播种了"，她想。

（续）他年纪不大，但爱地，从邻居手里收买。种的粮食瓜菜都比别人的好，行市多卖几分。刚化冻就驾着四轮子去河床挖土，筛细了洒进地里。凡事精心些，地就回报他些，地是实诚的，是有啥说啥的，无论天道如何，记事的三十年里，只有一次被冰雹打绝产过，其余年景能活。地里的菜太多，日夜地作也收不完，村里人少，白给都没人要，只能这么烂了。

（再）逐渐属他的地最多了，只有自家人，累得半死想明年也他妈不种了，躺在屋顶，看堆满金黄的场院，看黑暗里沉睡的田野，心又软了。村里都传，上面调查过几次，要搞并村搬迁。说七成人同意就行。地卖出去的人家屈指算账：卖了地，一年不过少收入五千块，进城怎么不挣出五千？全屯还种地的就剩下这几家，他坚决不干能管用么？那黑暗里沉睡的田野。

【馀文】后来，我有机缘在村中住了一段，才知道这节实在不自量力，想重写又懒，不，还是说成为保持原样完整比较好听。据我的度量，我如果生长在乡下，一定是没起色的懒汉，自家那块地伺候得甚是难看，文不能会计，武不能村主任，外出打工也挣不到几个钱，大抵是进不到城里生活。这猜测的含义是：生在农村是不幸的。这是明显的废话还是不该说的冒犯，就不知道了。

风物

【宾白】块然枯坐于有意无意之间，可能把眼前景物都看虚为一片斑斓光影，也可能深入万事万物，从每茎细草、每只鸣虫的枯荣盛衰看起，并给它们一一取出名字，直至观测到季风和星空。一切都是平常的，一切也皆是奇迹，连"人洗澡时没有融化在水里也是奇迹"。世间风物都是人的景物，其存在只是人能察觉到的存在：

城市里的大树会在夜里被悄悄砍伐，只留下些鲜亮木屑，所有的部门都懵然无知，然后建筑用最快的速度长起来。你注意过没有：家门前的树消失以后，阴影会保留一段时间，直到记忆的背景模糊消散，变得愈发不真实。在这城里住着一群没有记忆的人，他们说起一件事时会四处乱指，不记得究竟发生在哪里了。

东北的雪刚化就快入夏了，春天很短：从街上的榆树生了一层嫩绿开始，到那棵大梨树的花开败了就结束。城市曾自称丁香城，因为这几十天里聚集了一个季节的气味儿和颜色，到处都有刺鼻到近乎有形的丁香味儿。有时，在街上走出很远，却没看见一棵树、一株丁香。能看到的绿色，都在花盆里。不知道现在是什么季节。

江面冰层大约在四月融化，互相撞击成巨大的浮冰漂向下游，叫"放冰排"，有些人视作盛景。很多本地人倒一直没看过。这时节，总有试图从冰面抄几里的近路掉入冰窟窿的。救援者总是赶到现场又因为冰面脆弱无法接近，只能远远看着那人体力不支沉入水底。现在有了方便的相机，临死能拍张不便公开的照片。今年开春，掉过一家几口下去，还掉过超载的拖拉机下去。年年如此。

清明烧一次纸，十字路口上星星点点，很现成。七月十五，江边上放灯，有的是河灯，有的是本该在元宵节放的大红蘑菇似的孔明灯，从商贩手里买一盏，在红纸条上写上死者姓名，胡地的风俗乱套。记得去墓地的，肯到江畔来的，也算是对自己的一点儿交代。

有水就有水神，水神的格调不高，近于妖孽，具体为大鱼。一九九八年的大水，我同学在自家屋顶上见到条脊背比屋顶还长的鱼，说像是鲤鱼。再早，松花江水退潮时，沙洲的每个坑里都有搁浅的鱼，小的也有半斤。三花五罗往疏松的网里撞，偶尔还有鳖，打鱼人一旦遇到，就早早收网回家。常说的河神是吃人肉的狗鱼。我小学同桌她妈描述在芦苇里亲眼见到个怪物，长大看图才发现是河童。

我家起先在马家街一带，离喇嘛台遗址不远，那座纯木头的教堂，像很多精巧的旧时木建筑一样不用钉子和胶。拆掉它的是"八八团"，那时候他们风华正茂，有的是力气，一个白天就拆平了。他们都是在这座木头建筑边上长大的，见过它如何在晨昏日光中呈现各种姿态，拆掉它，就像砍掉一棵童年时常爬的树。俄罗斯境内还有座一模一样的教堂。它曾出现在这里是个误会。

后来搬到人和街上，离阿列谢耶夫教堂不远，神父是个白俄，每天下午笑眯眯地坐在门口的长凳上和街坊聊天，说地道的东北话："你干哈（啥）去啊，上道里那疙瘩（地方）不？"他抓给孩子们的水果糖和饼干可能是圣餐上用的。按当时的岁数，现在不可能在世了。教堂前后种了不少树，围着木栅栏。后来，有人觉得这样更好：拆掉墙，在教堂前搞个灯光水泥广场，卖烤肉串跳僵尸舞，戏弄上空的圣母。

最繁华的街上有几个静悄悄的院落，里面的杨树又高又密，树梢上站着喜鹊，树林中间是栋一百年前修建的从未属于过民间的秀美洋楼。铁门后有岗哨，走车的时候多，进出的人神气不凡。开关门之际，院内景物闪现刹那，行人皆称羡。

哈尔滨最好的两座洋楼是颐园街上并列的一号和三号，一百年前为犹太商人私邸。一号做过几日行宫，辟为革命教育基地。三号"曾被批准建立周恩来视察黑龙江纪念馆，后因故未能辟建。现在是某某老干部活动场所"。附近老人按照"老年大学"的地址找到这里，窥了一回园，被告知不对外开放：但见里头装潢古雅郑重，活动着很多严肃活泼的老人。

我家小时候的院子横宽三步，竖走也是三步，简直不能算院子。人在里面不仅是个囚字，还有棵很粗的榆树，全院的孩子都等着来摘榆树钱，不知道学校收这个干什么用。四五年后回迁，整片平房被码成一圈板楼，像副等待开牌的麻将。那棵榆树的根因为太深不好挖，被留在一角里。于是，我还能知道我出生的房子曾在哪里。

"九一八"这天，东三省都会拉响警报。别人家的孩子上幼儿园，我成天在街边蹲着，第一次听到那响彻全城的呜咽哀鸣，发现这个早八点以后寂静无声的灰暗城市，竟藏了许多尖厉的高音喇叭，既恐慌又忧虑，不知道该去问谁，只见路上的人都面无表情地走着，使我怀疑只有我听到了，只得继续用树枝捅地上的蚂蚁洞，恐惧不安之外增加了忧郁寂寞。

儿童游戏和歌谣，虽不立文字，但可能会流传很久。我家那个大杂院肚子广阔，出入口窄，易守难攻，是远近闻名的流氓大院，小流氓们都有锯条似的牙齿，从来不为饥饿而哀伤，连蜻蜓和蚂蚱也不放过，包在纸里烧了吃。吃完了就横七竖八地躺在榆树底下，安上"人家姑娘有花戴"的腔齐唱："傻逼青年上小铺，不买酱油不买醋，买上二尺大花布，回家做条开裆裤……开呀吗开裆裤。"

动物园迁走以前，孩子们可以在夜晚翻墙进去，沿着树林的漆黑阴影，在大猫的目光和野牛的气味儿里前行。整个园里只有七盏路灯还亮，路灯下有大团的虫子，我们在河马馆边儿上停了下来，这是默契之中的最深处，再向前，有的害怕夜晚的狼，有的害怕夜行动物馆。我们爬到干草垛子上面抽烟，想象从水池底下冒上来的巨大气泡。

　　动物园搬到了离城八十里外的山中，每年营业夏秋两季，主要在节假日。他在动物园里给小鸟看病，偷吃冰柜里存的蟒蛇尸体，很洒脱。也按照市政规划跟狮子老虎狗熊一起搬进山里，收入不多，但有个编制，狠了几次心仍然没离职。大动物越来越少，四头大象只剩下一头又老又瘸的。鸟儿倒很多，上报的时候能撑总数。没住多久就习惯了。

　　我混过几年的学校边上有片大林子，搞林学、植物学科研用。林场里有许多罕见树种，生长多年，颜色深黑，轮廓狰狞放肆。入夜，有在里面幽会的，抢劫的，醉酒之后迷路的，隔几年就有学生在树林深处上吊。城市蔓延到这里，围住这块林场。或许嫌它绿得有点儿刺眼，就修了条公路穿过，又砍掉一半的树盖了高层住宅，方才放心了一些。

　　江畔公园叫斯大林公园，本地人习以为常，不觉得这像朋克乐队才会用的名字。公园里的老树和几十座雕像都是从小熟视的，不久前才细看一次，大概也是苏联的美术体系，革命文艺主题和结结实实的造型自然过时了，可面部之生动人体之准确，以及曹衣出水吴带当风的技术，和今天或呆傻或诡异的街头雕塑自有云泥之别。

出旧城十里是新城。路宽，楼盘密而高，只是少行人，不能算鬼城，有关部门不承认是鬼城，是超前谋划。新买车的市民来试脚力，公园没人管护，草木深。大正午，沿木板道进去溜达，撞见灌木掩映下的数对野合男女，岁数都挺大的，男人扫兴，女人倒不太尴尬，有装没看见继续的，有背过身披衣服的。这在高楼环伺下摊开来的《诗经》。

＃大烟＃ 起初他不知道老家人开始时兴种这东西，好像拿这当君子兰养。先是觉得那花好看得出奇，然后起了疑心。更叫他疑心的是前一天晚上在镇里吃的涮羊肉。就是清锅里的羊肉片儿，为什么会那么好吃？做梦一样。

（续）管得严了以后，只好在林区里种。稽查空手而回了几次，想起猴头蘑的长法，向树林半空上去找。透过密不透风的枝叶，发现用塑料袋包起来的罂粟被安置在树顶上，呼吸着阳光和湿气。

近边境的一个县里，因为"国家级贫困县"而活得很松弛，临行遇到了汉民区少见的怪规矩，早餐桌上要喝白酒，谓之"迎朝阳"。睡眼惺忪地端着二两半六十度烈酒，放眼望去，街里触目凄凉，烟尘弥漫，城外土地荒疏，百无聊赖，长居于此，确实没有勇气去迎接一个漫长的白昼和一轮清醒的朝阳。

邻县的居民大多是垦荒部队、知青及后代，自视比"土著"农民要高。县城齐整一些、洁净一些，物产丰富，有矿，人的衣着也相对入时，于是反复说起：我们上辈是参加过抗美援朝的战士，或是老家在江苏，我们和别的地方的人不一样。他们常在地图上比量离北京多远、离上海多远，然后把这段距离反复乘以上千万倍。

别的不大好说。单说鱼吧，抚远人说，刚回归时，从岛上能打到一尺多长的鱼，在群众的努力下，现在就剩下半尺长的了，估计明年就没有大鱼了。要来钓鱼得抓紧。还有一种说法。界江界湖上，比如兴凯湖，大鱼都在国境线那头，聪明的不游到勤劳勇敢的中国人这边来。是描述，也是自嘲，可是，别人捞，你能忍住不捞么？你就算忍住了，能得着啥？

国道终端的县，十几二十万人沿界江散散住着。大兴土木时，县里在河心岛上砍开树林，砸出个博物馆，弄一笔钱，分拨几个编。县里坚持觉得这是个景点，游客倒没觉出来。上岛去，解说员远远从岛另一头跑来。只记得她生得美，体态修长，言行伶俐，大方得体胜过了都市时尚女郎。散去时，站在门外目送很久，或许不全是礼仪，也是这岛上无边寂寞。

这地方是地图北面顶点，为了拉动旅游，盖了座机场，每年有一半的时候能运行，运行时每天有一趟航班起落，乐观估计，有个几百年就回本了。待到下雪之后，才像寒号鸟一样发现低估了扫雪支出，昂贵的扫雪机出动六次，全年毛收入就没了。只能求部队支援，去找职工，来得不全，因为拖欠工资，都出门打工去了。

"北京像国际都市的地方，是终于没人看你了，这么多年，什么样的人都看惯了看烦了。"人群虽然攒动推挤，但互不理睬，最困顿的和最显贵的，最风尚的和最守旧的，前几年引人围观的事儿，现在眼皮都不抬。偶尔，会有一两个忍受不住的，站到街头破口大骂，几乎全是撇着京腔，不知是否为旧主人的失落。还是没有看的。骂累了，低着头，背着手，往家走，自有二锅头和小碗干炸。

京城里，一忧是霾，笼盖黄河长江以北，无处遁逃。一喜自然是房价，新的炫富是显摆有几台空气净化器，会带出居住面积，乘六万，自己算。奶白色的街道轮廓里冲出来送快递和外卖的小伙儿们，都不戴口罩。不懂么？怎么会不懂，但勒上就喘不过气，耽误挣钱，也未必就有多大用。"年轻啊，身体好啊"，按单号出行的司机轻巧地说。

天津的河上有桥，桥上有人钓鱼，说是钓其实是用渔竿下网，人离水面很远，木渔竿远看像细电线杆，吊车一样放下去张直径六七米的圆网，用滑轮组控制。围观者比钓者多，可以买，多少钱这一网都归你，空的不算，有一条就收钱。天擦黑，把捕鱼设备勉强拴在自行车大梁上，前后都支出去挺老远，慢慢地沿坡往家出溜。

城内河道是游泳胜地。有片鹅卵石、上下水方便的地方是野泳者的码头。站定在桥上，除了看撒网，就是看桥下一团人来来回回地游泳，以及被下面仰泳的人看。过来一艘游船，远远地拉汽笛，桥上和水面上的人又都看那船。此地的特异是对玩儿这件事的庄重：戴着全套的潜水镜、脚蹼和手划子，以正规的自由泳姿势，在两条拥堵的马路中间游着。

天津有个可深可浅的词，曰找乐。指向他人，大概是捉弄，最好当事人始终茫然，更显得高超优越兼安全。指向自己，是遣有涯之生。暴雨里，大城市的排水全都不灵了，不灵就不灵吧，天津人演示了找乐：把皮划艇、摩托艇、长脖子天鹅船推进街面的水中嬉戏，难为他什么时候置办又是怎么弄过来的。我有七分诚意的赞美，而严肃的天津人，对此"不以为然"，说这是倒霉的毛病。

迄今为止，我还没遇到比天津"瓷房子"更可怕的建筑：楼体盘着不可胜数的石头蛇，顶着颗南北朝的石首，瓷器碎片拼成各种图案和英文字母，把光天化日拉进鬼域。说来也怪，单摆浮搁的工艺品，经排列组合，竟如此恐怖。我看一次，就诅咒一次这楼的主人，他在五大道上还有一处相似建筑。总觉得这人其实非常精明。

江南古刹，是著名神话的发生地，香火极旺，照锻炼出的经验，PM2.5应该是终年五六百往上，甚多僧众，入山门起，四大天王脚下，看守善缘簿的老和尚在低头扒拉着玩手机。每处佛殿洞窟，均有和尚看守，均在玩手机。有位小师傅很投入，时而匿笑，时而蹙眉，表情像陷入恋爱这诸苦之本。也不由得掏出手机，试图连本寺Wi-Fi，善了个哉的，有密码。不远处另一寺，和尚虽然也看手机，但看的是讲经说法的视频。

富庶地区的庙也先进，设计有全套VI，导览的吉祥物是个一休样的小和尚。山门左侧是素菜馆，豆腐包子不贵，右侧是国学沙龙，都支持扫二维码支付。进门去，公示下月法事，各位女施主听真：人工流产是杀业，胎儿已是人命，需超度和拜忏。定于下月某日某时，伍佰元一位，于某处登记。略感惊异，攒佛经时并无妇产科，但也实在是有理。

中山陵有许多不知名的湖，紫金山雨水流淌下在那里短暂汇聚。前几年都不曾有多少人去过，我会在湖边干脆坐上整个下午，在脑里无数次溺毙自己。后来，湖被开发，连成栈道，浓妆艳抹接客。湖把我的尸体藏进某个平行宇宙。北极阁附近有个公园里挂满了绳子，书画爱好者在不下雨时就把自己的书画挂在绳上，我一直不明白这些人是在等着画干，还是等着画

被相中的人购买。他们就安分地坐着，好像从出生就长在那街边公园的一棵水杉。（抄录自 @ 白一刀）

江浙古城的旧街巷里藏着些不甚显眼的园，小巷里转了多时，从小门进去，别有洞天，门票便宜，里面多数是街坊。有座沉穆厚拙的长榭，据懂古建筑的讲，是江南的魁首。附近老年人都只当它是个歇脚地方，端着杯，到柜台寻热水喝，终日对坐城市山林，彼此咕哝几句。游人见到，羡慕多端。当此际，人的际遇，园的运气，均不可捉摸。

苏州有好多狭窄的河。河上有桥，桥下有人熟练地运桶打水。桥上能看进沿河房舍人家。许多处改成了餐馆、会所、茶室、青年旅馆，了无生趣。还有家小发屋，四五个姑娘在里面吃饭，穿得很露很职业，原来清淡的眉眼上非要可惜地盖上浓妆。时间虽是入夜，可天还是深蓝的，没有生意。桌上摆小鱼一碗、青菜一碗，守着米饭半锅，都木然地嚼着，脸冲着咫尺外墨绿色、有淡淡臭气的水面。

【前腔】江阴江阳，北人不觉得有区别，搭趟公交车就过了几道长江，来到另一城市，擅长做的吃食不同罢了。当地人分得很清，哪里的人是哪里的，在经济政治上是什么位置。古城里的人夸耀古，三千年吴文化，新城说富，企业资产品牌，各自心中有综合实力排序。都很较真，相互攻讦得入情入理，我该怎么嘲讽你，你该怎么回敬我，都有范式，很有意思。

长江上并列的数架钢铁巨桥连缀成巨大庞杂的武汉，水系浩瀚，路上燥热。此地并非真是什么朋克城，那只是几间酒吧里一撮小青年鼓捣的玩意儿。这里的市井江湖并不朽烂，也懒得精致，人人都实话实说，不操闲心，自称为一点五线城市时，也没有多少夸耀意思，"还不是人太多了嘛"。连司机拒载也不打诳语，凝神片刻，平静地说："太远了，不想克。"

福建某地，街坊中的小小庙宇贴出大红告示："××宫理事会定于某月某日前往龙海白礁慈济祖宫、海沧青礁慈济祖宫进香讫火，早七点出发。五行旗大吹开路，舞龙，舞狮，西乐，电音三太子，腰鼓队，轮船汽车备齐。场面热烈，望信众相互转告。"使观者觉出活着真是非常有趣的事情。

虽是不宽的海峡，也有莫测风浪。大小来往船只都拜妈祖，被笼统归为道教神。分红面粉面，还有黑面，岸上常常为了争夺游神路线引起械斗。民间借贷起诉到法院，有账目而无借据，法官飞起急智，说"被告你到庙里去上香，当着妈祖再说一次你没借过"。被告犹疑片刻，就当庭认账了。

巴黎战后，主妇们买正好重量一磅的《存在与虚无》当砝码。东南地下六合彩的庄家玩家，均用中华书局《康熙字典》作密码本，取其版本固定、近乎无差错，可以减少纠纷乃至殴斗。书局曾长期困惑于为何那边根本没几个人看古书却年年能卖数千册字典。

我旁观，出没于知名文艺景点的女文青常换装扮潮流，这二年，暗花布长裙换成背带裤，不变的是双肩包、墨镜和极大的草帽。最近流行黑体加粗的一字眉和楷体加粗的红唇，像戏台上的媒婆。有买的就有卖的，景点里为她们开了许多店，小情致很多。她们喜欢一家据说店主兼厨师是意大利海归的披萨店，什么时候能吃上，要看他什么时候高兴来，虽说随性而心有戚戚，可也冤饿冤饿的。

　　广州人对体内的虚火甚敏锐，到了一定的季节，每天到了一定的时候，或者干出吃火锅之类的事情，就四处找凉茶喝。他们说，瓶装的是饮料，要喝现熬倒进纸杯卖的，我喝过一口，登时两眼发黑，想起了许多久已忘怀的事，抱着树干呕了半天。加多宝和王老吉的混战，孰是孰非，搅动此城，大过年的，最大的一块 LED 上，得到红罐的那个正撑天拄地地叫骂，很想买杯凉茶送它祛火。

　　初秋草原风光充足，然而短暂，之后冬季漫长，所以要纵情欢聚。草原快要没有了，游牧在更早时就逐渐绝迹。满洲里一带曾归黑龙江管辖，至今，大兴安岭以西也由其代管。蒙古人说，背着猎枪去草原上，除了鹰，射到什么都不怪罪，只要帐篷上不挂红布，进去就是了。等到"草原旅游"的时候，这些说法就只是种说法而已。

　　小块的草原都搞"旅游"，骑几圈瘦马，到水泥砌的蒙古包里喝酒。上来整个牛头，先蒸后熏烧，自己切割。全羊是类似烤鸭一样的标准化作业，不知道在哪儿烤的。进来几个穿民族服装的服务员，没精打采地唱，要每人都喝两角勾兑烈酒，一角三两，一角二两。脖子上挂一条劣质哈达，发餐巾纸一样。

草地上尚白色。白灾是指白毛风，对应无雪干旱的黑灾。白灾笼盖，找不到避风处，羊群就会被吹进莫辨方向的雪野。好在有了通消息的群："乌兰泡后面的 172.173 公路上有二三百只羊，谁丢的，赶紧赶回去吧。""杭乌拉萨如拉嘎查傲敦格日乐家今天丢了八百多羊，中午一点多时候。有人捡到来个电话吧，谢谢。"牧户们似紧张焦急又不慌不忙，年年如此，总是要来，总会过去。

澳门沿海赌场聚集处，光怪陆离，竭力制造幻象，像守着心照不宣的秘密。本地人不爱谈赌业，喜欢说大赛车，自己玩的改装车，不是香港那头的锃亮。在自己的区域里饮食起居，和那个赌客出入的澳门类似舞台的前后台。博物馆淳朴地介绍风土人情、容闳和《盛世危言》，连带葡人的油腻饮食，于赌业也只设了个小小柜台，仅言及旧事，虽说何鸿燊博士在世即化作一条大马路，就躺在不远处。

电视台有档节目，专讲赌博业，衣着朴素的女主播一本正经地播报职业赌手的竞技，另两位赌手讲解奥运赛事似的解说大赌场的商业竞争。赌船开进公海后，每注都上百万，以胡乱纵肉欲为余兴。也报道赌博网站的老板，就是网上乱弹小广告的那种，人在南亚遥控遍布大陆的下线，已经受到了当地传唤，正道貌岸然地和主持人连线分辩自己的无辜。

赌场外，常见中年土棍搂着俗艳女人，后面尾随着个夹皮包的跟班，虚张声势地走，仿佛刚刚征服了此地，仿佛回到了北方。豪客们由停在门前的黑轿车直接送进小厅，在赌场眼里，这些土棍不入流。葡京附近的几条街上最多，他们似乎喜欢这里，新葡京占了热闹地段，极丑，像个鎏金的疖子，据说这造型能克制对手盘的财运，前厅里金玉满堂，尽情粗俗，也许正为了吸引类聚。

赌场里的人，不大投入的在喧哗嬉笑，前后左右乱看，夸耀刚刚赢到手或输掉的数字；投入的，面相执着狰狞，举止傲慢做作，似乎在做很荣耀的事业。赌场里氧气充足，故意隐去了昼夜时间，女人们忘了补妆，脸色像涂了一层油的橡皮，已无性别和美丑区分，都褪出本相，剩下木然贪婪。

【前腔】我想到个词叫"变容"，神变容以示在地上时不真实，人到这里也变容，像刚死过一场，只剩了赤条条的皮肉，仿佛以前活得不真实，难怪赌场视他们如猪如羊。《暗花》是一九九八年拍的，那个暗中操控一切的阴险老者是谁？使本土的打手和恶棍一下子发觉自己原来如此不专业，吹弹可破。

西安西北一线陵多，路远，不爱历史的人觉得无甚可看，景区里的乞讨者、野导游都是附近山民，像猎人，眼神坚定寂寞，遇到个游客就死死跟着。有个老太太，嘴里只说"帮帮忙，帮帮忙嘛"，游客也死性，宁可败坏兴头也不掏钱，一直被老太太从山脚撵到没有路的险峰，趴在石头上恐惧地看着老太太比自己腿脚利索，马上就到跟前了，觉得身处恐怖电影。

兵马俑的参观有若干等级，在外部长廊下层，有一道更近距离的平台，特殊一点儿的访客，可以被领下去。更高规格的，比如克林顿夫妇，可以下到坑底。有位日本盲人女游客，因为特别想要感受一下兵马俑，能戴上手套抚摸陶俑，传为美谈。也不必追问中国的盲人行不行，你见过几个中国盲人能旅游的？非问不可的话，应该是不行吧。

那个西部重镇与全国所有大城一样，长年是工地，一片片巨型大楼，气魄吓人。当地人说，清洁工大多是周边那几县的，看他们的习惯就知道：喜欢扫完街道，搞一块木头，在背风处当街点着了烤火。其实天还不冷。在金色幕墙玻璃下面，三两个人，在普拉达或爱马仕的大招牌下，专心地盯着微暗的火苗，安静地搓着手。

鄂尔多斯辗转反侧，刚刚在横财的惊喜中打了个盹，便又在破产的恐惧里醒转来。凭什么片刻前还牢不可破的浮财不动产竟然全成了债务？全国的二手车贩子来了，在空无一人的大马路上检验塑料膜还没有撕掉的豪华汽车。大热天也系着领带，南腔北调的人也来了，提着一大箱现金：这个楼盘项目，两百万就算我们的了，勉强够你跑路用。赶紧想，旁边那家也卖呢。

迈进西南某省的一座城，像迈进了三十年前。建筑和交通全无规划，人力便宜得像开玩笑，除了贩毒杀人，许多违法行为都当路完成，行人看都不看。他们穿着式样陈旧的衣服，目光凝滞戒备，从不微笑。先我到来的人说：这里生活很难，有钱人都走了，剩下的人没有什么想笑的事情。怀恋旧日的人或许该来看看，能修正记忆，愈合癔想。

他到边远的民族县份去，觉得事事新奇。他不担心那些矛盾，他想那些人总不比汉人难相处，要的不过是诚实而已，和做生意最后的原则一样。果然，头人（他不知道该叫什么）很快喜欢上了他，说"你没事儿去我家吧"，别人说"这不是你们的客气话，这是隆重的邀请"，他就去了。头人很富，但家里简单寒酸，因为心里有佛爷，不喜欢长物。

这里是农业县，没有一点儿工业，且不大长粮食，只有放牧。放牧的方式在中原闻所未闻，接完羔，把牛犊打上记号，过一阵就赶进密林子里，再不管了。到了长成的时候，男人们懒洋洋地进山，山里一群群膘肥体壮的野牛，有一小半找不回来，能找回来的也就够了，差不多的人家总有二十来头。

在那里住招待所，县里汉人少，多数是干部。粮食是自己随车拉去的。蔬菜罕见，只有回民饭馆有，要四盘，都是拉条子浇头的味儿，问是不是一锅出来再分开的，板着脸回答说不是。羊肉极鲜美，无膻气，当地吃法是生的下锅，半生的出锅。他按照老家的做法炒给他们吃，他们也说好吃，点过头之后，没人打算学。

他们的牛羊没数，孩子也近乎没数。村落口，牛粪堆边儿上，成群的孩子，小的还在地上爬。爬着爬着就长大了，就可以爬到树上，爬到姑娘的背上。女孩儿多数要在家里生个孩子才好出嫁，这是初民习俗，合乎种族要求。这些孩子有的养在娘家，有的卖出去，联系族人即可，手续好说。他就极想领一个回来，那里的男人相貌英挺。

当年拉萨很少有出租车，都是三轮。藏族车夫在车把上挂只盛零钱的箱子，用响亮的口哨驱赶行人，单手扶把，悠闲地和熟人打招呼，有时干脆踩上刹车，滔滔不绝地聊起来，回头冲乘客很甜地挤下眼睛。其中不少黝黑英俊的长发后生，让内地女孩儿迷得不行。付过钱，被叫住，伸过来只巴掌。"不是讲好三块么？""不不不，这是：再、见。"他收起欢笑，困惑地低头看手掌。

车夫里还是汉民多，多半是四川人。有个河南人，去过我们那儿，清楚地记得许多地名，还去过广东、上海、浙江，最喜欢广东，地方好赚钱多。"那怎么跑到拉萨来了？""我弟弟在这里当兵。我要陪我弟弟。"说到这里来，半个月身体就习惯了，地方小，几天就能记熟，不过，要让本地人几分。指着一片山说："看，那里下雪了。"雪从山顶滚到山腰，腾起一片白雾。

布达拉宫是让内地人惊讶的。游客从后山上，藏族人从前山上。相遇时侧身错开。一个小宫室里供奉着著名的佛像，藏族保安站在暗处。南方旅行团闪完了闪光灯，笑闹着推挤着往下一个景点后，他摘下大檐帽，走上近前，双手合十，对着佛像大声唱诵起来，身上的制服和板带没有丝毫别扭之感。

大昭寺是朝觐终点，朝圣者围着牛皮裙、手上扣着木板，拉着行李辎重，千百里外几步一拜而来。十几年前，寺前集市上已经都是工艺品和假货，马原则声称曾在此买到过白虎皮。门票是半张光盘，游人"攻略"是如何拍摄磕长头的人群和逃票。寺内大殿前还有条转经道，游人如果误入，会被白昼里举着灯的人推出来。

藏人在街边围着一只暖瓶边喝边聊，女人孩子爱喝甜茶。机场里，两个老妇人送一个应该是去学舞蹈或唱歌的女孩，她们带着一塑料桶青稞酒，一暖瓶茶和几条哈达，在候机厅里旁若无人地举行起送别仪式来，轮流在彼此耳边快速地说着话，泪水顺着脸上的沟壑横竖流淌，一地都是淡褐色的茶，湿漉漉的。

十多年前，在成都往拉萨的飞机上，邻座男青年戴着宽檐迷彩的帆布帽子，没错，全程都没有摘下来擦汗；穿着全套的户外装备，鞋是很厚的防水靴，咔嚓一声就能踩断我的脚趾，吓得我始终没敢笑出声。他一直捧着本徒步进藏攻略，紧张地来回翻看，偶尔忧虑地咂一口空姐递过去的果汁儿。

【前腔】户外界追逐家什妙。我见过个男人因为觉得塑胶跑道新鲜，把皮包往腋下一夹，穿着西服裤跑了五六十圈。在座以凶险闻名的山上，有个南方女人踩半高跟鞋，哇啦哇啦地聊着大天，超过了许多全套装备、龇牙咧嘴拄着登山杖的人。江浙生意人为做买卖，徒步穿行进藏公路，说"阳光挺足的，路况嘛蛮好"，不知道把那路形容得艰险非凡，对另外一些人来说意义重大。

【馀文】远处的事物最能抚慰漫长无聊的黑夜。先前的故事形式，都是沿着条道路展开，作用于人时，要把外部的经历和信息转化为内部体验，或留恋，或自豪，或侥幸，各呈饱经风霜之态。其实，活着的每天都有生命危险，谁知道对面那辆车里是不是坐着个疯子，刹车会不会突然失灵？但交通事故过于乏味，终归只是不幸。如今的城乡均大同小异，但每条街巷，又都藏有怪诞崎岖的精神历险。

活
受

【宾白】"活受"也是句土话，不是东北的，听家里老人常说，似乎是华北的吧，从一双不合脚的鞋子到饿死人的饥荒，无悲无喜的疲劳，皆可以形容。就态度论，和后面的"弃绝"正好相反。堪忍还是不堪忍，是个问题，高超的答案是"忍过事堪喜"，其乃有济则未必，只是这样一味地耐受下来：

他家里成分不好，不好且穷。自幼欢愉很少，离开大城市到兵团插队时也没什么哀怨。到了这里拼命表现，牛马一样下地耕种，希望争取个好态度。大风雨里，平原像漆黑海，一道闪电从天上下来，钻进了男宿舍通铺，他一辈子都记得，那个火球蜿蜒着击毙了十几个人，他说，对幸存的奇迹没有马丁·路德式的幡然觉醒，念头只是"看来明天还得下地"。

在下乡的地方待了二十六年，老婆常埋怨他的口音为什么还那么侉，真改不了么？他终于得以把一切关系接续办妥，回到了城市，特意照了照镜子，胡同少年不知哪儿去了，剩下个谢顶的中年人。每次骑车路过大广场，都直着脖子。说不清自己在想什么，该想什么。

女知青为回城失身的事儿不是秘闻，她坚称没见过：她能早早回北京是由于人日夜跟在工作组干部后面反映，把他们磨烦了。她生得修长秀美，有两个乖巧的酒窝，回来即被人民大会堂选中当了服务员，又嫁给了首长保健医。后来全家进了大医院，连痴呆的儿子也安排了，如今倒腾专家号为业，京郊有别墅。青春留下的皮囊没法看了，也用不着了，谦虚地打哈哈：想办法活着呗。

曾经不可一世的纺织厂在那次大爆炸后逐渐转入衰微。那气浪顶开了车间四十公分厚的水泥墙，震碎了几公里内的所有玻璃，焚化了年轻纺织女工的手指、肌肤、乳房、面孔。工厂拨出来两栋宿舍楼，安置这些再也嫁不出去的姑娘。越入深夜，越有尖利的哭声，有人管那里叫"鬼楼"。她们尽量少外出，拿越来越薄的生活补助买化妆品，在麻将桌上输来输去。最年轻的如今刚过中年。

他家在火车站边上，小时候习惯从车底下爬过去抄近路。终于有一回，刚爬进去车就动了。起初很慢，要是动作快还能出去，胆怯迟疑间，越来越快，直到绝对没机会了。能不能活有一半概率：看后面有没有车头，车头前面有个铲子，如果有推的，就完了。他从铁轨里站起来时，预感到这样的事情今后还会再有。

他小时候，每星期都有列火车在他们那儿停几分钟。起初，他们只敢望着车窗里，有的孩子比他年纪还小，还是女孩，就坐过火车了。胆子大一点儿时，从家里偷一块钱，可以从火车上的售货员那里买一包花生、几颗糖。如果胆子再大一点儿，他想，也许就可以直接溜上车去，去车厢上写的那个地方，再也不回来了。

小时候 # 　我小时候住的大院是块"英雄地"。严打时割一茬韭菜，警车"呜啊呜啊"地抓走许多少男少女，两三年间又起来一茬。兔子不吃窝边草，对我们这些孩子挺和善，让我们看守他们骑来的没有锁的自行车，在外面遇到剪径的小流氓，可以报他们的名号。一年夏天刚过，消失了几位"英雄"。事迹很传奇，据说是半夜翻墙偷高考卷子。后来知道那不可能，但我们愿意这么传说。

（续）没被小流氓劫过钱的童年不完整。资深的经验之谈是，要平静地接受倒霉，不要引起他们对不断欺辱你的兴趣，至今仍适用为草民守则。印象深刻的一回，小学三年级，先被摸走了五块钱，没走多远，又被另一个更高一点儿的叫回去，问我，"他到底拿了你多少"，答曰五块，他盯着前者，一字一顿地说："老二，你挺他妈的黑啊。"

（再）我小学有位女同学，很小就精通世故。小学时就有过向新班长行贿二十元的豪举，连老师都吓了一跳。她说每天睡觉前都会默想今天说过的话和做过的事，哪些合适了，哪些不合适。我当时不知道这是效法圣贤，只觉得毛骨悚然。不知道她现在怎么样了。

（又）我赶上过"举大板"，按照口令变换画满图案的大纸牌子，几百上千的十一岁孩子在夏日午后连续举两个多钟头，向区领导展示精神面貌，日头越毒越是考验。下雨不行，该把纸糊的大板浇坏了。老师象征性地问谁不想参加时，我孤零零地站起来说我不行我坐不住，她看我的眼神就像我是块被她踩了一脚的狗屎。

【前腔】我小学课本上的英雄人物，胸中自有寒暑表，"秋风扫落叶"，多有气派。日常生活里，最可怕的事情莫过于掉队，最羞耻的事情莫过于最后一个戴上红领巾。

（五）在女老师那里，基本上放弃自尊可以讨生活。升到初中以后，我的人渣班主任认识到了这个问题，遂和两个体育老师搞联营，课间选送不服管教皮糙肉厚的男学生去他们那儿挨打，上课铃响过，男孩带着屈辱的神色和红肿的脖子慢慢踱回来。班主任安慰他："我要叫我儿子动手，能打残你。"那两个男老师并不教课，业余去车棚偷学生的山地车，我撞见过两回。

（六）初中的时候每年去一次聋哑学校。看聋哑学生按照手势跳舞，他们好像为了参观做了充分的准备，动作熟练、长得漂亮的排在前面，穿着新运动服，脸上红扑扑的，想笑又不好意思。我们没精打采地看着，不知道这一切是为了什么。班主任回去以后总结说：没托生个瞎子聋子，你们得知足。

（七）学校镇守一方的名师，比我们班主任高明得多：职称高，极聪明，全市中考命题人，课业抓得紧，不打人，因为不需要，最顽劣的学生，经她训斥，也会从梗着脖子到羞愤掉泪。坐在办公室里即对班上了如指掌，要算命乖，是做大官的材料。还有就是追求班级成绩的手段严苛，落后或笨的，会初三前挤对转学或当兵。待到她因眼疾病休，毕业生里，有去探望的，有说老天有眼的。

（八）她的家长会，第一排坐心腹的学生干部，家长从第二排开始，按期末成绩就座。会议程序是从最后一个角落的家长训起，需要举例，就示意前排某个学生干部，那小姑娘便伶牙俐齿把该犯的卑劣行状复述一遍，依次类推。其他家长逃回来以后，通常是一脸虚汗二目无光，如同目睹车祸或重看批斗游街。至今思之，受她害最深的，还属坐第一排的那几个。

（九）我中学同桌给我讲：她的小学老师对学生特别狠，是个男的。二年级，他逼着班上一个忘带作业的女生回家去取，那个女生家很远，又没有钥匙，就用教鞭啪啪地敲着讲台，"要不就叫你家长来，听见没有，要不就叫你家长来"！那个女生在试图从走廊的窗子爬进自己家阳台时，从六楼摔下去死了。"那老师一直教到我们毕业，现在还在那学校带班呢。"

（十）我高中待在一所原本不配我待的重点中学，在那里，我考过全班倒数第三名。倒数第二的女生初中时候是个优等生，每到期末考试都很沉郁，文理分科以后，在课堂上疯掉了，成了班上课余的放松话题。倒数第一的小胖子，在高二那年带着点儿歉意地告诉我他要参军去了。

（十一）关于那个女生的传闻："上午第一堂课，她一把抱着我，大声说'啊呀你看啊，月亮多圆啊'，我吓得汗毛都立了起来，我一个男的都挣不开。然后她就从窗户跳出去了，我们班在一楼可也够高的了，全班轰的一声都跑到窗前，看她在操场上做各种高难度动作。她治了半年，插班到下一级，胖了一圈，好像不记得以前的事了。上了一个月，又趴在她同桌肩膀上说'你看今天的月亮多圆多亮啊'……"

（十二）高中在市法院后身，常阖年级被组织去当公审大会的观众。多是国庆前集中行动中的"不足以平民愤"，法官逐个分发给各色嫌疑人从死刑立即执行到有期徒刑。散场的时候，上着脚镣的犯人被左右两名法警夹着，当着我们的面被押上大客车，班主任说是直接去往刑场，多年后知道其实不是。我们回去接着做剩下的卷子。依然不知道这是为了什么。

家长们盛行让孩子去报名"读经班"，说国学可好呢，自己耽误了，不能再误下一代。公交车上，听女人得意地令学龄前的女孩儿背"丧三年，常悲咽；居处变，酒肉绝"，朗朗童音并悲从中来，想到千年的精致酷刑。始作俑者是台湾人，又得到"新儒家"襄助：不必上学校，用十三年背下来三十万字，即为国之股肱。我也要寻出最野、最野、最野的脏话，来诅咒这些……

本地某学龄前国学班，起初免费，每周六日黎明即起开讲，不许请假，孩子有病就父母来，爷爷奶奶不行，连上半年后才有资格报名付费课，家长们都不敢怠慢。国学概念草创于民族危亡，本该过时，要解释，也就是一国之学术而已。那么，金皮彩挂做贼挖窟窿之流亚，倒也确系谙熟人心的精深国学。

最好的小学仍是公立，靠学区房占的不匀称公共资源，要以多少凭心的额外支出平滑。这所小学有很多恐怖传闻：五十多岁的班主任就喜欢穿"貂儿"，每个礼拜都换。四家合伙送车。假期请出国玩。还是七八年前的行市，现在不知什么幺蛾子了。都说是真的，都说自己或亲戚即受害者。"朝你要了么？""还等要？等她给你家孩子上冷暴力、调到最后一桌？打基础多么重要，起跑线啊这可是。"

考重点初中叫"择校"，入学即考试定座次，择不上还有"自费"杠，十五万，经历过的家长们说得更详细清楚。班主任训话：别以为进来就能考上省重点了，每年临初四成绩下滑的、离家出走的、抑郁的，多了去了，坚不坚强、是不是这块料，看你们自己。然后公布细致严苛的规矩，学生间有连坐举报制度。

高高中了的毕业生，夏秋季节在校外有光荣榜，照片上都是穿校服戴眼镜的呆滞神情。

后来，以对口小学学籍为壁垒的公办重点中学逐渐没落了，私立校特起。出于对爱和社会的理解，许多人拿孩子当支粉笔在课桌上日夜来回地消磨。她家孩子聪明听话，磨进去了。她又令他考班级前二十名，前二十名稳进省重点高中。初二上学期得了抑郁症。医生的处方是吃药，不许再骂，别补课了，放他玩玩儿吧。闹心，但比起初三跳楼的那个，还算能接受。

讲苦读励志的事情，个个惊心动魄。初四查出心脏病，家长和老师经过商量，决定让他每逢胸口难受或胳膊发麻时，在教室后面几把凳子上躺一会儿。

深夜，站在台阶上的家长们等补习班散场，探问彼此补课花费，最多的一年十余万，私教一对一，俩小时一千二。边啐边骂，然后问教得咋样，见效与否，好不好约到。又问孩子都几点睡，平均每天六个小时，个子长得慢了。叹息这样下去怎么得了，是不是要完。又觉得不管那些，还得抓紧，已经落后了。像有坚定的预期，又像深陷迷茫。

她不愿记自己的年纪。晚上九点半，热好饭，从租来的房子出来，去接比自己还高大的女儿。周末，回城市另一头的家里，假装不知道丈夫和那女人的事儿，等高考完再说，也许那时候这两人就分了，那就当没这事儿吧。还差几分钟下晚自习，掏出手机，同学群里发了张旧照片，是那时候的她，捧着本杜拉斯的小说，心想谁这么讨厌，发这个干嘛。

她从小被父母过继给伯父，四十岁那年，她通过诉讼从亲兄弟那里得到了来自生身父母的一部分遗产。她用这笔钱买了架昂贵的三角钢琴，她不会弹琴，也不打算去学，丈夫和孩子都嫌它碍事，认为她早就过了如此任性的年纪。她只是觉得全世界都欠自己一架钢琴。

她不知道她妈为什么对钢琴着魔，也许正是因为她家那个地方离车尔尼、克拉莫、肖邦太远了，要坐半天一夜的火车，才能到有教师的城市，上一节两小时的课，再坐一夜半天的火车。火车上的人都记得这对满脸不幸的母女。她俩在相互指责和憎恨、痛哭着和解里往返了九年。考过那个什么用处都没派上的破级以后，终于可以不摸琴键了。

那时送孩子学体育，图省家里一口粮食，进了体工队呢，按月还发补贴。回去抱怨太苦不想去时，家里还拿这话劝她。抱着老队员传下来的冰鞋去海拉尔训练，那里的湖已经冻硬了。也不让多吃，重一斤罚跑十圈。腿抬不到脑后，教练拿烟头烫。恶狠狠地用半年磨一个动作，脚脖子每天都像要在下一跳断掉。三十年后，见冰场上追逐着压圈滑行的幼童，大感不解：你们送孩子学这干啥？

（续）现在这是昂贵的运动，一年学费装备少说五六万，考上一定级前完全自理。这东北偏远地方，在滑冰界是重镇，花费相对便宜。家长陪着孩子从南方、从大都市过来，要赌滑出个名堂。有个家长面相憔悴，说"可不是我愿意，孩子三岁见了电视里的花滑就咿咿呀呀地爱，一天压三个小时软功都不喊苦，我是为了成全她，豁出来家四五年不要了"。那孩子在地上是摇摇摆摆的小企鹅，跳跃旋转时像个苍老的士兵。

（再）训练馆里空旷沉闷的"嘭""嘭"响，是儿童躯体撞在硬垫子上的声音，教练员低声夸赞，更多是叱骂。家长抱着衣服和饭盒水瓶盯着，训练完得去针灸按摩。具体规划是有个证书去当教练，比考大学强；远大的想做体育明星，能和某某一样。这里执行军事道德，不讨论理由，思想上，是墙上贴的那几句"为国争光"之类口号。可他们听不懂，最大的几个才十一二岁。

失去母亲时，他还只是个孩子，只懂得愤怒这一种表达悲伤的方法。如今，他和爸新娶的女人彼此很客气，像是点头之交的邻居。怀念就是在生活里挖出不愿弥合的窟窿，关于母亲的切肤记忆，只有她蒸包子的味道，他只好以永远不吃包子这么种荒唐方式来记住母亲。

不知道他是弃婴还是孤儿。从记事起就在火车站一带游荡，名字是被个过客随口取的，站前一带的人都知道他，进拘留所那回是他头一次离开站前地带。在里面，他向人献殷勤，就说"请你去站前那个小浴池洗澡，搓背，还有娘们，可好了"。威胁人，就说"等我出去，找站前最厉害的大哥收拾得你爬着走"。有的听了一笑，有的不耐烦，一巴掌把他打回栅栏门边儿、冲着风口的角落里。

远近都知道这个女孩子：眼睛看不见的爸前几年死了，妈是精神病，喜欢把自己的粪便和她做的晚饭一起抹在墙上。女孩子在妈疯得不那么厉害的时候，就爬到吊铺上去写作业。她每个月去社区领一次救济金，最大的进项是记者采访以后收到的捐款，活着是她必须忍受的事物之一，她学会了如何用专业态度向外界演示不幸。

我姥爷少年时和村中伙伴凫水到河中沙滩上去玩，看那水像条怪蛇似的猛涨起来，在别人退却时，他以一生都没有改变的勇敢和冷血跳进水里，向来的方向扑腾而去。他回忆这件事时说：去了三个，回来了一个，多赚了六七十年。

小时候家家孩子多，随便带到哪儿，就顺手扔进当地的孩子堆儿。孩子也不金贵，搞不好就受伤致残。那年夏天，大院里来了个只有一只手的孩子，孩子是残忍的，还没有生出同情的礼仪，直接问他，他说从记事时就是一只手，大家要看看，发现袖口是缝死的。平时神气活现地揣在口袋里，只有打人时才伸出来，很疼，像只擀面杖，从此没人敢惹他。

林场通常四家一趟房，我们家那趟房把边儿的姓褚，他们家最小的孩子叫三五。大人上班把孩子锁在家里，临走时煮了一锅大碴粥焖着。三五饿了爬上锅台，结果掉下来。大碴粥又热又黏，三五姐姐把他拖上来又掉下去……那年三五大概三岁，大人说他下半身快被烫熟了。后来他们家搬走了，不知道是不是因为三五。（抄录自@第二编辑部）

"小时候住农村，爷爷奶奶先搬进城里，爸妈在城里上班，没人管我。白天我上学校，放学就去邻居家玩儿。晚上看人放桌子要吃饭，我就很有眼力见儿偷偷走了，因为我妈规定不准在别人家吃饭。我没地方去，就蹲在村头路边等我妈下班。等着等着下了暴雨，我还一直傻了吧唧在那儿等。后来邻居出来找我，我说我不走，我要在这儿等我妈，邻居硬是把我拽回去了。"（抄录自@氓姐）

他上的是工厂整托，礼拜一早上送去，可以到周六才接。上中班的时候，他有一天着魔了似的满地打滚，非闹着要回家看看，幼儿园阿姨只好下班顺路把他带回家属区。他推开门，看见爹妈坐在炕上一边儿看电视一边儿嗑瓜子，正为了什么事儿嘻嘻地笑着。他说，那天下午他学会了两件事，想念别人和恨别人。

＃恰同学＃　那个男生是大一时转来的。和班长是老乡。后来听说，就是追着班长来的，他们在家乡，一个很小的林场，就是对象。不知用什么法子办的转学。但这里的男生比林场那头多，此时她早已和别人在外租房住了。他就按惯例醉了一场。然后以同样的狂热去追另一个女生，据说是班长帮他物色的，又醉过数场。他如今是个小官儿，早结婚了，聚会时自诩包养了个女大学生。

（续）入学不到一个学期，班上长得最精神的男生就开始追一个又矮又丑又胖又暴躁的女生。女生犹豫地找到同为本市人的支书说："我也知道他就是看上我爸有钱了。"两个人的恋爱充满抱怨和乖戾，同寝室的人说，他前一天打球崴脚，那女的非逼他跟着去逛街，回来时脚肿成了个球，也不敢说不去。我那时还不懂得人世艰辛。

（再）我现在也没弄清校园后头一条街全是小歌屋、小足浴房的道理何在，没听说有多少学生去逛，这学校的学生大多不是那种家境。那时候夜里翻后墙出去，是奔八块钱一宿的网吧上网，或者挤在小饭店里看世界杯。路过时，小洗头城才刚开门。半夜两三点钟回来，也没见生意怎么好过，几个穿着短裙的女孩儿在人行道上打羽毛球，既不看我们，我们也不看她们。

（又）学校旁边的医院倒常去，是家企业附属的破落医院，仅供解心疑，治不了什么病。二十来岁的人，也没有病，都是喝大了来点盐水和速尿的。到了年节底下全班聚餐，后半段就有各种题目，大概都是为了搞对象之类的，劣质白酒，二两半的杯，念叨着几句"你要照顾好她"、"我会照顾好她"之类的蠢话，浮以大白，陆续不省人事。年轻，醒得也快，如爱情散得也快，别的没记住，就记得这医院。

"体育学院，不是出专业运动员的学院，学生都比正常人愣，三九天，三十多度，光屁股捂着件军大衣去浴池洗澡。到了夏天，更了不得，周围全是小烧烤，还不到十二点就全喝高了。一个礼拜打一回群架，俩月闹一回袭警，那点儿身体素质都干这个了。他们是不怕警察，警察有点儿怵他们。这帮小崽子，不清楚一个祸闯一宿和闯一辈子的区别，不清楚拳头和刀的区别。"

去往南方的卧铺车厢过道，衣着入时的姑娘和男友严丝合缝地粘在一起，把话吐在彼此的嘴里。车启动前，手指隔着玻璃互相摩挲。姑娘抹干眼泪，收拾好铺位，掏出手机打了几个电话，想了想，拨了个号：妈，我上车了，今天走，不用，烦不烦？挂了。

他第一场爱情始于十八岁那年，和一个认识了半个月、大自己十一岁的女人私奔，在离家几里外租房子住，他在那个女人身上了解了女人的一切。从迫不及待地想死在一起到怀疑厌倦，到彼此恶心，他的第一场爱情结束于十九岁那年。再遇到那个女人时他仍年轻，她已经变成了真正的老妪，慈祥地冲他笑了笑，没说任何使人难堪的话。

产科大夫常感慨，一是能顺产的非要剖腹，二是不拿打胎当事儿。有对大学生，都十八九、二十的年纪，三个月不来，四个月早早的，回回都是女孩儿哇哇哭，男孩儿低着头抠墙皮。"你说，大学里都教的是什么啊？"

"可能因为我们中学都是艺体特长生，不拿这些事儿当事？熄灯以后，各个寝室里，男生女生出溜出溜地乱钻。半夜起来上厕所，见到一地血，不知道是谁流产了，吓得心难受了好几天。反正年轻身体好，都能挺过来。等到上大学的时候，早就对什么都不在乎了。也不是懂，就是不在乎了。"

上次表妹到城里来，说是找她玩，却几天都不知去向。这次说是来看病，天天跑医院。问什么病啊这是？性病，和家里不敢说，偷着吃头孢，疼到挺不住了，骗了一千块钱来看大夫。又怕又气：和谁啊？挠挠头：和谁那就说不清楚了。就那次到城里来吧，从手机上摇出来一帮男的，不定是谁，也找不着了。她连初中都没念过。表妹走后，把她用过的铺盖都扔了，用消毒水里外地擦。

江北野地里好几个师资比高中都不如的学院，每家收罗千把学生。有些女生，钱不够花了，就半学期仨月地找男人，手机上现摇，高科技。这附近，没什么有钱男人，又不知道价钱，所得不过每礼拜带出去吃两顿便宜饭，一点儿零花钱，给添件换季衣服。叫男人家里捉住打出来，才回寝室睡觉。到打胎时，算不出该朝谁要钱,也给不了三头五百,她们不想知道这叫什么,叫出来又怎么样呢?

我刚毕业时曾经给一个幼儿园的园长当过几天助理,见过一些长相漂亮能歌善舞的幼儿园老师:她们穿一年工资也未必买得起的貂皮大衣;比孩子还爱吃零食,懒到不洗脸直接化妆;热衷交往小流氓和黑社会,和体面的男性家长约会,和男老师去酒店开房;幸运的是,多数姑娘会及时地把自己嫁出去,过得也还不错。(抄录自 @ 第二编辑部)

出租车司机说:刚下车的那女孩儿没给钱,她站江北路边儿打车,说"大叔我出来见网友,吵了一架,就带了来时的车钱,回不去了,你行行好把我拉过江就行"。我说"下这么大雪,直接送你到家吧,下次别这样了"……叹了口气,接着说:这要是我那个姑娘,我就给她个大嘴巴子。

出租车司机说自己十几年来三次被持刀、持不知真伪的枪的人抢劫过,三次都受了些屈辱和损失,他并没有什么勇敢的表现,或许真的都发生在他身上。那么,他依然在开夜班出租车这件事,多么让人难过。

她是第六年去考公务员,家里嘴上支持,心里也倦怠了,"不行找点别的干吧"的话说不出,孩子要强,是正经事儿。和别人三天打鱼两天晒网不同,她的心思都压在上面,到街道办应聘给委主任做一个月九百块钱的助手，磨炼机关事务能力。说同来的一个女孩儿考上了，"人立刻就不一样了"。如何不一样了？"就是不一样了。"

专办宴席的酒店大厅里弄了个柱形玻璃鱼缸，穿成美人鱼的潜水员背上氧气瓶进去和鱼一起上下往复地游。她想这个活儿，有一点儿……有一点儿什么呢？见美人鱼冲她挥手，细看，是自己十年前教过的班上的学生，因为游泳训练，只上半天课。隔着圆柱形玻璃，能看出外面是谁么？犹豫她是不是真认出了自己。美人鱼又使劲冲她挥了挥手。

当初，同寝两个姑娘结伴来北京，一起租房子，去一家公司应聘，三个月后成了上下级，工资差了一倍多。都找到了男友，夜里睡不着，隔着墙，小声用完全不同的版本抱怨同一件事，由暗而明，挑了个周六晚上吵起来，两个男人尴尬地在旁看着。下级的那个逐渐落下风，伤心起来："你不应该来北京，你为什么也要来北京？"另一个嗤笑："不该来的，难道不是你么？"

站在长安街上打车，这时1路车开过来，有人紧跑着追上去，我也跟着跑过去。忽然想起有个人说：不要追公共汽车，我们坐公共汽车已经很惨了，你还要追它……时间已经过去很久，那人的面目已经渐渐模糊，却仍然记得这句话。那时我还年轻，总是会把这种抒情解读为体贴，把同病相怜误以为是相依为命。（抄录自 @ 第二编辑部）

她就是北京生人，工作还不错，可真就没有北京的房子，家里老人也没房。不过也不算什么怪事。午休时刷房产交易信息，像看病危通知单："怎么办啊，我该怎么办啊？我不会有房子了。"已经在还贷的就安慰她："我像你这么大时不也没买么，再干几年，凑凑就够了。""不会的，这么涨下去，我永远都买不起。"虽然隔一段就这么闹一回，但提起她，都叹口气：她该怎么办啊？

　　金融系的同学聚会上，人到了三十几岁，前怕狼后怕虎，多多少少都有点儿抑郁。辞职、躲在家里不敢见人、和十八岁的姑娘私奔、指着假日和天黑活着，不一而足。有一个在北京的说切实的抑郁细节：家离公司二十公里，在一路拥挤堵塞之际，总要抑制不住地去反复想不愿想的事。从床上、从办公室走向车门的时候，每天两次，想死。

　　昨天在沃尔玛，一个穿拖鞋的民工模样男子，拎着几根蔫了吧唧的芹菜，站在面食柜台徘徊了一分钟，问：就剩这么几个包子了你们怎么还不降价？售货员白了他一眼。半小时后在收银台又碰见了他，只拎着芹菜，没有包子。（抄录自 @ 爽…）

　　很多年前，在台球介于时髦运动和流氓行为之间时，我在台球厅看到一个左胳膊没有前半截的汉子，穿着浅颜色的西服上衣，他用剩下的那一点肘关节架杆，球打得很准，神情自得，奇迹般能边打球边抽烟。我们这些孩子都希望关于那半截胳膊也有个同样潇洒血腥的故事。

拆迁来得像场冰雹。他家搬得最快，为此还获得了一小笔奖金，被夸奖作"识时务"。昔日的邻居视他为叛徒。一百步和五十步，几周后，那片废墟只留下几栋孤零零的贴满恐吓标语、孤岛一样的房屋。在他家原来的位置，还有半截卧室的墙暴露在光天化日下，上面有他们过去生活中最私密的痕迹。墙头上，他终于找到了走失的猫。

亲戚们都有点儿惋惜这对儿夫妇，四十出头日子就没什么盼望了。两人招工接班进的"全民"，然后分流，这么多年，也不懒，但事事不如意，摊上患病拖累的父母和硬得下心的兄弟，总之，就那样呗。每到过年，穿着从娘家借的貂皮大衣去亲戚家拜年，总要重新发现，原来两人长得还都年轻漂亮。总要重新惋惜。

大集体工厂黄了的那年，他还年轻，之后就拼命做曾有人发迹的小买卖，卖服装、在景区里烤羊肉串、包小工程、开线路小巴，不是不挣钱就是刚有起色就遇到意外折损了。一晃，新的一代出来挣命了。突然觉得原来希望是负担，放下、在家喝闷酒、等老迈的父母死了腾房倒像是个办法。

俩人合伙，开一辆搬家货柜车，二百八一趟，包括搬家公司扣的中介费。钢琴加钱，楼层高加钱，停不进楼门十米加钱。开车的技术甚好，宽一指头的缝隙就能过去。另一个又矮又瘦，前臂极粗，暴起蟠龙似的青筋，抓过粗带子，嘟囔说"再放一件，没事儿"。车厢里搬空了,在一角留下堆油腻破布,像罩什么用的,细看,是他俩的被褥,还立着个破床垫,晚上就睡这车厢里。

车道又宽又直,刚撤掉隔离带。见个老太太领着刚会走的男孩,已横穿到路中间的双实线上,像在陆地上看海难。大货柜车沉闷疾驰,带起风,把孩子带倒在车轮刚碾过的地方。后面的小车吓得按喇叭闪远光把刹车踩得吱吱响。老太太把孩子揪起来,若无其事地掸掸土,眯着眼朝左看,继续静候下一次穿过去的机会。

城市暗藏的残忍,比如,很少在街上见到盲人,公交司机不让上车,人行道年年重铺,拿盲道当花边玩。坐轮椅的好一些,有电动的了,只能沿熟悉的道路,许多地方上不去或下不来。残疾人可以申请的"代步车"黄牌子,而真挂的,几乎全是黑出租。集中查一次,残疾人方有用了,被经营黑车的恶棍雇来堵政府门口,要维护权益。

街头爆发起一连串夹杂着尖厉嚎叫的对骂,是一个男更夫和一名女环卫工,用词极野,内容基本相同,要细细地听一会儿才能听出来是为这堆易拉罐和饮料瓶该归谁。经济滑坡,废品收购价压得很低,本不值得一吵。虽然剑拔弩张,并无动手危险,也许并不真为这个,就是闲得。嚎叫来自道旁的笼子,残忍的花店店主常年用笼子养猫,那只性格抑郁的猫被两个响亮的人吓炸毛了。

对面红绿灯下面的女人是我的小学同学。我认出她，是因为她领的孩子和她那时候一模一样。在这个小小的半径里，我们演能演的一切悲剧。

经过醒来后的片刻失忆，她回想起和他是两年前在火车上偶然认识的，现在他们有了一个女儿，他们如今每隔几个月见一次面。……她想念那失忆的瞬间。

不幸中的女人，急于想忘却刚刚过去的夜晚的女人，靠着身体过活的女人，准备为了继续活着拼尽全力的女人，当她们面对一面镜子试图遮盖眼睛四周的浮肿而用力刻画自己的眉毛时，神情肃杀，像顶盔贯甲的战士。

要让他们自己说，生活可真不幸。打结婚就满脸不甘：经人介绍也没细想啊、都是家里催的啊、未婚先孕啊，像只飞奔进夹子的困兽，头被死死钳住，只有身子乱拧。然后就是推敲离婚时机：等孩子大点儿、等孩子上大学、等孩子结婚……是冷漠分居、偷情还是各自找情人，看条件。实际上没离的居多，一转眼，孩子都三十多岁了。

停到路边或自家车位里，男人们熄火，松开安全带，不马上下车，眼神虚定住，摸出根烟来叼上，不抽烟或妻子不许在车里抽的，就静静坐着，趁着还有些冷气，电台里的歌声还没有随着电子设备关闭而止住。早起就团团乱转到如今，十几年乱转到如今，手机二十四小时都不得关闭。该哭一场么？这有什么好哭的，再说也浪费力气，这么坐会儿就得了。

男人之间无话可说时，基本上就是昨天晚上或更早的酒局子，一共喝了多少，某人喝了多少，某人喝了多少，某人喝了多少。之后的第二场，又喝了多少，又喝了多少，又喝了多少。啤酒多少瓶，白酒多少度，几两。没事儿，吐了，"断片儿了"。一年，十年，二十年。喝死的，没喝死的。像一群容器成精。

大夫指着墙上的腰子图，讲解了从现在到尿毒症的路径，问他为什么才这把年纪就厌世了，糖尿病拖了四五年不治，还天天喝大酒……他沉默地翻了一遍通讯录。和老婆好几个月没说过话，儿子在逆反期，成天翻着白眼梗脖子，爸妈近于痴呆。上街买了一兜黄瓜，"今后只能吃这个"，大夫最后说。仿佛天地之间，只剩下自己和一个土豆挠子。

他在去边境公出时借着酒劲跑去找了个俄罗斯妓女，解决掉这个多年的心愿。一个胖墩墩、松松垮垮的高大女人。他觉得自己仿佛回到了童年，光着屁股来到水库边上，一头扎进温暖深不可测的水里。他害怕或者向往就此死去。

少见才多怪，冒名顶替上大学，现在总算是成了新闻。过去不光考学，招工提干，都是常有的事儿、正常的事儿。管事的人拿起笔在纸上勾个圈或打个叉，很轻易，本领大的能换掉所有材料。小地方，冒名者和被冒名者互相知道，起初见面紧张，长了就惯了，明知马路对面那人本该是自己，都怪命不好。

二十年前，她发现有个腼腆的小伙子经常在下班路上尾随她，带着副卑怯模样，她爸替她报了警，她亲眼看到他被拖上了警车。之后的几个月里，派出所经常来找她，她听说那个男孩儿几天后在家里割腕自杀了。十几年后，当她发现丈夫厌倦了她时，开始回忆，觉得自己就是从那时候起衰老的。

来饭馆里吃饭的夫妇盯着她很久，说她像他们几年前死于车祸的独生女儿，拿照片出来，真像。他们要"领养"她，"我们老了以后……"城里房子值多少？吓死人。老太太兴奋地教她穿原来女儿的衣服，要她剪发，批评她的言谈动作还有哪里不像，时哭时笑。老头子拦不住，隔墙的吵架声越来越大。她由别扭而恐惧，留下封信，再也没有回去。

上菜的女孩子手脚麻利，眉目端正，有几分秀气，别人和她开玩笑，回以微笑，知道不过是无聊的没话找话。男人到了父辈的年纪，倘若还要点儿脸面，也不说过格的话："这孩子多好，又勤快又实在，你们谁家找儿媳妇，就该找这样的。"她终于不再沉默了："叔，我们农村出来的，是找不着市里对象的。"

每见到个带四五岁孩子的顾客，她都会问多大了，自言自语地说"我家小孩儿也这么大了"，贪婪地直勾勾地盯着看，直到家长警惕地拉着孩子离开——这个毛病让老板很心烦。想孩子时像有只勺子在心里刮。春节回村里时，她才能像差点儿溺毙的人见到空气一样陪儿子几天。当然，这种生活是她选择的。她还有其他选择么？

楼下邻居男人吵闹声越来越响，讨厌。披衣下来，已围着几个，有劝的，有看的，正拽着个正轻微挣扎的小伙子，说是刚才在楼道里贴小广告，要打110。小伙子低声回答上了个破大学，找不到工作，白天又不敢贴。改劝男人，"你也是，让他揭下来就得了。……你以后也别在这院儿贴了"。"谢谢奶奶，我下礼拜就回县里，再也不来了。"她叹口气："也不知你说的都是不是真的。"

二胎放开是修正，算是符合大局大势，所论的，也都是关乎城市化、劳动力、养老体系之类的大事，至少是未来房价，并非有权与无权。我一个弟兄生二胎被县里专业人士举报，需缴六万，复员费已用于交房子首付，挪借了钱交"罚"款，不知是计生委收还是乡里收。两年后，政策改了。"咋不憋两年？"他敲自己的脑袋，敲过了宽慰自己："谁能想得到啊！"

哥姐进城多年，久未走动，和他联系的是外甥女和侄孙，隔几年寄一大包城里不穿的旧衣服被褥过来。上面庄重地写着他的名字，只有他的名字。他执意自己去镇上邮局，拔着胸脯和路遇的每个人打招呼。扛回来就整齐地码在自己房里，上了锁，有要事时，权衡着抽一件出来使用。因为这些城里来的旧货，和同村老人比，他算是在家里说话有分量的。

在东北角的一个小站上，我在赶一趟临时火车。我所有的只是一个名字。"你去站台上找列车长，报我的名字。"我向唯一一个看上去像是列车长的人报了他的名字，那个小伙子把我领到最后一个车厢，指着一个下铺说"我大哥对我很好"。问另一个胖子："你是谁的客人？"胖子盯着铺顶说："公免。"小伙子就走了。我所有的只是一个别人的名字。

月台上，等车的都按车厢标记排队。跑来个女人，俯着身子扑向下面的铁轨，最近的男人一把抓住她的衣领，被带倒在地上。最近的几个人纷纷朝后退，也有转身就走的，正和闻声奔来帮忙的人迎面。

这事儿说复杂挺复杂：那家事业单位待遇好还轻松，挤进去的员工半是得意半是不好意思地说"狗脖子上挂个大饼就能干"，副职才一心在退休前把儿子调进来。他认为未遂是正职在作祟，于是上下告状，直告到北京，把个单位几乎搅黄了。他死后，儿子不再找工作，接着告。今年春节，退休后的正职也死了。副职的儿子于次日跳楼。说起来，就是这么简单的事儿。

夫妻俩在县里开了多年的矿，老头中道崩殂，老板娘六十多了，也不敢找陌生人，和家里的司机办了盛大婚礼。人焕发了，去瑞士打美容针，在雪山脚下买了对贵得咋舌的表，彼此给戴上。她生日那天，回家时见别墅园子里铺着红地毯，洒满玫瑰花，有个四层的蛋糕，脸红了。有刻薄的人说那花的不也是她的钱、是老死鬼的钱么？何必换到女人身上就这么恶毒呢。

女人个子很矮，不丑，可也说不上美，在迷她的男人们看来有致命引力。终年带丝巾，掩盖脖子下的烧伤瘢痕，是当初为嫁邻家流氓自焚留的。那婚后生活，爱起来、打起来，也都致命。流氓暮年犯了重伤害。她和一个比儿子大不了几岁的男人爱上了，全家住同一套大房子，和和睦睦，称呼混乱。朋友圈里净是秀恩爱，大钻戒，满屋子蜡烛。她男人放话说：出来就杀光全家。

卖房的是对儿母女，三十来岁和五十多岁。她们不怎么尴尬地讲了理由：这是个南方商人买给她女儿的，女儿是个规矩人，安心过日子，也不要求顶替他家的大婆，就打算生个儿子而已。商人已经一年多没见了，她们才知道房子只交了首付，于是卖掉，像大方的输家。看房的人四处转转，房间收拾得很规整，光线最好的一间是准备做婴儿房的。

他在 QQ 上突然说话是差不多一年以后。他说他结婚了。又说，不结不行了，秋天吧，喝多了，骑摩托回家出了事。他现在一条腿短，一只耳朵有点儿听不见，嘴也有点歪。他姐说他：你这种情况，还等个啥。后来，很短的时间，有人给他介绍了

个发廊的姑娘，就领了证。他说完这些之后，就再也没用过那个 QQ 号。（抄录自 @ 第二编辑部）

"你注意某总带的那女的了么？个儿高、挺漂亮的那个。是我一个好哥们儿从念书时候的对象，过去很熟，那两年几乎天天都见。现在跟谁、为了啥，那是她的事儿，但是故意装不认识我这个劲儿……"他难看地笑了一下，用脚在地上反复碾烟头，准备回宴会厅，"连名字都改了，何必呢？"

"女的结婚晚，就得找个二婚的。不像我们男的，什么时候都能找到大姑娘。"有人说中国男人是世界上最猥琐的，也未必，只能说有可能是。她就是嫁了个带女孩儿的男人，已经过了育龄。女孩上大学了，嘱咐她"你别说是我后妈，我和寝室的人说你是我亲妈"。聚会上的同学都说："你呀可真不容易，这都能拍电视了。""拍个屁电视，"她说，"再让我挑一回，肯定不结婚。"

他说：一夫一妻是苟且的，人类进化就是如此，有钱的名人莫不如此，把夹着的科普书翻到那一页、打开大 V 的长微博。表扬她受过高等教育，有常识，不该不明白。客观上，也是出轨的戒不掉和瞒不住。至于婚姻，婚姻是过时的，幸好我们相爱，不如说开了。"我只有这样才觉着在活着。"她不知道该拿这个振振有词又躲躲闪闪的男人怎么办了。

舅舅热爱生活但不大擅长责任。几年里，她听几个老同学哭诉风流史，发觉男主角竟都是他；她的客户扔下家业和人私奔又被甩，她从细节里认出这男人也是那个过年时匆匆见一面的舅舅；她从越来越多或伤心或无所谓的女人那里听到他的消息，深感离奇。这城市并不小，他在圈里（如果存在这么个圈的话）叫"二哥"，她觉得自己现在更熟悉的是这个二哥。

我认识的一个小媳妇儿，只要在朋友圈发"花要谢了"之类的话，就有人立刻给她再订一束花送来，送花的人是她在陌陌上认识的，生活在西南一带，没见过面。我对这个体贴又善解人意而且不求回报的中年男子产生了极大的兴趣，想知道他的老婆是不是也有这样的待遇。（抄录自 @ 第二编辑部）

因为正在和丈夫进行离婚战争，她开始信佛了。每星期日，她六点钟起床，和一大帮人去放生。她回来以后兴奋地说：放生之后，他们一起诵经，然后她看到那些鱼跳起来。她认为那是被放生了的鱼在应和他们，这让她感到很神圣。没有常识就迷信：一万多块钱的鱼一下子放到水里，能不缺氧吗？（抄录自 @ 第二编辑部）

妻子去世一年后，他开始相亲并且很快有了中意的一个。都是二婚，谈婚论嫁也快，新生活指日可待。某天早晨他们起床后，发现车上门上被贴了纸：孙某洁，大破鞋；李某发，活王八。写字的是前岳母、孩子姥姥，这个失去女儿的女人虽然每天都在说服自己接受现实，但见到女婿有了新女友，还是失

控得像个疯子。(抄录自 @ 第二编辑部)

这偏僻医院唯一专业的科室是精神科，患者在这里住了多半辈子，他生着典型北京人的方脸，没事儿就修改写了无数遍的信："以我的身份对得起老同志的认真，这里说明我的精神是经得起超常刺激。这二十多年研究科学总结出法学、哲学、起源学三份共有二百页，对于你们非常重要！如果你们需要，我也愿意将户口迁到你处。"

(续)"我已五十九岁了，今后不想也没有能力脸面再写科学。如果再写也要执行保密的纪律。总之希望解除对我入院住院的命令，出院后听从领导，从事力所能及的工作。(尽快放我出院，谢谢了。)"在他永劫回归的时空里，他一次又一次地重新等待着。

她住精神病院二十多年了，是因为高考复习压力太大，总觉得自己在临考半年前，是个很好的学生，每天早起大声背政治、外语。正月十五，医生和患者一起猜谜，前五六个都被她抢到，后面的不举手了，默念谜底，小声说"给别人留着"。她母亲还常来看她，已经七十多岁了，头发是在她疯掉那年白的。

十几年前，某名校的某名系某专业聚集了各省的理科状元和拔尖学生，课程之难全国闻名。我认识一个被亲友们当做孩子将来榜样的人，在那里用睡眠节省下来的时间拼命苦读也只能达到勉强及格。第二年冬天，他敞怀穿着件正流行的高仓健风衣和一双运动鞋，里面一丝不挂，晃动着冻得缩成一团的小鸡儿，跑遍了校园的每个角落。

"我们初中语文老师，其实只有小学文化，谁都笑话她不识字。她爸是大队书记，在知青里挑了个伶俐有才的女婿，虑事很远，说迟早能跟着这人进城。果然应验了，但还有下半段：女婿上了大学，是有名的诗人，那些年诗人最走红，后来，干脆有城里姑娘劝她和诗人离婚。她就疯了，被送到精神病院，在医院墙外的公路上叫车撞死了。诗人不想看肇事司机，也不想看她的尸体。"

矿上长大，分不清雷管和玩具，炸断手脚的概率反倒让手巧胆大的孩子更受景仰。也分不清生死间的那道界限，要是有许多人往矿井上赶，夹杂着女人的哭叫，那就是出事儿了，就有几个人再也见不到了。拉煤的火车翻倒在铁轨上，司机喊着口渴，直到闭上嘴和眼。下井人的工钱一个礼拜一结，几天里就在小姐肚皮上、酒桌上流淌光了，谁也不存钱。

属耗子的人有福了。"我们那里的小煤矿都雇属耗子的人管事，上级在意安全生产的话，也愿意任属耗子的当书记。属耗子，兼能办明白事儿，那官运就老好了。属大龙的绝不能用，这是经验，这是科学，这是民族智慧的结晶。"井下的禁忌之一是不许伤害老鼠。工人下矿会带点儿剩干粮喂它们。老鼠不会待在透水和瓦斯泄露的地方，只要见到有老鼠，他们就觉得踏实了一点儿，还有拿煮鸡蛋喂老鼠的，他们觉得老鼠比上面的人亲近。

一座已经没了存在理由的城，一座春雪中荒凉的城。每条街上都是平庸贫困的景象，静悄悄的居民们需要反复向外来者重申在这里生活安闲，开销很小，不时可以在小饭店里吃一顿，说完之后真诚地望着对方，希望大都市里的刺激和机遇能为自己的遥不可及向他们道歉。

本地的教堂都上百年了。八几年后，信主的人又一点点增多，他才知道原来岳母早就是阖家信的，后来连带女儿，都劝度他，他懒，未知生，不愿意费那个事儿，星期天睡个懒觉什么的多好。突然脑血管堵了，要任由摆布，妻女好心，算他入了教，叫他兄弟。死时用的是唱诗班，连单位都奇怪。妹妹背着嫂子，偷偷为他烧了点儿纸，说："我哥怎么能算信教的人呢？"

妹妹是离婚以后精神失常的，她的不正常很隐秘，还可以做份简易菲薄的工作，隔一个礼拜探望一次女儿。他掂量了自己的生活，能做的只是逢年过节让妹妹来家里吃顿饭，任她放着公交不坐，走二十里夜路回家。

临退休的那一年，他的弟弟和哥哥相继死了。节省到近乎悭吝的妻子说："买点儿喜欢的东西吧。"他买了辆几万块钱的便宜车，在后备厢里装上三根渔竿，到江岔子里去和兄弟们一起度过他们讨论过的下午。

趁着还能走，他买了火车票，带着架相机到外地去探望故去的同窗，请他们的子女给自己和那些墓碑合影，带着沉思的神情盯着那几个字。

她妈是在她家伺候走的，俩兄弟管干嘛的？算了，不提了。然后丈夫重病，更该伺候，就这么十几年下去了，从一个还会被路人看两眼的女人到所有卖菜的都管她叫"大姨"的十几年。有人问苦，还有给张罗再找的，其实还不算老呢。回答说"你们以为我难过啊？我高兴着呢，终于一个人清净地想干什么干什么，盼了多少年了"。在家养几块钱一条的小鱼和罐头瓶里的水草，到早市上去卖。

爸走了以后，她觉得远嫁是罪过，年年设法回娘家，妈活着，还不敢老。今年赶到了快过年，待两天就回去，似乎也不合礼，怀疑"不看娘家灯"的老令儿还要守么？客气地试探说"今晚上不在这儿过了吧"，哥嫂都不说话，妈也不说话，没人问她预备去哪儿。出来，沿街慢慢地走，找地方住还是干脆买机票回去呢，委屈是早就不觉得了。

一个小脑萎缩、不认得路的老人走失了三个月会在哪儿？一个严重糖尿病、眼睛看不清的老人走失了三个月会在哪儿？爸像猫一样在小区花坛边上丢了，他开着出租车转了三个月，认了几次尸，按照从电台和寻人启事得来的消息找过几次。晚上睡不着觉，总觉得有人在背地里议论。

活受　　**107**

姥爷死了，姥姥寡居。老太太有抚恤金退休金，有自己的房子，很过得下去。染上了常见的老年人住楼房的怪癖，喜欢拾垃圾，把楼道堆满了，又把起居室当成垃圾场，放纸箱子和易拉罐，半个月眉花眼笑地卖一次。孙辈年节或老太太的生日时登门，想想就犯难，味道像废品站，给买点儿什么算了，表兄弟们打趣说：买别的她嫌浪费，磨叨，还不如去废品站买二百块钱的酒瓶子让她卖。

老太太的眼睛有病，就快看不见了，手底下慌忙加紧，在花布上摊平棉花，续那种快要绝迹的棉裤。蹑手蹑脚地叫来孙子，说"这两条你儿子周岁穿，那两条两三岁时穿，别让你姑知道"。孙子不接，说"我对象在哪儿呢？我姑家有孩子，你给她家穿呗，穿剩下再给我"。老太太又悲又气，抚摸着几条遭嫌弃的棉裤。

七年的半路夫妻。老头子和原配合葬之后，他的儿女又客气地称她为阿姨，她知趣地不等他们提出来就搬了回去。她觉得还能多得这么段日子，算很对得起自己了。除了安静痛快的死法，也不再盼望什么。

刚给老妻办完后事，就有老太太来主动，老同事，确实图的是人，比他有钱，早看他不错。这是老年婚恋的供需常态。海南还有房子，多好。他不是不想老伴，可但是……儿子儿媳一合计，去呗，在家不也就转圈和叹气么。在海边上美满过几个月，却不慎摔坏了髋骨，复原得很慢。老太太看出日后具体而微的麻烦，分手了。于是去人把他接了回来。到能下地时，接着转圈和叹气。

＃暮年＃　在个旧单元居民楼里见过家私营小养老院：简易折叠床摆放得像是轮渡上的统舱，男女混居，二十几个老人，有一半不能自理，只有一个护工。几乎每餐都是炸酱挂面。经营者说，外面有很多排队等着住进来的老人。

（续）她家楼下也是那种民营养老院，门总关着，还是有怪味。这些养老院收费不高，每张床国家补助八百块，他们就挣这八百块床钱，是床钱不是人钱。门偶尔开一次，见一个身强力壮的看护正反复打着一个偏瘫老头的嘴巴，像看到庙里墙上的壁画，气得怔住了。警察来了，分说两句，又走了。她坐在家里发呆，想自己也快老了。

（再）慢车硬座。那老太太从上车起就一直蜷在硬座车厢一角，列车员禁不住检查她是否还有知觉。和她没话找话，问她的年纪，说"您老长寿啊"。她操着很难懂的口音回答：啥也吃不到，这么一把年纪还要出去挣钱，整天地干活，当然活得长嘞，真是活够了。然后反复嘟囔着一句咒语，慢慢听出来是："什么都是一点点，唉，什么都是这么一点儿。"

（又）他说，看见那些颤颤巍巍上了公交车，蹭着别人闹了个座，坐一站就颤巍巍地下车逛公园的老头儿老太太，还有那些在卖保健品的骗子商店门前排队的老头儿老太太，就恨不得活到六十就死了。我说你活到那个年纪就明白他们了。他庄重地说："不。我一定死。"

（五）这个老头儿一辈子居安思危——出于对自己健康的不自信，不时写遗嘱。年少时的遗嘱写得洒狗血般煽情，中年时写得详尽而琐碎。在耄耋之年去世后，子女们打开了他最后一版的遗嘱，上面只写了仨字儿：随便儿。（摘自 @lila）

（六）有一类日本老人，可以行动时，不养宠物，买只绒毛玩具熊，到专卖店买整套的衣服和配饰，把熊按节令和场合装扮起来，带出去，到温泉，到迪士尼，给它照相。突然下起雨来，忙不迭而缓慢地翻背包，拿出件小小的雨衣，先给熊穿上，再给它找个座位，嘴里喃喃地说着什么。

（七）我想象，死神是带着慈祥老妇的神情，哼哼着首歌谣来收割人命的。耳朵干净的人，能听出这声音。她八十五岁以后对活着最大的兴趣在于什么时候死，几次穿戴好自己十几年前做的寿衣，喃喃地说："俺也听着声了，也看见影了，怎么就不来？算咋回事儿呢。"当天死的，是隔壁病房的人。

（八）长寿者的尊严主要依靠财产。"寿则多辱"成了句没什么偏激和腹诽的话。忙碌的晚辈只在周末时出现一会儿。在和不专业的看护者独处时，总是要被自然规律羞辱。排便的间隔越拖越长，黄泥一样的干屎最后被挤出来，在屁股底下坐成各种形状，用手紧紧攥住，用一种平静的眼神打量它，坐到天快要黑了，看护带着块抹布过来，冷冷地看一眼："又屙啦？"

【前腔】城市抹平了家族，以尊养老者为家族荣耀更加式微，所谓敬，观其志与行，一笑而已。老人们分明成了明显的负担和潜在的争端——主要因为房产。活到此时，世界早已看不懂。有些能够和死亡谈妥，抱膝等它，更多的是回避那个字，不做任何交代，有儿女前来试探的，立刻勃然大怒。都可理解。

【馀文】照别人的解释或我的误解：玻尔兹曼大脑是熵的涨落中极可能出现的大脑生命，它在无序中拥有短暂的自我意识。因为短暂为相对定义，可能世间只是某颗遥远头脑的念头，刚刚出现，即将终结。这类科学理论使人孤独忧郁，就像下面这事：医生发现，因为车祸躺在床上二十三年的患者，其实只是身体机能受损，大脑和感官始终正常，他忍受了二十三年的寂静刑罚。

无常

【宾白】痛苦会使人急欲赎罪，想出"死亡天使遍体是眼睛，持出鞘利剑立于病榻上方，剑尖悬着一滴苦胆。病人因恐慌而张嘴，于是滴下"的苦闷枯燥情景。人对无常无计可施，觉得冷漠悲惨之外，好像有参不透的深意，或是为了什么付出的代价，总想获得解释：

她脸上有块巴掌大的胎记，据此，被家里取名"小青"，我看没大碍，但女人和男人怎么能一样呢。她这一辈子郁郁，都和那块青有关，搓（擦）多厚的粉，仍然会透出来。很少讲话，不愿意见人，结婚也只是随便找个肯要自己的。强迫症一样，总去做手术，激光、祛斑、吃药，唤醒了皮肤癌，刚到中年，人就没了。这生来烙上的一块，她自己反复确认为诅咒，就真成了诅咒。

她知道怨不着别人，是自己清醒地错过了生育年龄。医生说这是唯一机会，但确诊是先心病，告诉除她以外的人：放弃是明智的。欲望难解释，有的欲望有崇高感，她坚信这个"不明智"比自己的性命、事业和享乐都要紧。艰难的出生之后，就开始了疯狂昂贵的求诊，孩子一直在 ICU 里监护，还是在进京的路上夭折了。她此生只能做二十一天母亲。

一场持续了片刻的心脏病发作之后，她开始高估三十几年平淡无奇的夫妻生活。葬礼热闹了几天，女儿回国住了一个月，重复听了无数遍这种情况她也会劝别人的话，也觉得理当如此。只是再也没有顺利的睡眠了，每次醒来，表上的时间都还早，又被这平淡无奇的不公平撕成碎片，用一宿的时间慢慢拼起来。夜里如此不公平。

＃墙＃　我家卫生间的墙有中空，早晚之间，能听到隔壁滴水和尖锐的擦刮声响。他们夫妇近来很安静。是早起时听到的叫声，喊着什么，似乎是男主人的名字，我们猜是吵架。窗外来了辆闪着蓝灯的急救车，停了片刻，又空车走了。楼梯上不断有响动，有人议论丧事细节。他这辈子，就这么在一个早上结束了。

（续）那男人病了多年了。曾是个清秀温和的人，有双三十年前很金贵如今不那么重要的会打家具、会修电器的巧手。据说脑血管出了毛病性情就跟着变，墙那边常听他摔东西、骂想象力惊人的脏话。女人每天早晚带着他下楼锻炼，邻居依照本分安慰说好歹比一个人过强，她只叹气。

（再）这几年男人渐渐好转了，可以自己下楼，可以老老实实地站定和人打招呼。然后就在这么个早上，突然死掉了。在街上看到女人，和平日一样笑，立着说话，摇着头说"太快了，哪怕落炕一个月让我有个防备"。每天早上五六点钟，我能听到她的哭声，像根细细的绳子从墙那边抛过来。

#上海# "我为什么恨上海？"快二十年，她还不能踏上上海。去的时候和丈夫两个人，带着家中的积蓄，回来只有自己。他们穿着呢子大衣，在城隍庙前合影，害怕是最后一张，脸上写着，分明是最后一张。然后在那家大医院办了住院，只有他们引进了先进的介入疗法，找了个地下室的旅店。"我看到的上海，和你们旅游、出差时的上海不一样。"

（续）他们带了部那时叫"大哥大"的电话，借来的，好让丈夫在病床上一周给孩子打一次。科里的白大褂们知道，不时悄悄来借，过半天还回来，交话费的时候又疼又气。她还要给上上下下的白大褂们的口袋里塞信封。结果人是在一个手术事故上走的，那个爱打长途的博士生干的，怎么也找不到了，有个生面孔操着上海普通话向她解释：这不能说就算事故。

（再）最后那天，说是抢救，其实是观测。同病房家属都撑起一面床单面向着他们，怕沾染这人人难逃的晦气。护士叫了几次，大夫来了，装不认识她，戴着口罩，全神贯注地盯着仪器，看看表，自言自语了个时间，说"把白布单盖上吧"，快步走了。她一辈子重视尊严和礼貌，此时哭叫说"你们救救他"。这座楼很高，她家乡没有这么高的，窗外这个灯火通明的地方叫上海。

（又）她一年没沾过床，睡污浊的病房和走廊，让同来的人晚上回小旅馆。旅馆里的几个女人，北方人觉得她们高颧骨细眼睛，都长得一样，女人问"你们那里挣多少工资"，然后扁着嘴说："太少了，我们一个月挣一千你信不信？"他们带遗像回去，几个女人围过来看，说"啊呀啊呀挺年轻挺帅气的嘛像那个演员，啊，郑少秋……"一拍脑门，然后继续打毛线，叮嘱屋里是不许烧香啊黄纸啊什么的，不要吵吵闹闹。

夜间被憋醒过来，看护应了一声。大夫说已经没有药了，没有办法，等明天查房吧，又揉着眼睛去了。右床还没从麻醉里醒过来，家属举起引流袋子，看看刻度，单子下露出松垮垮的半个屁股和大腿。为什么就不能挂个帘呢？左床不知是醒着还是说梦话，一直在呻吟，呼吸声和臭气仿佛就在面前。病人和健康人之间，存在"最深刻的差异"。

被淹没在困境里的人，觉得窒息，爱无意间走到窗前，抱着胳膊朝外看，外面只有个堆废物的后院、停车场或有几家小店铺的街道，没什么景色。神色麻木地呆看很久，在别人眼里是个颓唐的背影。我不知道他们想什么，我想的是：要是能变成那个路过的人就好了。然而，谁知道他又面临什么呢。

本地新闻里说，日前有位市民盲目做抽脂手术，死在了小诊所里。那是我的小学同学，二年级被市游泳队选中后，每天游几千米仰泳和蝶泳，吃牛肉，喝大量牛奶，一元一次方程以后不用再上算数课，最好成绩是东南亚铜牌，过另一种生活。如今，我在本地小报的第六版上读到她。

我中学班上有个女同学，说起来，真是言情小说里的人物命运：生得美，驼羔似的眼睛，言行举止安静，家境也好，住在省军区的独栋洋楼里。班上男生喜欢她的多，不敢喜欢的更多。毕业后，听说得了白血病，有见过的，说长发已经都剃掉了，人也极瘦，但补充说"仍然很漂亮"。大概在我们高考那年死了，并没有过男友，只是生命中的景象，想起时，也没什么动心，感触近乎所谓"物哀"。

"回去吧"，大夫看完了片子说。像接受了一场晚春时候洒在地里的冰雹，他默默地领妈去街里买了几身成衣，下饭店吃能吃得起的好东西。妈也像他一样不动声色，慢慢地、没有任何笑容地嚼。他不敢看她，看她的时候想起从小养过的许多动物。三个月以后，伴随着录音机里的唢呐声，他把装着妈的木匣子埋进自家地里。

青年人从县政府借调省城要害机关，快要留下了，在此地的价值观里，是第一等前途，连县长都找他吃饭。又弄璋之喜，繁花着锦绣。要害机关繁忙拘谨，不敢请假，酒局后小睡一会儿，还是想冒险趁凌晨开车回家看看妻儿……事后，都说可惜，基本上是真诚的，可也同时是解闷的。几年后，只有妻子和父母还记得他。再过些年，或许只有父母记得他了。

公共汽车莽撞地向右急转过来，没有减速，司机坐在高高的座位上目光迷离。兜在汽车怀抱里晃晃悠悠的自行车和伤亡只差半秒钟或十几厘米，骑车人神色如常，像老斗牛士。夕阳下的十字路口如梦如幻，命与命贱如粪土。

楼道里有个孩子在按什么按钮，发出劣质玩具那种刺耳的音乐，刚停下，又带着空旷的混响吵了起来。正是午睡时候，她终于怒不可遏，猛地拉开门，打算去训斥一下这孩子的大人。门口空地上停着辆儿童电动车，上面坐着个瘦得只剩下个大脑袋的男孩儿，三四岁，衣襟下面甩出条导管，袋子挂在挂钩上，里面黏糊糊的体液。

我在手术室外看到那个小女孩儿，一只眼睛上生着个巨大的恐怖肿物，剩下的五官很漂亮，在衣服破旧的母亲肩上不停抽泣。大夫远远看了一眼，低声说："眼癌，没什么希望了。"过早离开的生命像是一个动机不明的访客。

自然界里最凄厉的声音，是母亲们哭她的孩子。

漏电的热水器以接近光的速度杀死了他，手心和脚心各留下一个小小的洞。他以不相称的年龄被盛在殡仪馆的纸棺材里，肚子高高地耸着，两只有点儿不好意思的大脚。人们排成队顺时针地看他最后一眼，觉得真是很可惜:这么大,这么大的一个胖子。

案发地点在背街上的居民楼门前，离我家几百米。下午五点，年轻的女人走向一群玩耍的孩子，从口袋里掏出刀，大一点儿的孩子惊叫着跑开了，她就开始杀那个被吓傻的女孩儿，刀在幼小的脖子和前胸进出了五次。那个女孩儿的父母是在饭店打工的外地人。孩子在送医院的途中死掉了。她被人当场捉住，据说一看笑容就是个疯子。

　　在高速公路上，他目睹过各种愚蠢、惨烈的事故。烈日下，被撕开的长途汽车上散乱着哀嚎、昏迷中的呻吟，碎屑，烟尘，以及二十具残破模糊的尸首。他看到那个随车卖票的女孩坐在地上，上半身的衣服齐整，之下一片鲜艳的筋络像凶暴的花丛，两条腿齐根失去。他不停地眨眼，希望下一秒她能恢复原状。

　　八几年的大学生叫天之骄子，这个称谓也不夸张，升学比例少，考上就是国家干部，干部两个字意味着很多，不只是分配工作。邻居家儿子考上所西南的大学，很荣耀。大三那年，学校打电话来说："你儿子在校斗殴，打伤了同学，跑了，到家没有？"又过了一段，来电话，找到下落了：他是朝向和家相反的边境，已在越境时被不知道哪边的枪打死了。

　　母亲和姐妹们一个接一个地疯掉，她必须加紧逃离那宿命的村子。省城，上海，深圳，她越过了家族的那条年龄线，终于学会了忘掉往昔的微笑。如今，她把车停在村道外，除了更破落，这里还是老样子。她比自己希望的更镇定，她的手指自信，呼吸缓慢。她不再压抑这种战胜的喜悦，开始飞快地甩掉全身衣服，在众目睽睽下爬到村头的杨树上，放声唱了起来。

逝者留下的社交账号，发布过的内容，成了繁杂的遗产。上网久了，几乎谁都记得几个：忽然有一天，家里人按照遗嘱，登录上来报丧，唏嘘几天，舍不得把那个不再亮的头像删去，渐渐也淡了，断掉音讯的人，并不个个都知道或在意是为了什么。在外企时，有个英国小伙儿回国时急病死了，多年后翻墙过去，见他母亲年年圣诞都在 Facebook 上给中方同事留言。

在网易微博那几年，长短不定，会听说关注列表中的某个人去世。几乎都是青年人，这一代青年大多是独子独女。有的猝然，半天前还留过言；有的已病了很久，某个姑娘直到最后也没讲过病情，只是竭力地与人逗趣，我记得她最后一条是说很想吃一样东西。网易微博关闭后不提供备份，载着他们于网络中沉没了，使我只能忘掉她最后的愿望。这是我更喜欢饭否的原因。

前几天在网上看到的新闻。日本某家成人电影小公司在开拍前，找不到已经签好合约的素人了。一打听，那个女孩刚因为白血病突然恶化病故，她来拍这种片子，是为死前留下使用年轻身体的影像，愿被世人看到，也算来过一趟。这种天真古怪，好像只有日本才有。

【前腔】许多重病的可怖处不是致命——人皆有死，是一点点儿剥尽权力，硬生生地隔在"正常"和"健康"之外，不许再去参与和经历，只能老老实实地过病人的生活。能与之对敌的女人男人、女孩男孩，都绝不自怜，像海明威的硬汉，一寸寸地争夺，欢愉地舔食昼夜煎熬间的最后一滴蜜，在永恒的无常降临前，赢下眼前的刹那。

查房时，老婆婆讲，早就知道得的是治不好的病，可儿子瞒着自己，也跟着装不知道，让他好过些。在走廊上，看见儿子正用手背抹眼泪。日日目睹她俩把这最后时日消耗在哄骗和过度治疗里，在办公室里说"这不是美德，这是愚昧、这是残忍"，忍不住要去多嘴，科主任告诫："不想想现在是什么医患关系么？"

中间还有漫长的病程，医学的能力是延续痛苦。每年都有一些中老年女患者想到这儿，慢慢地爬到住院处天台上。拖下去只是让穷困雪上加霜而已。在家，会脏了房子，日后卖不上价钱。她们再也没有其他的了，只好把自己的死亡当做件东西送给家里人。

"见多了，也不信命。手术效果非常好，准备以后宣传用的，三天时间，十几岁的小姑娘像打滑梯似的就没了。走着来门诊的患者，刚说两句就送进了 ICU，死前只够查出来这病叫什么，还觉得水平不错，毕竟全国第四例。最近这个口腔溃疡总不好，是癌，半个脸切掉了，太惨，阻止不了向喉咙扩散。看她遭罪，自己的脸也跟着难受，看完什么病，哪里就跟着难受。"

（续）"病人说，就是叫人一棒子削到后脑勺，削懵了，能哭出来的都算是接受了。总问我，怎么得的这病？我不知道，医学没到这个水平。他们可怜，我也可怜。医大我们这个岁数的大夫，就有学生使唤了。我下了台儿得熬夜抄病志，隔两天一个夜班，家属和你吵，你都没精神头和他生气，就想躺着。当初怎么他妈的干这个了？你问你怎么得这病，不知道。我也不知道明天我怎么样。"

她家在市区，到肿瘤医院斜穿全城，不愿意住病房，即使一周四次凌晨抽血，反正也睡不着。据说这样的病人爱面子，恢复得不好。出租车司机是女的，听了地方，问"你是什么癌，哪年的"，她有点儿烦，觉得未免过分了，耐着性子答了，爱面子嘛。女司机说"那你是谁谁的病人，我也是她的病人，三年了，在家待着难受，死不了就出车呗"。

（续）有个司机长得老，说："大姐其实我比你小，我媳妇是脑瘤，一年都没醒过来，我过去是大胖子，开了几个买卖。我陪她在省医院顶层住了一年，几乎没下过楼，我抬她坐飞机上北京只能买头等舱，那药一支一万，两天一支，把几个买卖都花没了，就想她醒过来能和我说句话啊。她死了，然后我妈也死了，我觉得一辈子该做的事就这么做完了。"

（再）肿瘤医院是个大工地，买药容易，愁吃饭。过去只有家小饭铺专揽病人生意，做漂着肥膘和血沫的砂锅，腥而咸，难吃得吓人，跑堂的火气比管核磁共振排队的护士还大。她和三四个陌生人挤进张简易桌子，点的两样简单吃食，半个小时也没来，假发里全是汗，小声问，挨了服务员几个白眼，以前她很习惯这类粗野，现在突然哀伤于人为什么要无端残忍。

（又）新楼有食堂了，也不好吃，但谁指望好吃呢，起码宽敞、有座位。行动自如的病人常自己来，买一份饭，胡乱咽下，再像上班一样回楼上的病房。她见一对母女对着两碗面条垂泪，女儿说"妈这是啥地方啊，都是要死的病，你怎么到这里来了？天天憋屈也憋屈死了"，忍不住插嘴说，"姑娘你错了，到这里心里才好受点儿，外面全是健康人心里会更难受"。

医生说：不是坏人，坏人不会去登记捐献造血干细胞，但登记也就是心血来潮，一时善心发作，也许是失恋了吧。配型也成功了，病人也做了清髓化疗，忽然就不干了，也不解释，就是连电话都不接了。也不好埋怨什么，只能放弃，关灯，回家。不要随随便便给人希望，那可能是最残忍的事情。

"坚决不说王菲坏话。父亲过世当天，老人家在床上挣扎了五六个钟头，一直不愿合眼。我问爸爸：'给你听《金刚经》好不？听完就走吧。'老人家一直听完王菲口白念诵的全本《金刚经》，长达数十分钟，气息渐止。气绝时，才到三十一品，可心脏不

停跳动，一直到念完最后一句，电图上的波纹，才终于完全停止。谢谢她送老父一程。"（来自《知乎》一位用户）

以下八则抄录自 @ 没大耳朵：

潮汕地区的小四合院，我们叫"下山虎"，遇到台风天，得拿麻绳和石头坠着，怕屋顶被刮跑。有一年没坠好，厕所吹走了。小时候去朋友家，家里有衰老长辈的，都会安排住在"下山虎"的偏房里。房间一般放着做粿的磨具、未折的纸钱、祭拜用的提篮、散落的药片、披着的蚊帐和满是污垢的口杯，房间里散发着一种陈腐香甜的气味。我以前觉得这是综合的老人的味道，现在发现其实是生命逐渐消失的味道，像水果的酒气。

（续）外婆快不行了，昨天上午我妈说已经搬到老房子客厅了。我们那里，老人家是不能在病床或床上去世的，在意识不清楚了之后，就给换上干净衣服，在客厅铺好床褥，没有医生护士，也没有仪器吊瓶，儿孙跪一圈，等待他们离去。我赶回来跪下握着她的手，告诉她我回来了。她手紧了一下，流了一滴眼泪，我难过了一阵，把手松开给别人，大家都该有难过告别的机会。

（再）还要请一个"会看"的人过来看看还能有多久。这人不是医院的专职医生，可以是专门操办丧礼的人，也可以是略懂阴阳的乡村医师。昨天上午开始从隔壁村请人，这个医生以对磨叽的病人家属不留情面著称。因为档期太紧张，到昨晚才过来。看了几分钟，说最多坚持到明天晚上。把他送走，大家开始四处打听应该给他多少钱，这是没有确定数字的。只能靠心意，或者别人的经验。我们家却没有能靠心意就能保证不得罪人的财力和大方。

（又）我妈跟大家宣布，按照习俗，我们儿女不能叫"姨"（我们这里习惯管妈叫"姨"）了，应该叫"母"，又对我们说"你们也不要叫'嫲'了，改叫'祖母'"。我们答应了。她睁开眼睛的时候，我还是跪着她面前小声叫"嫲"，估计也看不清楚我了，别让她以为错躺到哪个爱咬文嚼字的家里。

（五）我抑郁症的、跟我外婆互相恨了一辈子、前段时间自杀未遂的舅妈跪在她面前，说："嫲啊，你变做神保佑我吧，把我身上这个不好的东西带走吧，让我能好好操持这个家。"舅妈在外婆每一次睁眼都握着她的手，催促她，"有什么话都交代吧，大家都来了，内孙外孙都到了"。我生平第一次和她的恶毒保持一致，真的，可以走了。走吧。

（六）中午十二点半，她像呛到什么东西，我把她抱起来，给她顺背，她在我怀里走了。外公走了进来，被他的女儿们赶走了，这边的风俗，离世的时候，另一半不能在。我们把现场布置好，随着各自的心情大小声地哭了一通。回去看外公，他坐在门口，让我去吃饭。

（七）从家里回来，外婆已经按照丧礼的流程梳洗布置好。主持丧礼的人让我们按照子女媳妇女婿内外孙和男女分别用不同姿势跪拜，他可以随便安排训斥悲伤中的家人："这个时候你为什么哭？""这个时候你怎么能叫'爸'不叫'我父'啊？""好，赶紧哭起来哭起来。"然后再跪成一圈，并指挥我的舅妈和姨妈们："好了，哭起来。"并训斥："怎么哭得还没有猫大声？别哭了，收，快收，都起来。收。"

（八）外婆入木，全程游离的舅妈唯一一句话是："今夜的风真利。"在满场必须随哭随停的人里，唯一面无表情四顾茫然的我舅妈看起来倒像一个真正悲伤的人。

向死 #　出生与死亡，是两件平凡而要紧的事儿，能从容地走正规程序是幸运。守着监控的仪表一昼夜、一星期或一个月以后，看那条线落下来。大夫问还救么，答曰别遭罪了。自己家穿寿衣的居多，趁着柔软，垫在后背下，一拽，就上来了。看护极愿意揽这生意。擦擦洗洗，各种小仪式进行完毕。请家里人过来看一眼，很知心似的说：眼泪不能落在上面。

（续）灵车网点分布市区，电话里说要多少钱的纸棺，信教不信，二十分钟内就到了。大医院的住院处入口总停着那么一两辆刷着黑道的面包车。除非暴毙，家属没法接受现实的，否则坏结果也是结果，而且对多数人说不上有多坏。去城东的火葬场还是城西的，看哪儿方便。"留个家属跟车走"，拉上门，汇进车流。除了死者，各自长出一口气。

（再）这是在活人中的最后夜晚，他们正躺在走廊上等送行的人办手续。还有几个随同的无关者，眼睛没处放，往收发室的墙上看，挂着水牌子，登记了死者姓名、年龄、死因。这块水牌子是篇小说，人们会下意识地留心那些年纪轻的、死于意外的、无主的或尸身不全的，猜测后面的事情。

（又）东西两家殡仪馆，西面存尸地上一层、地下三层，东面的是地上三层。贵的是里外间方厅，居中是木壳玻璃门的冰棺，每天几百元，低档的就是电视里演的蒸笼式的停尸柜。都有套餐，近年来政府干预，价格不再胡要，逐渐降下来了，比较死得起。选择完毕，填好单子，就被推进单独陈列或集中摆放的冷柜里。

（五）经公安机关收殓来的无主死尸运到殡仪馆，殡仪馆算事业单位，推不掉，下午塞炉子里烧掉，堆到后院里，久而久之是个惨白的煤渣山。我见过，一阵风搜刮起细碎的灰，每个人都能呼吸到一点儿他们。

（六）殡，真讲究的不多，怯玩闹的不少，北中国以天津为翘楚。南方还有更豪放的，搭棚开十几桌麻将、垒台子唱网络神曲，红事白事恐怕只能从有无喜字儿上分。多数是静悄悄的，几台车，拉花圈纸人纸马，有人打幡儿戴孝即可。老三篇都背过，风俗移得很彻底，没有当大事一说，都是革命同志。告别大概二十分钟。绕一圈，鲜花丛中依稀有个影子。

（七）死亡证明是一种小硬卡片，分别开给派出所和火葬场，名字和年龄已经用不了几次了。停放七七的老礼多年不讲，从快，连当日不过三天，程序清简，喜丧或者家属坚强，还可以摸两宿麻将。多年没有两口子吵架上吊的事儿，几乎没人在这上挑理，顶多是儿媳为了遗产闹丧。"后天直接来就行"，殡仪馆很有信心地说，当然清楚你们都怎么想的。

（八）告别大厅的一切，均可循环使用。日趋专业，没什么可指摘的。只有一处创新稍冒进，不和家属商量，默哀音乐换成了女声吟唱的卡通片《天空之城》主题曲。数收殓骨灰的进步最大，烧时规矩，分拣得也干净利索，小伙子戴着手套，快而轻松地边放边讲解：请看，老人是完整地安坐在这里面的。"欸你说咱妈那时候咋没有这样式的呢？净拿个铁畚斗乱怼，这个多好啊"，都称赞进步。

（九）城里的人情简要提纲，核心是份子，份子到礼到，不出席也可以。出席的话，跟到殡仪馆是一种情分，鞠个躬就走，有好看的女家属拉拉手。跟到下葬是一种情分。一般关系并不参加吃饭，没工夫，也不好吃。说是"盖棺论定"，其实一把灰抓到匣子里去，大家就已经觉得无所谓了。曾有泼天富贵的往生极乐，也不如个活着的穷汉。

（十）土葬严格说来是土木混合，和火葬折中的主意，是墓地下葬，比像本卷宗一样待在墙上体面。入土为安，最好生前就置下，是个自慰，明年涨了怎么办——要不买俩，租一个出去？没听说过。其实也不能细想，那地皮不是你的，墓地的承租权有期限。和计划生育一结合，将来谁管呢？

【馀文】在面对临终者时，我曾感到尴尬：我没有一个神祇可供祈求，也就没有什么关于去处的话来安慰将行者，又羞于就即将到来的大家都不明白的事情骗他们，展示悲伤只是自私而徒劳。和别人谈起这个困扰，她说：她走了以后，我就想"是不是以后我想要死就可以死了？"

弃
绝

【宾白】生死是智力以外的困扰，死如影子，因生而存在。也像窗外的事物，人站在生的这一边，永远朝向它，它在提醒一些我们无力理解的东西，只觉得被逼视，恐惧于迟早被捉拿，理不能胜情，惶惶终生。利生为善，对不欲生的，我们不及考虑周全，就由同理心判断他们至少是错了：

我小时候，有个老太太在居民院后的废园里上吊，她有很多理由寻死，于是就那样做了。她那天穿上了最好的衣服，在双脚悬空前，在脸上蒙上一块干净的毛巾，以免吓到第一个发现她的人。她在树林里挂了一夜，像个晃晃悠悠的新娘子。后来，并没人禁止我们再到那里去玩。她就是这样温顺的鬼魂。

＃抑郁＃　他已经习惯了"成功"的生活，拥有普通中年男人想拥有的双倍，却在刚满四十一岁那年从高层公寓的露台上跳下。他的姐姐拍打着墓碑嚎啕大哭，百思不得其解："你过得多好啊，你上这里面干啥啊？你个大傻逼。"他们回忆：唯一的反常之处是他执意把客厅刷成鲜红色，颜色狰狞得像要淌下来。

（续）县医院的大夫说不清他得的是什么病，就是这么不吃不喝一点点儿耗死自己。村邻说，就是憋屈，如果不是在我们这个破地方，怎么会死人呢。拿出很厚的几个本子，每面纸都用圆珠笔写满了细密的字："写了这么多，是个有文化、有心思的人，如果不在我们这个破地方，怎么会死呢？"那上面充满了激烈的符号和黑硬的字，却没有一句话能让人读懂。

（再）第二次研究生考试结束，她没有等待结果，在全家人都看电视时，轻飘飘地站起来走向阳台，像出门一样跨出了窗户，在凄厉的惊叫里，她回头冲他们微笑了一下，仿佛想告诉他们别担心。

（又）周围的人都觉得她只是为了吸引注意力，第四次自杀终于获得基本成功。她二十五岁的健康躯体是优质的器官源，由于没有脑死亡法，红十字会和医院的人焦急地等在病房外，彬彬有礼而又急切地和家属商讨价钱。

（五）十年前，他失去了工作，现在距离领取社保退休金还有十年。十年间，他的谋生尝试逐个失败，终于决心整天待在家里。发病那天，他用十年的力量把家里能摔碎的一切都仔细地摔碎了。治病花去了剩下的积蓄。清醒时，他把脸紧贴在膝盖上，试图从椅子里陷进地下去。

（六）她本是个安静敏感、并不惹眼的女孩。在网上，她的写作清澈大胆、有早慧光芒，很快有了名气，心中的自己也跟着强壮起来，于是离开了闷热的边陲小城去向上海。但那个强壮的女孩好像没跟去，只有那个安静敏感、并不惹眼的女孩孤身上路了。在被称作魔都的巨城里，她动手结束掉自己……"非如此不可么？非如此不可。"

（七）她直撑到毕业，回了村里。爹妈不解：好不容易供出来的大学生就这么废了，整天头冲里躺在炕上。抑郁这词儿没听过，这毛病在乡下倒常有。总算有个四十多岁的老光棍愿意要她，"好歹是个女人"。到那头也是成天躺在炕上不下地。爹妈再不去了，看着腌心，人都抽抽了，那屋里不见阳光，臭气熏天的。转念一想，也对不住那论着该叫姑爷的人。

【前腔】人们大概清楚了抑郁症的机理，对抗起来互有胜负。最终仍输掉的，被谨慎地表述为"选择自己辞世"，这是遗憾的治疗失败。有位值得尊敬的翻译者，是其中之一，我踌躇了很久该不该提到他的名字。对我而言，他是一个觉得世界没什么意思又为这个世界做了许多有意思的事情的人，一个或许是因为意识到生与死的边界并非是这世界上最了不得的边界的人。

【前腔】我对抑郁症不了解。听一位患者说，没有经验和耐心，不要自以为是地试图劝解患者，像在公园手欠揪花似的，随便过去将几把，适得其反，什么用都没有。他说，患者什么道理不懂啊，好多人知道的都不比精神科医生少，每天还是固定在拿那些事情折磨自己。在一天里，他觉得天擦黑时感觉会好一点儿。我想，也许是黑夜要降临了，很多事情没法再坏了，也就放心了。

母亲是他离家时疯掉的，单位把她扔进精神病院，说是医院，更像个垃圾场。他回城探亲，就去医院把母亲接回家，在她表现得刚刚正常起来时，他的假期又到头了，要把她送回去重新疯掉。母亲死于第五年，死于铺天盖地的歌声里。

舅舅是全县最有钱的人，所以舅舅终于在外面养了个女人让包括舅妈在内的人都松了口气。舅舅每次看到半身不遂都残忍地说："我有这么一天，就直接让谁都找不到我。"他脑血栓犯得突然，舅妈不管，那女人也不见了。舅舅能下地的第二天就消失在县城的小小街头，真的就再也没人见到过他。

这人的行为殊不可解，查出来癌症，不治，虽然未必有多大希望，但哪有不试试的？何况有钱，开奥迪、住大房子，年纪又不大，有老婆孩子。让去医院也不去，让吃中药也不吃。一年多以后，人果然没了，仍然谁都说不清为什么，竟然没人知道他的心思。

四十年前，他们夫妇逢人便说衰老是耻辱的，不打算活过七十五岁。每个人都说"你们的想法既幼稚又残酷，到时候就会改变了"。退休十年后，他们在毫无征兆的一个早上共同吞服了毒药，扔下了几个不知所措的子女。

只有不大的一点儿本钱，就守着大医院开个小旅店好了。别的好将就，只要有冰箱就行，住店都是来看病的，要放药。才知道这里面的苦处：常有穷横穷横的人来硬住，不敢要钱。还有来闹自杀的，好在发现得早，咽气前送走了，否则脏了房子，没法向房主交代。自杀的是个更可怜的小媳妇，连遗言和遗物都没有，只给店里写了封道歉信。

　　钢材低迷到三年头上，老板们扛不住了，互相担保拆借的资金陆续断裂。他是身家小的，所以先出事，原本熟识的债主不再讲情面，市面上的钱只够几个里面活一个。几千万大的窟窿，把一切都当卖了勉强堵得上，然后要从此两手空空。不再是创业的年头和岁数，懒了，想想一家老小，就撬开债主的车库，把绳套搭在横梁上，伸直脖子，看了进去。

　　她要解脱自己的病痛，其次要解脱没有公开背弃她的男人。她不断地写遗书，直到人们误以为她不会真的采取行动。除了她是如何把自己挂在暖气管子上以外，没有人对整件事情有异议。一切都合乎情理。在唯一没有公开的遗书里，她以健康人所难以理解的感激之情要他一定要和那个女人好好地生活。

　　等到对面阳台上的居民支好了照相机和摄像机，那个女人开始跳楼了。她用双手把自己悬挂在天台边缘，用这种延缓作为对自己的最后怜惜，几秒钟后，手指松脱。她砸坏了二楼的遮阳棚，除了死以外，还断了一条腿。几百个围观者任由她在地上逐渐咽气。她跳楼的原因——她的丈夫，在半小时后赶回，含糊地喊着什么，有点儿像是悲伤。

【前腔】在空中的一瞬，肾上腺素大量分泌，神经异常敏锐，血涌向头部，地面一帧帧靠近，这一刹那，据分析、据回忆，在感知中相当缓慢，会涌起许多念头，完全有时间明白发生了什么，有时间感到后悔，"这便是我的死亡"。如果幸运或坚决，则只有柔软的疲惫。触地的刹那，会听到声音、感觉到麻木的温热，大脑已经无法传递强烈的疼痛，意识开始模糊，视线变红，像变花的屏幕一样定格、退出。

日本的财年在三月结束，厌世者在交接完公司事务后进入自杀旺季，以"我很抱歉"之姿态，选不麻烦别人的方式。自我驱逐还有一种：失业落榜或破产后，放弃原有身份，去往东京地图不标名字的一个街区，住进那些没有卫生间、网络甚至窗子的出租屋，日夜沉默。所以有专门半夜帮人搬家的公司。这种蒸发者在两次经济危机里最多，如今每年增加十万人。

【前腔】许多主动放弃生命的尝试，最后"成功"了。发现时阻止他们，是人异于禽兽的"几希"，即使知道是徒劳的。那么，再进一步，出于善念，对他们加以强迫直至拘禁呢？我目前认为，一个人有权结束自己的生命，即便他是个精神医学上的病人。我们试图帮助他们回到利生的世界，但总不能靠切除额叶之类手段。我们不知道哪种痛苦更大，我们也不知道生命的全部含义。

酒精给俄罗斯带来三分之一的死亡。一份退休金可以买十四瓶伏特加，够正常酒瘾的人支持一星期，含酒精的东西都向喉咙里倒，防冻液、清洁剂、胶水，大哭大笑着倒下，醒过来再努力追求下次醉倒。最受欢迎的是种叫"山楂"的浴液，换成甲醇时，一座西伯利亚的小城，半个冬天就中毒死掉六十人，进入了紧急状态。酗酒存在于寒冷和绝望之地，比如东北，不过我们很幸福，喝得起。

那个男人拎着一天的烟酒和熟食，在一群自己喂养的野猫的簇拥下回到家里，打开电视机，彻夜不眠，年复一年。泡在浴缸里死去时刚满三十六岁，连他妈也说不清他这些年的自戕方式是为了责备谁。（抄录自 @ 刘黄书）

古时候的自经像是种辅助现世的手段而非终局：打官司，拼出寻死（多是半夜堵门上吊），案件就要转折，原本没理也有理了。而今，恋爱受阻、孩子不听话、和婆婆赌气，是最常见的寻死理由，和古时差不多荒唐琐碎，用的则是方便的农药。另一桩异同，对古人相信的死后可化厉鬼讨债，现在的人大多无感。这常让有学识的人困惑：什么样的生活才导致如此随便的死亡？

医生一再警告：真想自杀，也千万别喝农药百草枯。它能彻底除掉杂草，也能将人的肺完全纤维化——先是消化道溃烂，然后慢慢丧失呼吸，到最后，每吐一口气都伴有大口咳血，要这样挣扎一个月，没有任何治疗和缓解办法。他们只能按照职责，每天垂下头来看莽撞的患者——失恋的小伙子、赌气的女人，观察他们恐惧而清醒的面孔上扭曲的哀告和求生欲望。只能把口罩向上拉一拉。

【馀文】这是"唯一严肃"的问题，却缺少足够的严肃回答。大多只是不堪其苦，或像不满意电影而提前退场。极少数人，认定已发生或将发生的，不该出现在自己的生命里，比如最近都喜欢谈论傅雷夫妇临终的温柔坚定——有清醒的辨识、热烈的执着，可谓"殉"。勇敢的不生和勇敢的生，都是英雄主义，基于对自己生命的掌握和尊严。恕我刻薄，几乎绝迹了。

【馀文】有的信仰认定人无权做这样的裁处，自己的生而为人和所皈依奉行的，哪个重大，我不能讨论这差别。我对尊严的领略比对虔诚多一些，他们直到那一刻之前，仍然击节歌颂，说："爱的繁衍与生殖／比死亡的戕残更古老、更勇武百倍！"（昌耀《慈航》）

畸零

【宾白】愤世者说如今是"对好人太坏，对坏人太好"，照此说来，争做坏人就成了混社会的要务。那么怪人呢？畸零者不是"畸人"，也称不上是独自往还不与物通的"介"，只是归不进类去的，是"不顺南不顺北"的人，近乎怪人。说他们怪，参照物是仗着人多而自诩的正常，怪人完全有权视世人皆不正常。人群对不可归类的人和事，有天然的敌意：

她是团里最漂亮、最有天赋也最刻苦的一个，和那些如今出名、嫁了有钱人的朋友比，她的缺陷是除了跳舞和上帝什么都不爱。至今仍然租别人的排练厅教课，跟得上的学员不多，收入不高。本地富婆都爱学能配《月亮之上》的舞，"这样的给多少钱我都不教"。年轻已经过去了，她知道。下了课没处去，披着件军大衣胡乱睡在后台，心里还是不肯卸妆的天鹅。

本地不是香港，也不是上海那样的南方，"音响发烧友"是个没精打采的群体，无荣耀可言，只是怪癖。谁管什么石机胆机，手机不一样放歌听吗？他买了间房子，没放女人，只有一张沙发，一只马桶，几件他引以为豪的设备，声音顺着金子的电线流淌奔溢，汇成定位明确的形象站在他四周。心里暗叫惭愧，不足为外人道。

都羡慕她行事皂白分明，不要别人为自己，也不为别人。

不美，可不缺男人，嫌麻烦，欲望冒上来随手从手机里摇一个。辞了高级主管去海岛上当地陪，每年换个岛，攒够钱就去非洲。经历过域外男人后笑：更不能找中国男人了！途中遇到度 GAP YEAR 的白人孩子，见他们拉上风帽睡在路边，边啃白面包边咧嘴大笑，叹息说"其实我也怕，只是忍着，不像这些孩子真不懂害怕"。

路边儿上停着辆在县城里拉脚的塑料棚三轮车。但不是拉脚的，车里堆着锅碗行李，壳子上写着八个大字"潇洒后半生旅游车"。车主是位老汉，正蹲在地摊上集中精力喝浮着红油的豆腐脑，他已经穿过了两个省，每天花费二十块钱。有人听了他的事，请他喝了一碗劣酒，立即高兴起来，唱着从延边学来的黄色小调，飞身跨上车座。

电台里有个午夜节目女主持，声音像温暖沼泽，有许多寂寞的人喜欢她。无故消失了一年多。她的同事说："这个人有神经病，在办公室和你亲热地说半天，全是撒谎，一句实话没有，认识她这么多年，不知道她家在哪儿，是哪里的人，见一个人换一套话。现在她回来了，过一段还接着主持，有人爱听啊。谁都看出来她生孩子去了，也不承认，真是的。"

他的梦想是一生跑完一百次马拉松。在办公室终日枯坐之余，他为自己购置设备，做业余的训练，他的马拉松没有对手，没有观众，在出差途中或是周末，用别人搞一夜情的兴致来完成。他默默记着数，只有一次因为酒醉，腼腆而自豪地向别人谈论过。

文学青年的旧时代，出版诗集和小说是个梦境，通向炫目的生活。投稿来的内容大多宏大苍白，让编辑烦不胜烦。他那时写的小说只是自己的心事，近似私小说，写好以后，找个打字社，花一笔钱，装订数册，并不寄出，像小偷一样前往县新华书店，在文学类的书架上那些新锐名字中间摸索，分个缝隙出来，趁人不备，从怀里掏出自己的著作塞进去。

"酒正使人人自远"，他常记诵这些没用的话，和身边的人说不着，被人瞧不起。记到书里，是那时人痛苦吧，传到如今，是时时的人都痛苦吧。注入杯子的声音清澈，廉价烈酒的气息泼辣。"顾影独尽，忽然复醉"，刀子滑过咽喉时又想起来一句。

公共汽车上上来了一位女侏儒。不知道从哪里买到的合身衣裙，巧妙地掩饰了鸡胸，她的发型经过精心修饰，神情坦然自信，以不能忽视的笔挺姿势端坐在座位上。

大学医院日常很清淡，我表哥是校医，问诊只三句话："你觉得是什么病"，"你想吃点儿什么药"，"用不用转院"，医风民主。那也得值夜班。另一位校医无聊时，爱在处方笺背面用钢笔画画，不中不洋，很有格调，诗意呼之欲出，后来才知道，其兄就是画家，这才能确实是血缘里带的。被文化圈发现，出版了画集，成为话题。人在此时病倒，很快作了古。是段人如其画的淡淡命运。

名校教授经常要接待证明出费马大定理或推翻了相对论的来信来访，有的携带着永动机的模型，他们或单纯，或怪诞，生活落魄，神色坚定。日子久了，教授们厌烦了不见，虽然有些东西还挺有趣。有件事令他神伤："文革"后的几年，来了个五十岁的老乡，没吹大话，拍着包很厚的稿纸说"也不知道这叫什么，就是觉得有点儿道理，你学问大，给看看"。看了几日大惊，是粗具规模的微积分。

脊柱和后背骨节一按就一串噼啪作响的人，有点儿迷信盲人按摩师，觉得他们专注，按摩师五十来岁，在家营业。屋内四白落地，辣眼睛，因为屋顶的灯泡极亮，烤得屋里的人影子都很淡。他不爱说话，有台电脑，总放着轻音乐。好像一个人住，东西都摆放得很整齐，他常用的依次排列在手边。这是个在意别人怎么看他的盲人。

我是生下来就聋。我明白声音一直在我周围。聋哑学校的老师教我震动、口型和手势，但那是替代的声音，还是想不出。要我打比方说，就像色盲看不到颜色，人测不出暗物质。我在梦里猜过声音是什么，我看书时，脑子里闪动的是颜色、手语、图像和气味儿。我也就不知道寂静是什么。我妈说做聋哑人也挺好，简单，好多人倒霉、后悔，还不是因为会说话，世上没什么非听不可的。

大学里的爱情，大半随分，毕业时多在默契中散场。偶尔看到有人像大鱼的溯河洄游，欲执拗地回到某人身边，同学们会诧异地祝福。他为了追赶远走美国的学姐而留在北京，终日闭门背单词。面签时，一面收拾那堆没来得及打开的材料，一面用苦练的口语叨叨："你连材料都没看，凭什么说我有移民倾向。"

（续）美国学姐结婚的消息传来，人人都不意外，他说，也知道会这样。随便地待在北京，不去上班，用准备出国的钱原地首付了房子，那是十多年前。聚会上，同学问："不走对了吧，发了吧？"回答说："都疯了，中介说，八百万。"神色黯淡，像说起一生中后悔的事儿。他的爱情，自此便只被当做房价催熟的财富传奇而已。

我小时候相信画电影海报的才是真正的画家，能画那么大又那么像。他在天气好的时候，把梯子搬出来，醉醺醺地在影院后院爬上爬下。他的技艺神妙，不像别人要举着样稿反复端详，直接从一个角画向另一个角，从任何部位起笔皆能画完复杂的人物动作。总觉得他的心情是愤然的。后来老电影院关门了，待有新电影业时，影院只贴统一印刷的海报。

十五年前，这帮古怪孩子跟着个古怪中年，在租的单元房顶层里办了本讲欧美漫画的杂志，那时这题材比电子游戏和摇滚乐还要冷僻。美术的手绘颇有才气，文编的口语能直接电话采访外国画家，每一期都让同业尊敬。工资则是时断时续的。也不在乎，下班后还要接着把资料架上那几本漫画看完。这本停刊多年的杂志是他们喜欢提及的回忆。

有 VCD 无互联网的年代，青年人的视听由路边音像社打理，塑料袋包裹的盗版碟用长条纸盒子盛着，猜着买也猜着卖，反正都是十块钱一部。有个店主能一眼看透顾客喜好，安静委婉地推荐三级片武打片鬼片 B 级片，都是公认的经典邪典。对沉闷的文艺片也在行，熟知欧洲各大导的创作年表，评语诸如"牛逼"或"有点儿过"，和对三级片的态度一样，反正都是十块钱么。

那时听摇滚乐，要掏尽口袋里的钱买当垃圾进口的打口。打口碟不如打口带，磁带断了能接上。精神饥饿、精力过剩，跑遍全城，结识更多奇怪卑微的少年，在小窝点里推理封套上的外文，像是参与了一场迷茫的斗争，像是预备阴谋颠覆点儿什么。听说我们那代人被称作"打口青年"，算是一种（亚）文化现象。

扰民的东西里，装修、大型狗、摇滚乐手。狗市在某条公交线路的尽头，因为房租便宜，摇滚乐手也来了，只有行军床和啤酒瓶子的排练室后面是苞米地。房东是镇书记，仿照白宫修了个院子，车库的租金近乎白送，我只能认为他喜欢看着头发像拖布一样的小子从墙头翻进翻出，喜欢听收废品的鼓声和母猪临终时的嚎叫。

（续）我们那些人甚至也没幻想过有朝一日出名、发财或者仅仅是获得个进录音棚的合同之类的事儿，只是喜欢这么过日子。演出都在遥远的大学礼堂或球馆，早晨就出发，饿着肚子等到下午，像放风一样蹦到台上去，完全不知道从理论上说，演出是应该卖票的。

（再）这些玩琴的人几乎是同时散去的，有到北京去撞无形的墙的，也有权当谋生手艺的，更多的是彻底改行，把这些年视为比黑社会还低端的羞耻。还有个人执意留在那时候，继续写愤怒含糊的歌词，去外地漫游，在地下通道里弹唱，真的饥饿，生满冻疮，居无定所，还偷闲生了孩子，贫困得使人难过。我在豆瓣上看过许多对他的夸奖，而我们这些认得他的人却吝于赞赏。

（又）纪录片里，美国名乐队巡演，设备数十吨计，坐改装的巨大客车横穿北美大陆，车前车后翻飞着骨肉皮。至于他们那渺小未遇的中国同行，偶尔获得某地某酒吧几乎是只管顿饭的邀请，还要苦恼于如何凑足哥几个的动车票钱。有名的也好不到哪儿去，那谁他们这几年挺红的了，上个月来东北，在台上蹦足了仨钟头，下来发现后台空了，一两万的门票钱全叫人卷跑了。

有个吉他手只身从葡萄牙来，带了把自己装的吉他，随便在本地找了个小酒吧，百十人的场地。一个下午都在捏着啤酒罐玩桌面足球，时间到了，跃上台去，简陋的音箱响彻金石之声，五指间千军万马，是顶尖的技艺。他只要几千块的报酬，懂行的说，这人在欧洲很是有名望。"回去给他们看照片：看，我还去过中国演出呢，多有意思啊。"

大概只有怀旧的人和看卡通片的小男孩才喜欢这种金属乐：乐手们严肃地留着齐腰长发，认真地在歌词里探讨吸血鬼、撒旦和基督的关系，视演奏为一种竞技运动。那支乐队是从德国来的，使用的却是并不相邻的意大利语。四条花臂膀大胡子的阴沉大汉，都爱吃烤鸭。他们是业余玩家，利用假期来中国演出，职业分别是养老院护工、工程师、幼儿园教师。

我常逛的计算机散件市场，西北角靠近厕所那里有个游戏机柜台，顾客都是精打细算的小孩儿，始终也没有扩大规模开设分号。两个合伙的男人，终日肩并肩地在一台当前最大的电视下打新上市的游戏，招呼顾客时眼睛仍盯着屏幕，瞳孔和脸庞反射着彩色的光，手指仿佛不由自己控制一样地痉挛。他俩已经这么过了十几年了，我很羡慕他们。

我的初中同桌毕业以后突然辍学了，听说他得了一种精神病，见不得生人，怕和人说话，终日在家拉着窗帘玩电子游戏。到了我们大学毕业以后，他还在过着那时候的日子，病好了一些，可以给游戏机商店打一点儿工。我总是赞叹，怎么会有这么好的病呢。

精神分裂患者自述：世界不是扭曲，而是单纯，所以感知被越放越大，任何小事，放大了都很怕人，就像盯着一个字、一个人，使劲看进去，是不是就不认得了？我就是觉得有人监视我的一举一动，我知道我没道理被监控，但又实在有太多不能忽视的证据。你觉得可笑，但科学上来讲，所有的人类都拥有一个可以隐藏现实并引导适应性行为的界面。

油画家为了自己的作品有好结局，都会推荐去个难找的地址配画框，嘱咐过了中午去，上午不开门。门上也没标志，闻到气味才知道找对了。里头是两个干净的瘦老头，一个在量画框，一个在同样认真地煮面条。像是进来熟人一样不招呼客人，等你开口。既不推荐，也不讲价，端详一会儿画，边走动边说，"这画就应该用这种框"。墙上有几幅很精彩的画，不是待取物品，是他俩的收藏。

学画的大学生有地方画画就高兴，何况还给点儿报酬。市政出钱，画在河沿的墙上，要求宽泛，本地风景即可。可以随意实践热爱的线条，高更的红和梵高的黄，画名胜、建筑和校园，骑自行车来去，过了一个艺术家似的寒假。早晚散步的人时常停下来看。春天再去，有人故意在贴发票办证广告，用记号笔写"某某到此一游"和"新年顺气发财"。

从圆明园到树村，新来的画家连宋庄也住不起了，去更偏远的村庄落脚。他们的眼神固执清澈，对艺术各有成见，身后跟着洁白沉默的妻子或女友。很快，聚合成新的艺术家村落。村民们把屋子租给那帮画画的之后兼做他们的生意，比如入秋以后挨家挨户地给他们生炉子。他们整天哆嗦着转来转去，像陷入绝望的蜘蛛，既没一个会生炉子的，也没一个想到可以学学的。

美术系毕业，应聘教小学生补习班，因为不加班。工资虽然低，也够房租和一个人的吃用了。别处都要求照着样子努力画成一模一样，到她这里，发几支笔，随便，怎么画都好，她改得很慎重。有时给孩子看毕加索和草间弥生，见他们也在黑纸上点红点，就说那是别人，你要画自己相信的。她看到有几个孩子的线条变得肯定和动人了，觉得做成了一件小事。

我有个格格不入的小学班主任，好像因家庭出身而加入了民主党派，穿成套的裙装，举止确实是出身另一阶级且一直没改造过来的样子。校长经常要她代拟报告和文稿，之后又恨她，因为她拿此事笑话校长，然而下次仍不得不求。她是唯一喜欢过我的老师，说小孩儿和作文就不该有样板。听说她多年后去郊区当校长，实践她的教育主张，不留作业，兴趣课，随意写作，因为家长们不在乎。

"觉得精神快要出问题，就离职，到城边的山里租个院子住。溪水像条小蛇，从院子中间流过，随身带包书，自己做饭浆洗，多睡觉。有一天没关窗户，被风翻书页的声音吵醒了，知道可以再坚持一段，就下山去。这些年一直这么来来往往。"

某县某镇某村，有位农夫，利用好几个冬季农闲写了部半尺厚的长篇小说，很多描写都是感人的。这种事儿以前常有，娱乐多了以后，逐渐少了，有幸被县文联发现上报，请市区作协名家来开研讨会，借了会议室，每个人前面都摆个打印名字的粉红色小牌牌。作者第一次见这玩意，悄悄拿起来看了又看。

大学城没有搬到江北的时候，常去一家居民区里的小书店，店里的旧书不多却精，古书版本好，译作译本好，小说口味一般，但历史书的排列很专业。老板是个寿眉斑白的老者，和颜悦色地和叽叽喳喳的小学生为了块橡皮讨价还价。一次听他和来客谈论墙里面的大学，叹息如今这学科没有明白人了，才知道他过去是那里的教授。

天翻地覆慨而慷，有翻过来的，就有覆过去的。比如曾在宿舍楼独居的老太太，女工们只觉得同事多年，她对任何人的礼貌都周到，对事则很冷淡。向来不争抢名利，有说不出的傲气。改革了，无所谓了，才知道是前代贵人家的大小姐，名牌大学毕业，会说流利的外语。纷纷回忆轶事，想不起什么来，只记得她工作服里的内衣是很贵的真丝，上海货。

北京之大，大于世界，藏有许多有趣的人。他父亲有名气，留了笔遗产，便拿着去了美国，玩腻了，长在拉斯维加斯，爱一切赌法，越玩越壮，被搀让进小厅，那笔原本花不完的钱不知不觉间透光了。那天，他认出挨着自己坐的是自幼崇拜的香港电影明星，总演赌神的。恍然觉悟，于是搭飞机回去，和个刚成年的女孩儿住在地坛附近的单元房，像退休的人一样生活。

二十多年前，他曾是江浙一地首富，如果沿着这条路，弄地产、耍财技，本该出没于各种排行榜和大会堂。但他一心要造汽车，中国人凭什么造不了汽车？直至今日，国内也是发乎山寨止于外观，连像样的发动机还没造出来。他那时却总觉得就要成了，只差最后一点儿资金，直弄到彻底破产。有记者去采访，还领着去看那堆生锈废铁，"再给我三千万，我就能造出成熟的车来"。

四十岁以前，他是城里崭露头角的富翁。中间隔了场车祸，胸椎以下毫无知觉。如今他更是举足轻重的人物，专事资本运营，号称能调动百亿，在京城里有座大厦，过去他要低三下四去请托周旋的家乡领导如今在前台候见。来客看到他轮椅里莫测高深的微笑，觉得置身于一部香港电影。对他而言，活着该有的东西还都坚硬地存在着。

他年轻浪荡的那几年，去易于结识女人的地方结识易于结识的女人，午夜时分带回家，彼此利用一番。他还不纯熟，总要再厮混几天，像约会一样吃饭、看电影，拖泥带水。有个不大的女孩儿说自己做过小姐，现在跟个大十几岁的男人住一起，真想要换个活法。醉后说喜欢萧红，特别特别喜欢，一边读一边哭。他说"嗯嗯萧红是谁啊"，心里一惊。

她对性有巨大的好奇，什么都愿意试试，也许是病吧，听说过，随便了，对她来说，这是触手可及的冒险和收藏。不在单位里面扯，以免陷入办公室政治。她喜欢陌生人的随机惊喜，喜欢车友会、驴友会、户外那些心照不宣的活动，也喜欢手机上的新奇软件。"就这样漂着就很好啊"，她想。

"那我就和你说一次我妈吧。她不是她那个年代的人，她和我爸都在大学教书。后来和人私奔了，事先也没迹象，那时候正忙着给右派平反呢，从此我就没见过她。她和那男人到了天津，在高中教课，几年后，被班上一个男学生用刀捅死了，情杀。"

【徐文】青史是个人主义的悲哀。坚定的自我和独特的心思，都要被收进"仁义忠孝"之类范畴，像生猪打上个蓝戳子才得上市。独特的言行情绪，似乎没有价值，只有失意的人才会留心——我没有力量做怪人，只能说句怪话。我早就是久经考验的小人了，对痴迷于制定正常标准的人物，心里有多怕，嘴上就有多甜。

柔
软

【宾白】无论如何，人倾向于互相接近，需要释放温情，有的路，一个人没法走。我们无力掌控的，也托付于爱，不愿意再继续追问，这使之成为沉重而歧义丛生的词。那又是条坚硬的道路，道路上的人都是柔软的：

满七十那年，他说"太热，分开睡吧"，就各自在两个屋里睡觉。风传地震，年轻的人惶惶不可终日，有车的开到广场上去露宿。他抱着被子去她屋里，说"我在你这儿睡一宿吧"，她看了他一眼，往里挪了挪。

十几岁的男孩和女孩，肩膀挨着肩膀，坐在凌晨的台阶上，谈论并不了解的事物，月光像凉水一样把他们洗了又洗。他们将永远不再遇到这个夜晚。

我们这座城，三十年前更美丽一些，三十年前的青年人更单纯地喜欢艺术和美，在周日带着手风琴、两张反复听过多次的唱片、散装啤酒和简单饮食，在一间狭小的宿舍里聚会，有时在晦涩的诗句中痛饮至次日凌晨。如今，他们中的一些人不在了，剩下的仿佛忘了一样绝口不提，他们聪明地懂得：孩子们不会相信他们年轻过。

毕业班隔壁是个高考补习班，本来和应届生是互不来往的，但补习班上有个大五六岁的姑娘。从县城来，考了多年声乐，总差点儿什么。对同学的亲近是姑姑式的，男女生都叫她"民歌姐"。有天太阳好，她脸上明媚，说"姐给你们唱歌吧"，纵声唱的是《走西口》，声音让她远了，像磁带而更真切，操场上每个人的心都打颤，她脸上的泪痕也是真的。

少年们七八岁上相识，在并不科学的专业训练里结为同袍弟兄，一块儿到各地集训比赛，打架胡混，在突然而至的青春期，满不在乎地挥洒紧绷的肉体。一个严肃地找来全伙弟兄宣布："我好像，是喜欢男的。""和你爸你妈说了没？""没有。""不想说就别说。"然后一切照旧，训练厮混，偷偷摸摸地抽烟喝酒。

"我妈年轻守寡，独自把我们姐弟五个都养成人，上学参军成家，没有送人、死掉一个。她没抱屈过自己苦、数落对于我们多有恩将来要报答的话，遇到难过到没有办法的时候，逐个摸我们的头，说'妈让你们跟着我受苦，真是对不住你们'。从小到大，舍不得打一下。她现在八十多岁，还总和我们这么说。"

春天的公园里，很多花的颜色和气味儿，下晚之后免票。有位二十几岁的小伙子，亲热地拉着他的姥姥或奶奶，在她耳边说话，神情自在。他本来可以用那个晚上去拉着某个姑娘的手，所以我一直记着他。

菜市场上，摊贩们的脸很少有舒展的时候，情绪、力气和嗓子得匀到一大天里慢慢消耗。只有守着焖炉烤馕的男人边干活边跟着录音机摇头晃脑，含糊地唱几句，能歌善舞的民族嘛。得个闲空，奔到后面，一个胳膊下面夹着一个洋人儿似的男孩儿出来玩耍，连他在内，三个嬉笑叫嚷的娃娃。这快乐极动人，使见到的人都感慨自己家里怎么就不这样。

女人经过苦楚，脸上带得出来。夜市上烤冷面的年轻女人就是，烤冷面也是穷吃食，因为腥辣而近乎荤，很受欢迎。女人自己推挂满煤气罐、铁箅子、水桶的车来去，上下人行道时，旁边卖炸鸡块的男人就帮一把。后来俩人开始偷空聊天，女人有了点儿笑容。过了一冬天，摊子合成一个，男人自己推上推下，女人叉腰看着，神色舒展了许多，虽然经过的苦楚永远在脸上带着。

几年前的电视节目上。一个老汉准备下一辆塑料棚三轮摩托，拉上九十岁的老娘，出门去旅游。住最便宜的旅店，用啤酒瓶子当擀面杖包饺子，走了小半个中国，准备老太太死在哪里就埋在哪里。他们是两个顾虑得很少的老人，是两个轻易就做到了相爱的人。

也是电视节目上看到的。少女得了怪异的绝症，父亲准备了两辆自行车，辞职，带她出门远行，他们接受采访时已经走了一年多，两个人被各地的太阳晒得漆黑、健壮、沉默。据说女孩儿的病后来自愈了。

他们夫妻，丈夫是高个子，妻子要矮上近四十公分。女儿的个子当然不高，成年以后常怨毒地责问"你凭什么娶个侏儒来连累后代"。当年，他在兵团的广播站里第一次听到她的声音，就开始疯狂地想念她，不知羞耻地逢人便诉说。当得知她的个子只到自己胸前时，不是失望，而是鼓起了追求的勇气。

她是几条街上最漂亮的姑娘好像还是昨天的事儿。儿女一点点儿长大也好像还是昨天的事儿。等到大医院的大夫摇摇头问"怎么才来？谁和你一起来的？"时，就要这么画句号了。她找来儿女嘱咐，最后装作开玩笑地说："我死以后，你们可别由着你爹和别的女人瞎扯。"儿女也装着笑。过了几个月，想想孤老头子的可怜，又特意叫来："算了，到时候你们别管了。"

有一段时间，我终日待在医院里，不时地想办法给"烧膛"的病人弄些冰块，肯德基按照接近冷饮的价格成杯地卖给我，我觉得合理。后来我又走得远了一点儿，麦当劳的一个姑娘问我是不是给那家医院的病人的，"那就不要钱了，下次你带个大的保温桶来"。

止疼药要拿着处方和空瓶子去药局，每天两次。出于间接的友情，有位素昧平生的人赶远路送了几盒吗啡给我。包装上吓人地写道"用于治疗枪伤等剧烈疼痛"。"杜冷丁失效以后再用，先一次半支"，他说，只字没提所冒的风险。他马上要坐夜车回去，家里的玉米还没有收，怕丢，只肯拿一罐啤酒路上喝。最后并没有机会用上。

病房里有位实习的小大夫，在本校读研究生，不会有人送红包给她。对很多情况都不知道该怎么样，只是热心，喜欢把自己的烦恼讲给家属和病人听，好像他们是她村上的邻居。趁下午没人的时候，她搂着位临终的患者哭了一场，被那位阿姨安慰了很久。不知道多久以后，她会开始习惯这些事。

病房里的胖丫头护士，每两个月去捐一次血小板。左胳膊出血，吸到机器里，提取出血小板，剩下的从右胳膊打回，一次俩小时。有个女医生也常常去捐血。都是下了夜班去，要不是遇见，没人知道。说是在病房里看到病孩子可怜，不尽自己的所有帮帮他们，会不安的。（抄录自 @ 言之）

减掉四十斤，终于敢自拍了，有点儿不好意思地贴出去，一遍遍刷新下面的评论。新生开学，有家医院联系她，有个患者通过骨髓库和她的样本配型成功了。见面时，医生有点为难地说要做移植手术的话，需要您恢复到从前的体重。她想起刚买了夏天穿的裙子。说我可以尽快回到原来的体重。她想到那没见过却和自己有关联的人。

快递员打电话说"我等你回来"，我说用不着，"扔那儿就行"，他说一定等。过了十几分钟（恐怕要耽误他两个活儿），见到我，说"你和我叫一个名字,我一定看看你长什么样",掏出胸卡来给我看。我羡慕他即兴的快活。可惜我阴郁寡欢,否则就该和他合张影,各自贴到微博微信之类的地方。

超市收银台的女孩儿动作很慢,说话不敢看人,鼻尖上都是汗,主管不时过来查看,讲解几句。有不耐烦的就换条队排。几米外传来一阵海豚似的叫,是个小女孩儿,飞舞着指头冲她打手语,骄傲地指给领她来的中年女人,是来看她第一天正式上班的。女孩儿于是更慌乱,好不容易结完一个,冲她笑笑,回一个手语。

超市里,一个正在理货的姑娘指着我购物车里的几袋零食问:这个你以前吃过么?我摇摇头。她向左右看看,对我悄声说,如同我是她的好朋友:"你可千万别买。我吃过,可难吃了呢!"

两个女孩,一个穿西服背心梳短发背头,手拉手走在商业区的步行街里,面对面站住,短发的女孩把嘴唇按在长发女孩的嘴上,然后羞涩而骄傲地四下看看,继续拉起她的手走路。这兴许是她们商量好今天一定要做成的事。

老板娘和老板抱怨:那个保安又捅了篓子,赔了人家好几百,挺大的岁数,没有眼眉高低,笨。你骂他,他就一副呆呆傻傻的窝囊表情,意思就是"骂吧,就这样了",骂得你都心累。可也是,媳妇早跑了,老家县城有个上中学的儿子,一千八的工资,寄回去一千二。唉，就会一天三顿猛吃，那个能吃。完了还一点儿力气都没有，干啥啥不行，真是气人。要不……再留他干一年吧。

雇她看孩子的是个做生意的老板，没设过小陷阱来测试她偷不偷东西，女人不是这不吃那不吃，很自然地和她一起做家务。都觉得难得遇上，就一直做了下来。孩子放暑假，她说："让我领回俺们农村去你们敢么？"两口子都笑说："那有什么不敢的，不一直都是你带么。"就上了火车，孩子终日在她家里骑猪、上树、下河捞鱼，晒得黑瘦黑瘦。

她那个年纪，要是失恋了，世界就可以毁灭了。去了个陌生的城市，在街上失魂落魄地闲逛，遇到个男人，和她说了几句，就领她回家了，她觉得随便吧。男人和父母同住，两个老人陪她闲聊，一起包饺子吃，要她陪老太太睡在里间屋。第二天，全家送她上了回去的火车。到有自己的女儿时，她常想起那次的幸运，但找不到他们了。

几年前，她最后坐了一次绿皮火车，挤在趟深夜的慢车里，几个进城打工的农民给她腾出靠窗的位置，讲了一夜笑话。她发现他们笑的时候眼睛里就只是笑，没有观察你，身上除了汗臭，还有泥土的气味，只是不知道他们说的"拖拉机翅膀"是什么，讲故事的小伙子想了半天，说"拖拉机翅膀就是拖拉机的翅膀"。

大三的时候，有一天逃课去了乡下的河边玩。后来有个大婶去了。她非常警惕地问我"在这儿干啥"，"这没什么好玩儿的，赶紧走吧"。然后她半拖半抱地把我带离了河边。理由是"去年我就看见个和你差不多大的姑娘在这儿转悠……后来捞上来已经没气儿了"。我时常想起那个大婶粗暴而蛮横的温暖，再没有过。（抄录自 @ 第二编辑部）

公共汽车上坐我前面的姑娘，只用根黑头绳扎头发，穿略大的工装衣裙，没有首饰化妆，没穿耳洞。侧脸上的轮廓，是天工一时灵感，没法复刻，近透明皮肤下透出淡蓝血管。看窗外时，像第一次看见世界，叫人以为她是刚刚从哪里来的。这个形象既被最大简化又极其丰富，我对她一无所知，却像坐在教堂里。

每条街巷里弄，每个村落，每间工厂学校，都曾有过很美的女人，像许多短促的事物，来不及被几个人知道。那时照相是特殊开销，是仪式，有时几年都难得留一张。我们偶尔看到张旧照，被里面明艳如昨的女人震惊到，她们穿过年月，冲着时间外面笑着，焉知未来的少女，可以随意给自己拍照，随意修改，供千万里外的人随意翻看。

【前腔】有许多常见的奇迹。比如美好的女子，远远看到，心生感激。也有绝望，不是与我无关——美不必与我有关，而是转瞬即逝，令人徒呼奈何。美的人时时都有，未见得能赶上得以舒展使人仰望其美的年代。谁都可以揽手机自拍，真是侥幸，有人笑话她们并不如自己想的美，这不必要，甚至错了。美既不是交流也是最深切的交流。

"那年，在个门票便宜的园林里，你怀抱熟睡孩子坐在游廊上，游廊通向假山，风在竹林里忽然响成一片，带着南方花木的气味儿穿过池塘。你说着什么，我没有听清，刚开始为了这时刻转瞬即逝而难过，就看见一片叶子从你背后落了下来。"

【馀文】这一题目下如此单薄，我是多么愚钝不幸的人啊。人向上跳，跳过智力，又越过情感，直至跳进觉悟者的行列，也就不再是人了。我总以为智力的交流不如情感的相通，那些能坦然接受心灵或温热或剧烈震颤的人，才拥有我瞻望的幸福。也只有他们才能清楚：人的心灵是为了迎接哪几个时刻而来到世上的。

活
物

【宾白】无休止的生命在自然里流转争夺，从不停顿，没有宽容，每个生灵都下了同样伟大也同样虚无的赌注，这景象瑰丽伟大。人不需要"敬畏"或"保护"自然，这是两个自以为是的词，自然到了适当的时候，会让这个略进化了一点儿就自命灵长的物种消失，就像没来过世间一样干净，就像之前之后难以计数的其他物种，从不停顿，没有宽容：

作为山神的老虎靠眼睛杀死猎物，爪牙完成的是最后动作。走兽或人，见到它的背影时还来得及逃走，一旦看到预备捕杀的眼睛，就会呆若木鸡。栖息在密林深处的老虎，只有它允许时你才能走近。否则，远在几十米外，就会感到不可名状的恐怖遍及全身。山民们这样传说。

作为山神的老虎与森林融为一体，常常一连几个小时专注谛听地下或空中的声音，一动不动地观测天象，它们能准确地预知气候和风向，观测群星掷下的标枪。因为超出人类的感官和敏捷，它被认为和幽灵有某种关联。

猛兽用气味儿和痕迹划定自己区域是为了回避相遇，当熊和老虎同时出现在溪水边时，肌肉紧绷，避免眼神的直接接触，各自小心退开。他们比任何杀手都要精明冷静，只有确信无法回避争斗或能致对方于死地时才发动攻击。熊瞎子和东北虎打架的事儿，在山民中传说了数辈：持续数个昼夜，熊在死前，拔掉了附近上百棵小树。

山上真有熊瞎子，他说。——你见过么，有人见过么？——没人见过，不用见过，十年前我大爷上山，遇到熊瞎子，熊瞎子把他叠成三截坐在屁股底下，找到的尸首被叠得方方正正，像个军训之后的被窝，不是熊瞎子，谁能把人弄成那样？

勇敢的猎手狩猎林地深处形单影只的老虎，更胆大的猎手敢打野猪。公猪的厚皮外面裹了层坚硬的松树油，普通枪弹无法穿透，只能愈发激怒这些脾气火爆的庞大幽灵，当它们点燃两只愤怒的小眼儿像辆坦克一样笔直狂奔而来时，时速和死亡一样。最疯狂的猎手才敢打雄野猪。

他自幼灵异，童年时候，有好几次半夜从炕上消失，全村人到后山上搜寻，在树林里找到，远处月下，蹲着只泛着银光的狐狸。老人说：那是渡劫的狐仙，这孩子将来得出息得没边儿啊，可惜我看不到了。村里人觉得老人的预言成真了：如今，他开了个挺大挺大的养鸡场。

山间跑来跑去的公鸡平日就威风凛凛，再吃过蜈蚣一类毒虫，相貌性情更是大变，尾羽艳丽欲滴，冠子涨红肥大，像加了冠冕，眼神日益癫狂，战略上藐视一切人畜，见到就追上去乱啄一气，所向披靡，没人再敢视其为鸡公煲的材料。传闻吃过蜈蚣的公鸡能辟邪，阴魂野鬼不侵。野外生长的万物，总有不可捉摸或头头是道的神秘。

松鼠是树林里最忙碌的动物，从秋季开始挑选松子储备在树洞里。村中的懒汉会在入冬前去挖松鼠的存粮，每个洞里可得一小盆。松鼠在树上目睹着慢悠悠的抢劫，不停尖叫，在人离去以后，它们选择一个合适的树杈，把自己吊死在上面。

某地盛产林蛙，母蛙十块钱一只，上屉蒸，满肚子的籽，很补，油最为昂贵。能人在林地下沿承包一条河沟，挂牌为林蛙养殖场，林蛙难养，他们也不养，到城里的市场上卖时都说是养殖的，免得罚款，其实就是野生的。入了捕蛙季节，夜里在河边铺开塑料膜，两头一卷，兜起来无数准备下河的蛙。问他们吃不吃，说不吃，林蛙有寄生虫，消化不了。但城里人"认"，觉得很补。

几个城里人在半路上遇到两条脏乎乎的大狗，沉默地、不紧不慢地跟着他们，年纪小、有爱心的姑娘时时回头招招手，逗弄它们，村口的人看见了说：城里人真他妈虎逼啊，逗狼玩呢，你看，那条瞎了一只眼的老狼和它白鼻子的老伴儿，是在等她们谁落在最后好吃了她呢。

【前腔】动物学者说：智力发达的动物不会轻易致同类于死

命，狼会克制怒气，不咬穿另一条狼的喉咙，而落败者，照发展出来的种族禁忌，会主动以示弱来求饶。这习性在狗身上依旧能观察出来。人类操作杀伤武器时并没有类似约束。

南方山中多蛇蟒，当地人不知从哪里学来的，都很熟悉它们的修炼进程，如何进化为蛟，怎样能够成龙，要经过怎样手续、找谁去办，总之是很不容易。所以，如果路上遇到，要喊"小龙"，意思是祝愿和讨好，与见到中青年女性一律叫"美女"同理，惠而不费。我畏蛇如……没法找喻体，因为万事万物中最怕蛇，所以肯定执行不了这情商，也是因为嫌累。

江对岸有座"东北虎林园"，这座大公园二三十年里繁育了几百头长寿温柔的老虎，他们三五成群，像群母鸡一样和充当奶妈的狗、充当嬉戏对象的牛混迹杂处，徒具独霸千里的先辈血统。但翻墙进入的醉鬼总会被立刻咬死，人在虎面前过于渺小。园中有座冷库里，积压了上百具虎尸，或寿终或斗死或病故，有的被切割成若干块儿，只有堵而无法疏，谁也不敢拍板该如何处理。

动物园的下午，一头老虎在水泥假山下长啸了一声，远处铁笼子里拼命转圈的白狼收住脚步，垂下头抖动着哀嚎。除了懒洋洋的熊瞎子，附近的所有动物均噤若寒蝉，包括我们这些穿着羽绒服的裸猿。

阳沟边，有个小小的饭店，半截在地下，都传得很神，说里面什么都能吃到，来吃的人都不得了，去年才悄悄关了。阳沟附近，常有离奇的弃物，最怪的一次，清洁工在排污河边儿上捡到了只黑熊的头。

当她负担不了收养的一百多条流浪狗时，决定对那些狗实施安乐死，在社会新闻里，她成了个活灵活现的魔鬼。很多年后才知道，那是动物收容业的标准流程。"我想它们死得有些尊严，每一条死去的狗都是埋葬的，好过当街打死或者送上餐桌。"她把自己对生存的理解赋予了那些狗。

一帮南方人在公园角上租了块地方，主要给马戏团驯猴子狗熊，加上两只体弱多病的老虎，同时号称动物园，卖几张门票给闲人作为补贴。驯兽的都是少年，我觉得他们的生活离奇，常去看，一头熊从蹒跚学步到能骑自行车，很残酷。我看那些熊长得越高大就越畏惧这几个瘦小的人，不敢看他们的眼睛。听说，动物必须知道在族群里的地位，引导生存策略，觉得像是懂了点儿什么道理似的。

【前腔】你去看猴子吧，看几天，就明白社会是怎么来的了，一定会信进化论。猴子是很讨厌的动物，人格化的话，是群没希望的小人。要是马、是象，哪怕是鬣狗进化成智慧动物，都会更有"人性"，也可能只有猴子这种卑劣有小聪明的物种才进化。猴王确实威风，表面上一点儿都不幽默，好认，猴王是不理游客的，走起来龙骧虎视，看它，也就知道帝王都是什么变的了。

两道墙形成的屋角，和其他普通的三角形蛛网不同，四根丝线绷满了一张孤独、完美的网，精确的线条构成的十几个同心圆，在尘埃里闪闪发光，富于弹性。网上没有昆虫，只有一只死去多时已经干瘪透明的蜘蛛。

大院的门洞顶上有两个燕子窝。燕子会以快得惊人的速度从远处飞来，像颗优雅的子弹一样准确地射进只能容身的洞口。大概再无公德的人也觉得不该去侵扰燕子。在燕子该飞到南方的一天，院门口的地上有一团被车轮碾平的黑毛骨血，是燕子的尸体。

有种说法，人养什么久了就和这东西心意相通，信的人不少。花会报喜，养花的人没了，也会跟着枯萎。他们同事里有个爱养鱼的，做事业的架势，很大一座海景缸子，里面都是盈尺长的赤红金黄凶鱼，吃牛肉，很名贵，自然也娇气。人突发脑溢血，没救过来。鱼第二天全死了，不信邪不行。家属大概很恨这些鱼，送给他们，从食堂借锅炖了，香气四溢，都是蒜瓣肉，入口即化。

鱼的世界，越看越怕。忽闪着舞裙一样的鳍和尾巴的，最凶，无论如何，容不下另一个。第二天就浮上半条来，趴在缸底负责清洁的"清道夫"也跟着吃残尸，先啃肚皮。有种小鱼，五光十色，孩子们喜欢，成袋子地买回，每天都少几条，又见不到死鱼，直到只剩下一条又粗又壮的。

【前腔】他有个狭长的大鱼缸，养些小小的、不值钱的鱼，他说：都说鱼的记忆只有几秒钟，鱼缸够大的话，在它们游到尽头前就会忘了来的地方，就会觉得自己的一生充满了新奇和挑战，是鸡汤吧？也没准儿，就这么大的地方、这么点事儿，记也没什么好记的。你说，鱼为什么和人一样蠢？

小学四年级，转学的第一天。放学以后，班上几个贪玩的男生从居民区偷了只半大的猫，研究怎么整治它，从二楼扔下或者剪掉尾巴，但是没人敢动手。那个我留意了一上午的丹凤眼漂亮女生朝他们走去，打开把折刀，捅进了猫柔软的肚子，划了条日本式的口子，扬长而去。男生们被吓得面无人色。

市政每隔两年重置一次马路隔离带，每隔两年取消一次，每隔五年设置一次居民区垃圾桶，每隔五年取消一次，螺旋式低水平盘整。这次的垃圾箱德泽野猫，成群肥壮的野猫和新入伙的家猫突然多了起来，而且日益不怕人。有只剽悍的黑猫趴在垃圾箱上盯着我，在对视时，我们觉得彼此想的都一样："为什么他是他，我是我？"

楼下有对母子白猫，小猫是初夏生的，起初住在蔬菜店，因为犯错，被赶了出来，但不敢走远，缩在街角里靠可怜维生。

旁边还有只无关的半岁黑猫。猫性独，怕也是强悍的才可以独，这扎起堆来的三只，都不懂戒备，肚皮朝天地任人抚摸，估计均活不到冬天。这几天，母子白猫消失了。黑的突然像野猫一样目光冰冷，充满警惕，有希望了，这真是进入深秋的一个星期。

气温骤降十度，水汽在人行道上结下层白霜，人人都缩着脖子赶路，领口喷出大团白气，脑门被冻得生疼。本来不敢上街的野猫窜了出来，紧张地贴着墙根跑，不再节省体力，疯狂地从一个垃圾桶去往下一个垃圾桶，清楚地知道：天黑前，找不到一口吃的、一个暖和的栖身之处，就会死。

附近有条既丑又老的野狗，二尺来长，毛掉了一半，露着大片恶心的癣，曾经是条黄狗。几年前出现在这一带时，右前腿就是瘸的，像奥运火炬似的举在胸前。这几个冬天都长，每回猜它已经在某个角落被冻成块冰时，就又能见它勤奋地翻垃圾箱。春天的街头，它趴在一条差不多脏的母狗背上摇头摆尾，黑亮小眼儿里闪着我们所谓的生命礼赞。

被导航骗进条烂路，只容一车，两头堆着建筑垃圾和废面包车，坑越来越难躲，最后变成片莫测的泥沼，尽头上是个封闭工地，倒镜里有辆闪着双闪的大卡车越变越大。焦躁之际，见两只猫追逐着从路基上跑过，小的那只拣了块干燥的纸壳缓缓卧倒，大的得意地趴了上去，熟练地叼起其脖颈上的皮。暮春降临了。

小广场上有帮遛狗的女人，各自抱着宠物时像章回小说里的淫妇般心肝宝贝地乱叫，凑在一起是群比拼孩子的骄傲母亲。她们有时候玩这么个游戏，放各自的爱犬去追逐野猫，笑嘻嘻地欣赏惊恐的猫爬到柳树尖上炸着毛惊叫。

　　爱心者救助动物的最有名举动是在高速公路上劫贩狗车，还有北上收购整火车皮的猫卖到广州的。两派意见碰撞，骂得很激烈。我看市场里杀狗，都是大型犬，用带绳套的棍子拉出来，长柄铁锤瞄准后脑，一个起落，一两分钟就处理一条，下一只狗就在旁边看着等着，表情驯顺麻木。

　　小服装店有条黑泰迪，须发皆白，已经成了灰狗，不似这个品种，安静得像只乌龟，我观察是已经小脑萎缩了。竟丢了。监控里得到个长发女人的背影，不仅巨额悬赏，而且本地某报当成个事情连续报道，连求人带花钱，大费周章。几天后，偷狗人迫于大打找狗的人民战争之高压，托人悄悄送狗回来，解释说自己精神不正常，邻居和同好们来道贺。再出去，或牵或抱，须臾不可离。

　　【前腔】惜春行乐莫辞频，然而芳春厌老人。人不是狗，所以不嫌弃狗的老态，人是人，从生物本能畏惧自己衰老、厌弃衰老的同类，所以需要树立社会道德和规则矫正。人老了，若能化身成猫狗一类宠物，哪怕变条鱼，也不坏，出门更方便，省得遭还没老的人的白眼。我到了该变猫狗的时候，希望连记忆和智力也都可以不要。这样一来，我丢了，也有人登报找我。

城外有斗狗，也卖票也开盘口。我一个有暴力倾向的朋友拉我去，到了岔路口，换铺着红毡子的高级拖拉机，穿过农田进到个大庄稼院里，看台上已支起遮阳棚。那些狗更像野兽，短腿方头阔口，嘴角淌着涎水，生着亡命徒的三角眼。被棍子赶进兽笼就飞快地撞在一起，寻找彼此的喉咙。牵出条温和的大丹，顷刻被这些凶狗咬得半死，看客嘴里连连说不忍，眼里放着光。

旧时江南村庄，杀猪前有仪式：请死到临头的年猪吃顿羊架子熬煮的猪食，中有腔骨和整个的羊头，取"一年有头有尾"的彩头。猪尽力吃过一气，相当满意，任由人扛扛抬抬，直到被一刀杀翻。不似今日：虽然也算"绿色养殖"，但一路嘶吼挣扎至杀场，折腾掉的膘，算下来，也不比副羊架子便宜多少。且没了人猪间若隐若现的文质彬彬。腌肉或炒笋吃，总觉得较昔日的味道要酸涩些。

"要取貉子和貂的皮，得先用棒子和电棍打死再剥，腿上开个口，一扒就一张。活剥怎么剥？拧来拧去的，你能扒下来啊？肉啊？肉不中吃，反正无聊了，也能烤一个下酒。有收的，一车都没几个钱，不知道是不是真拉去做羊肉串了。对什么动物有感情，主要根据人的需要，和动物自己没关系。你离得远，牛切成牛排还觉得怪好看吧，你见过屠夫杀牛么？"

杀猪是欢快的，屠夫赶着挨家去杀，走到村东头，村西头已经炖上了。杀牛不是，是站着杀，血哗啦一声倾泻到地上，牛还没死，带着剧伤晃着原来是脖子的地方，眼神还那样，不凶，只是喘不上气似的瞪着。杀牛就像杀认识的人，都被它瞪得难受，连屠夫都不大得劲。屠宰场把牛收走电击，文明多了。猪血不会浪费，顺沟流进槽子，见过那槽子的，以后都不吃血肠了。

森林深处有个二战时遗弃的苏联地堡，探访者在下面发现了亿万蚂蚁死尸，抬头看，石壁顶裂了个倒漏斗的洞，蚂蚁是从那里漏下来的，已经持续数十年：没有蚁后，没有族群，没有食物和光，它们在这里打转，能找到些蝙蝠粪便果腹，可以活月余，工蚁的本性和集体意识，使它们在死亡前仍然努力筑巢。

【馀文】人类学、动物学家在森林里研究猩猩，发现这些灵长四五年间的族群变迁，宛如人类的一次血腥朝代。认出来人类社会起源；随后，又察觉到猩猩的"进化"和杀戮，似乎源自他们的干涉性研究。起初，动物们还互相明白，你跑我就追，谁也不生谁的气，用不到复杂言语，沾染了人类才矛盾：先被扰乱、后被屠杀、再被保护，越是保护越难生存，到处都是锁链和笼子。如今，似乎只有牧民和动物的长久相处还算坦诚，从生到屠，都目的单纯，都理所当然。

活

法

【宾白】"认识你自己"。希腊古人口中的"认识"含义多端：国王认识正义，妇道认识贞洁，独眼巨人认识狂暴，英雄再认识愤怒，既是宿命又是本性。先得到认识，还是先成为国王呢？这词好像是土语（我搬家时把几套字典全扔了，决心永远当半文盲），如"人各有活法"，究竟表示自由的观念和"认识"值得尊重，还是叹息没奈何？自由与尊重是沉重概念，那就算是后者吧：

小足疗馆的经营者是个过气流氓。员工是两个老得让人不好意思再称之为"小姐"的女人，她俩下午趿拉着拖鞋，带着刚睡醒的痴呆神情看隔壁小铺蒸包子，晚上打开通红的管儿灯做长途汽车司机的生意。隔几个月，她们半裸着被带走一次，黎明以前骂骂咧咧地回来。第二天傍晚，两个女人又并肩出来，看蒸包子。

郊区的池塘野甸，加道篱笆成了个公园，市里人开车进去，钓鱼野餐照相。一队摄影的落下个女孩，一看就是职业模特，十八九岁，索性不追了，提着高跟鞋，拎着长裙下摆，坐在台阶上看几个小男孩儿捞鱼，和他们叽叽喳喳嬉笑打闹，像更小了几岁。两个月后，我在大广告牌上看到那天的相片已经制成了广告，她在里面是妖冶魅人的姿色。

日头高，江堤上都是支帐篷烧烤的，两个在烟雾里干坐着的四五十岁男人是从清晨直翘首到正午的。天可怜见，总算来了两个较他俩略年轻的女子。慌忙寒暄，互相介绍、从速进入调笑，男人开始支帐篷，生炉子，一棒棒地稳好啤酒。旁人嘀咕："对啊，等自己媳妇不带这么等的。"中年万事难，诸多不得已，才挤出这点儿馀润。有人看着没意思的，有人爱若性命。

　　一个科室里十几年，虽是上下级，偶有"表态"上的龃龉，也是朋友，对方中年猝死，按规格办的丧事，单位清早发车，像去赶一场电影。他颇伤感，但不便多表露，流泪不得体，连家属都没流泪嘛。回来的路上听人议论，已全是死者家的尴尬事和玩笑了，回办公室，沏了杯茶，裁了张窄纸条贴在电话表上，盖住死者的名字。

　　以前，他在大学里教课。来坐办公室，每日提暖壶接水，拖地板，看谁都仿佛胸无点墨，不平渐溢于外，摊开大报写大字，碑体法书，笔笔有来历。有人在食堂悄悄说："你这样不好，你没见原来副主任也练练钢笔字，你这样一来他就不练了。"才想起自己身在何处，立刻不安起来，从此老老实实洒扫打水。

　　安全退休是福分，但也不盼着这天。想着单位能"返聘"，哪怕有企业雇去当顾问。但总有那么一天，要自己装修间办公室，老板台冲大门，每天上午批阅报刊，画圈，表同意与否意。给单位去个电话，问问怎么把"组织关系"迁到社区，一年能省好几百呢。

#街头# 小时候上公共浴池，当时文身方艾未兴，胸前文下山虎的早已叫大小地主们（著名地痞名号）打服，后背文出海龙的刚被雷子抓走，只是三头肌上瑟缩着的一小团刺青，歪歪扭扭，仿佛就是自己用另一只手刻上去的，字样除了"孝"就是"忍"，还有旁边画把小刀的。我还以为这是说明他们在这些方面做得好呢，其实人家的意思是表白做得不好："我这人，就是不能忍，你看……是吧？"

（续）流氓们在两场斗殴之间，盘踞在大院里最好的一块树荫下抽烟吹牛。用铁链和钢筋研制凶器，用尊敬的口吻谈论被军刺扎出来的可怕伤口。对这帮玩意儿，大人们半是嫌恶半是畏惧，也有另一种说法：他们多少有件好处，略有名号的流氓，打架自打架，但不威胁对方家里人，追到门口就不再追啦，绝不砸人家窗户，叫阵时不会辱及父母。小孩子问："这算什么好？""唉，你哪明白，这已经很好啦。"

（再）他转业回来，先和旧日伙伴浪荡了几年，然后顶着个简单的头脑，挥舞着结实的四肢朝发达地区恶狠狠地走了。上海见过一面，在给另一个东北老板看场子，一个月工资够我们交两年的大学学费，在嵌满镜子的走廊里，不少女服务员冲他抛媚眼。他摆出许文强的姿态说："还是上学好，我不知道哪天就让人半夜堵胡同里削死了。"

（又）再见是在北京，新戒完毒，还是軀瘦。还伺候那个老板，管放账和收账，涨了工钱，因为替老板挡过一刀。有套房子，是从近郊农民手里买的，交了钱没有凭证，"好像没人敢忽悠我吧"。非要领着我玩儿，结果是跟着他挨家要账。也像银行一样上门审核抵押物。从一家出来给下级打电话："操你妈。那家就四个墙犄角和炕上的一个老头，到时候怎么收？你能去吓唬老头儿啊？"

（五）地痞在街头叱咤几年，之后去服刑、成家、谋求生计，刚离开，更残忍健硕的少年就从地里冒出来，发明新的黑话，划定新的势力。老痞子要是走运，争勇斗狠的名头和事迹会渐渐被忘掉。否则，多年后会被满脸生动蠢相的晚辈访到："你过去不是最狠么？"纵然百般求饶，也得在街口上跪半天。连邻居都不忍看：唉，都四五十的人了。早先那一脸横肉现在成了浮肿的可怜相。

"床位"大约每个月二百块，单元房隔成斗室，摆两张上下铺，按性别分租四个人。她刚到城里来打工，上班日夜忙死，每周单休，身无长物，有个躺下的地方就行。和一个女伴发明出种消遣：休息日去快捷宾馆开个房，洗个澡，躺在床上，一边吃零食一边看一整天的电视，早早睡下，明天接着上班。她们都很爱很珍惜这样的一个星期天。

深夜的县城，只彩票站里还有人，互相借着烟抽，认真研究墙上的数字，好像使劲地听一种外语。刻薄的人说"彩票是智商税"。也有人说，对于几乎已经不可能改变处境的底层来说，彩票是麻醉剂，如果少买，等于一百块钱买五十二周副作用不大的希望，很划算。都是居高临下的说法。

我有个长辈亲戚长相凶狠，年轻时是焊工，焊接时不小心脸上弄了点伤疤，下岗后一直因为长相找不到工作，后来被介绍去追债。互联网借贷发展了，他又去做人人催，催债效率奇高……其实心地善良，工作需要去找我同学文了个身，我同学说："你叔那文身没文完，龙文到一半他哭了，死活闹着不愿文完。"（抄录自 @白一刀）

中国的乒乓球水平自然世界领先。随便一个城市的少年宫里都藏有高手，教练可以用硬皮笔记本当拍一局赢马路高手十五个球。他们四五岁以球为业，数万次地重复一个推挡、一个跨步，临场时无暇思索，全是本能。到体制淘汰的时候，一个球过来要定此生成败，接住就去比赛、去领奖、去上中央台，接不住就回家教小孩儿，他们都是没接住的。

在小复印社里做菜谱名片牌匾的姑娘是个电影迷，前些年，电影票不打折，一张五六十块，也咬着牙去看。听说国际顶级大师和她最爱的二人转明星合作《三枪拍案惊奇》，兴奋了好几天，请了半天假去赶首映。第二天问她好看么，不说话，板着脸，几乎要哭出来，恶狠狠地敲键盘："什么破玩意儿啊，两天白干了。"那个国际顶级大师，可不该这么坑孩子。

　　元旦，她被拉去夜店看演艺，回忆有多少年没来过了，所以开场看到还是那男歌手就觉得吃了一惊，在这里至少唱了十几年了吧，倒也不很见老，还是头一个上场，还是嘈杂一片，或吃东西走动打电话上厕所，或喝倒彩吆喝后面歌手的名字。她忍不住想要给他上个花篮了，又觉得做作了，觉得许多人的十几年后面都是无可奈何，也未必有个花篮。

　　春暖花开，县公安局在山里带出来十多个赤裸男女，并不香艳，男人都又肥又丑，同时起获赌资冰毒。带回去审问，为首者曾是本地出名的富人，若无其事，供认道：都是我朋友，那帮女的是从市里雇的。我有家族病史，算过命，活不长的。工厂早关了，别墅也卖了，钱就爱这么花，也快花净了。我自己挣的，凭什么留给老婆孩子受用，他们将来谁记得我？后什么悔，你不羡慕我？

　　全是夜店的街上，昼夜真假混浊成一滩。男男女女间的事情，惯了都没什么大不了，那些人掏出来的药，跟着混一粒。钱来得容易，很快就练成了潇洒迷离的神情。那天早上，店里的小伙子爬上屋顶，用竹竿挑出死猫甩到院里，猫吃了老鼠药会发疯，一个劲地往排水管里钻，直到憋死在里头。他看了看满地的毛血臭泥，下星期就离开了这条街。

在县里投资的韩国老板六十多岁了，把工厂管理得像铁打的营盘。坚持每周进补，坚持每天分两次喝掉一斤白酒、只睡四个半小时，坚持夜夜去城关镇最大的歌厅。助理按照老板夫人的吩咐，只在他的口袋里放两千元现金，因为他会掏光所有的钱送给当晚遇到的姑娘。知道他的人对他都有点儿崇敬。

午夜到某市，胡乱找家宾馆，进门细看，大堂一侧有个洗浴部的隐秘入口。前台值夜班的女孩儿长着娃娃脸，也大不过十八九岁，办着办着入住手续突然想起什么，打了个电话，掏出来两块烤地瓜摆在大理石柜台上。片刻，那道暗门里上来个和她年纪相仿的女孩，浓妆、黑丝袜，体态已是女人的丰腴，相同的倦容。一个柜台里一个柜台外，各自埋头吃地瓜。

（续）次日一早，欲出电梯，迎面涌入十几个近乎衣衫褴褛的老人，每个人都兴奋地攥住个小塑料袋，上面有某保健品的标识。指挥他们的导游模样的女孩，用普通话说："各位爸爸妈妈，咱们到楼上会议室，开过会，就要开始今天的活动了。"这种邪恶的骗术畅行全国，连这些老人最后几个吃饭钱都要骗光。而那个女孩似乎也只是赚个吃饭钱。

邻桌四五十岁的女人举着手机向男人讲解她们的"产品"：

专门在微信上销售，响应"虚拟经济"的号召，小姐妹前年投了十一万现在已经赚到了一百八十万，我们挣的这个东西叫"广告点"。公司在美国上市，你不用查，查也查不到，不是这个名字。现在都是别人找我加盟，我要不是和老弟你特别投缘……她可能也不懂自己在说什么，也许真信世上有这么个东西。

也不知是传销升级，还是真不算传销，下线不再圈起来，群里直接转账，自由民主。她听着听着就入了迷，这么多年头一回认真做笔记。然后忙着拉老同学们都来发财。提起她都面露愁容：七八百块钱换了堆不敢用的破化妆品，又被追着要身份证和信用卡号，给的话，那骗子公司会按月扣钱。可这么多年的朋友，又抹不开拒绝，只好先给了再到银行注销。然后苦笑：到底谁对不起谁啊？

#征收#　老城区的饭食，好吃，便宜，要排队，人们常挨一两个小时就为了买几个格外有咬劲儿的馒头。正午前，总有个人拎着个空啤酒瓶、捏着两块钱出来，夹在买烧鸡的人里，等着买卷卤干豆腐。他那个微醺的、价值四块钱的下午，"帝力于我何有哉"。马上这儿就要征拆了。没指望过慈悲的人们，快要连清净也不可得了。

（续）就是原来的拆迁。拆完叫净地出让。征上来，收回去，居者是过客。后来，取消了行政强拆手段，都要走司法程序，懂法的知道易于拖下去了。征收办叫苦"活儿难干了"，和计生并列为难事。小城市的征收也不过是换个地方住罢了。大城市里，老城里每征收一处，就有一拨身价千万的"拆二代"蹒跚着来到世上，送着胯走路的女人和系领带的理财经理蜂拥而至。其间的事情，早已难分曲直。

（再）"这些人吧，"征收干部说，"很多人遇到过各种不公，怨气极重。这几辈子的事儿都在征收上爆发了。给的价不低了，怎么说也不行。我说：'大爷，你这一辈子不顺心，不能都在房子上找齐啊。'他说：'那我不管，我请你来收的啊？你想什么我知道，我就有这个房子，只要一交，就说不定咋回事了，对不对吧？'"

（又）他本科学的建筑，幸运地赶上了最后一年包分配。门当户对，进了"建口"，不过一间厕所也没盖过，拆了上万平米的房屋。"知道别人为什么不怕你么？一看就是学生。"按照指点，剃了秃头，换了隐形眼镜，还弄了条金链子戴。工作上道了。几年后，不必再乔装流氓，反倒需要重新戴上眼镜，遮挡一下凶恶的眼神。

（五）某基层征收主任。除夕夜接到电话，"你过不过年啊？"立刻把家庭住址发短信过去，"有本事你就来"。"这行靠气势，被压下去不行。有人保护我，有人靠我吃饭。我现在不担心安全。"得意之后，又有点儿忧郁，"什么时候不干这一行了，事儿就不好说了"。继而更忧郁，"你看我跟土匪一样。但我是读书人，正经本科毕业，学的中文，写过诗"。

（六）最大的一片棚户叫"大坑"，呈盆地，是很久前倒闭的某厂家属区。坑底是些富足市民无法设想的生活，距水平地面二三十米，连拆迁的人都时常恻隐。但是最后还是推了，据说其中的一部分得到了救助。更多的，尤其是外来者，比如月收入千余元的清洁工，因为再也租不起市里的房子，找不到新的工作，便卷铺盖回老家了。

（七）征收之前的拆迁对峙由公司自己摆平。去助阵是一百块钱一天。去了之后发红布条，系在胳膊上，先打听好是哪边儿的，别站错了，站错了也没事，都是一百。开发公司的穿西装，房主家穿什么的都有，有光膀子的，有穿孝的。有些高中生不好好上课，也来凑数，跟着喊口号，互相用余光打量着：如果真动起手来，该从哪儿跑。

（八）棚户区里有一霸，十年经营了座堡垒，地上五六层，地下还有三层，出口在半里外，分租给百余户，颇似白蚁巢。欲强拆清场，屋主趁夜从隐蔽的入口送人进去，有七个月的孕妇、在透析的尿毒症、老者；拆迁一方则出动了警犬和探测仪，救护车守在拆迁区外，架出一个便送出去。这里的晚上头一回明亮热闹。

（九）"私搭滥建"是生存常态，手笔较大的，在准备规划修路的地方，月旬建了两座建筑面积一万米的红砖楼，几无地基，墙内无钢筋，无管线，静静地等待征收。粗算成本五百万，预期是换五千万。运气不好，赶上了集中行动，要无条件推倒。屋主深谙利害，没再出面活动。

（十）那天拆到一半儿，他觉出点儿不对劲，不是直觉，是经验。让停下铲车，重新上楼再查一遍，里面有个哆嗦成一团的老太太，八十多岁，平常在附近捡垃圾。问她，说是被二十块钱雇来的，刚上楼，外面推土机就开来了。问雇人的什么样，说不认识，不住附近。"都骂我们，这被拆的人里有的是不是东西的。"

最初的记忆，我姥姥在除夕包完了饺子要聚集妯娌们，很秘密地在晴明熹微前斗上半宿纸牌，每年只这么庄重而隐秘地斗一回，她们对古老的牌面有点儿生疏，辨认这是宋江呢还是卢俊义，几毛几分赌注，无甚乐趣，只是这个叫年的日子里的仪式。她们不识字而按照心目中的法则行事，这个法则主要由皇历和节气、对死亡的敬畏疏离以及祖祖辈辈拘谨辛劳组成。

我姥姥九十多岁了，脑袋堵塞了多年，说不清话，但能看出来心底还清澈，只是记忆被关掉了许多，口不能言，起初她觉得焦急愤懑，现在安详了，见人就惭愧地笑，意思是：我记得你，只是说不出了。她糊涂之前，常晒着晒着太阳，一拍大腿，想好了什么似的长出一口气："唉——欻，天天这么觍着脸干坐着，到哪里才算一站呢？"

高三那年，班上来了个准备考艺校的女生，画着淡妆，整过容，穿着杂志上的时髦衣服，虽然坐在我们中间，但显眼的区别谁都看得很清楚。有几个被荷尔蒙支使得晕头转向不信命的男生用高中生的那套拙劣方式向她求爱，她一言不发，眼神里含着菩萨一样的悲悯。

她拿到学位以后一直待在座香港大学的化学实验室里，白天睡觉，晚上工作，没时间花钱，害怕见陌生男人，十五年来，幻想的对象还是初中时的同桌。

很多年前的一天，我的一个朋友突然变有钱了，骑着台公路赛摩托车，贷款买了套小房子，他说他去了一趟云南。他说他打算再去一次，把房子的钱还上，找个姑娘结婚，开一间小饭店卖他擅长的砂锅坛肉配大米饭，他炖肉焖大米饭还真是一绝，吃过才知道。至今，他杳无音信，那间小房子始终空着。

上中学时，数学课本编者一栏里有他的名字，那时候想象不出将来会和他站在路边寒暄。他还穿那种半透明的确良衬衫，能看到跨栏背心和口袋里叠着的一毛钱，很清楚地分析：这种冻饺子，大超市比我家楼下小超市一袋便宜一块五，公共汽车过分区点，来回是一块四，还有人让座。我有敬老卡，不花钱，所以两袋还是便宜三块钱。啊哈，我们老年人的时间不是钱。

活法　　189

姐妹俩各自在家中掌管大权，争夺公婆房产时都亮过菜刀，且互为奥援，均告全胜。在邻里间也是一霸，和街坊的"社会人儿"吵架也是上去就抽嘴巴，虽然被打成了休克，但"愣的怕不要命的"，更加威名远扬。知根底的说："这姐俩是孤儿，小时候一起要饭，十几岁靠着铰鞋垫、糊纸壳活着，可是不容易。谁家娶了这样的儿媳妇，那可叫倒了血霉了。"

　　我妈的老同事，八小时以内是人民教师，八小时以外是泼妇，有时也等不及八小时结束。对门住着老红军，为了件什么事，谁也"不惯着"谁，未分胜负，老红军一怒去派出所反映：我打的天下，那娘们敢他妈骂我！那是八几年，拘她五天不算什么。我妈代表学校去看守所探望，见她正在食堂劈白菜帮，高兴地说："一进来就给我分配了最好的活，现在已经提拔我管人了。"

　　听相声也知道，旧国营副食店的营业员，拿和顾客吵架当消遣，有完整的一递一句路数。她捂着心口说"你可气死我了"，里面严丝合缝地接一句："咋不现在就气死你呢？"她去找经理，拍出市人大代表证来。经理由仰壳坐着改为肃立，恭敬地表态马上解除关系，坚决辞退。过俩礼拜去买肉，柜台里还是她，只好装不认识。

　　除夕那天，下水管堵了。给疏通管道的工人打电话，回答说"我就在旁边位置，你运气好，我运气也不坏，不光不加价，还该少收点儿"。活儿干得很麻利。给钱（确实少要了），道辛苦，说过年好恭喜发财。他期待的眼神满足了，高兴地连说："发财！发财！"他平常是个能多挣一分就多挣一分的人，在节日里慷慨地图个吉利是他的信仰。

县高中数学老师是老高三毕业下来教高一，堂上被问短了，立刻回教研组求人，不接受新问题："他问的我还不会呢，你且等等。"临毕业的半年，没脱裤子睡过觉，早晨七点逐个宿舍喊起来，夜里十一点说"困了困了都回去睡吧"，自己接着解那看不出头绪的题。带的两个班考上的人数超过了邻近全县，还有三四个近满分，是一九八二年。感谢回来感谢他的学生：你们给我挣了职称。

二三十年前，乞丐这一行还没有重建帮会和江湖，偶有要饭的都是真要饭。一对农村夫妇带着三四个孩子在街头露宿，附近上班的，见孩子心软，会绕道来给他们带些吃的和零钱。确实是一家人，并不诉苦，说：城里有吃的，家里有住的，饿极了就进城，冷了就回家，很简单，不苦啊，比家里强太多了。后来被电视台报道了一次，要被送去收容，只能彻底回家了。

他回忆当年做网游时，有个阔玩家直接找到公司，要付钱买里面的高级装备，只觉得荒唐，没听见这要求里有钱响。那个发明脑白金的人就聪明，《征途》之后，家家公司争相以唆使玩家烧钱为业，才觉得自己那代游戏人蠢："你很难去跟网游公司谈什么企业的责任，他们整天研究如何让玩家花钱，所有的营销都可以应用在网游上。"

"人民币玩家"之乐，不足为人道，虽虚拟，但网游里烧钱围观者众多，比在酒吧里寂寞地开假拉菲更愉悦。还有人联系运营，许诺出一百多万单独开个服务器。这一百多万，后来也只是平常开销。游戏公司有专人负责激怒他们，攥住他们脑中的阳具，替他们泄愤和散财：不如双方赌气比拼"杀马匹"吧，一匹马十块钱，连杀了一宿，也得三四十万。

他毕业找的工作就是玩网游，公司发给一堆高级装备，在服务区里挑动人气，如伥鬼。说，有个煤老板的儿子喜欢某游戏，见了好装备就要买，前后花了一百六十多万。网游公司开了条二十四小时的专线电话，随时在线伺候，还有个隐形的管理账号跟着打怪，如果怪物太强，隐形者就出手消灭掉敌人，以免煤公子一丧气不玩了。

烧钱的并不是都巨富，有瘾就行。游戏花费占个人大半收入的，他也见过不少。有过个玩家，为了玩游戏，瞒着家里人把车卖了，小几十万扔进去，账号却被盗了，缠着要个说法，不停地刷屏，公司只是默默删帖，此事不知所终。人民币玩家涌入，颠覆了旧生态，老玩家一露头就被秒杀，才知道眼前这个十几英寸的世界已不再是为自己而设。永远退出叫"AFK"。

镇上有个孩子，早早退学了在网吧做网管，工钱是可以打网游。只吃方便面，干尸一般瘦瘦，已驼背，面色如港片里的鬼。同昔日同学说话，绝口不提还钱，只是炫耀自己在那头的装备，外行全然听不懂。他在他玩的那个区排名靠前，不知那个游戏关了，他如何自处立命。有人尖刻地说："你哪天死了，就给家里留个五十几级的号么？"

【前腔】IT 业都宣扬改良生活，创生出活跃的行当和并不讨厌的富翁，不过，便捷未必等同进步，他们也未必真在乎，毕竟是且仅是生意。若论"原罪"，不好评判："约炮"媒介能成为上市财团，基于足够的需求。"网瘾"和网游、直播里的怪异消费，谁造就了谁？对所好所欲如对水火般谨慎，是种家常明智，可也算不得人生智慧，至少成功人士是瞧不上的。

【前腔】有做这生意的，就有从另一面寻出门道的。最出名的一家网瘾戒断学校在山东，收家长送来的少年，军事化管理，出名在用上了电击。学校的气质，有点儿像早年的女子中长跑某家军。反证之一，是"改悔"少年会头顶锦旗来叩谢，电人和跪拜，是改造的起点和终点，最能感动中国。有当事人回忆说：知道父母当初送自己去的目的，但成年之后，还是不想再见他们。

我听说如今的北京女文艺青年不大喜欢摇滚乐手，更喜欢互联网业里的青年创业者，觉得他们怀抱的才是梦想。我也实在无从反驳：我们那些人，多年苦求的一支好琴，等值于 IT 工程师的月薪标准。所以看那个常常饿肚子的孩子竟拿了这么一把来，总得问问抢了哪家银行。原来是他那多年没见的妈回来了几天，带他去北京，买了这琴，然后，就又和那男人风驰电掣地走了。

还有个小孩儿，父亲和某著名烤腰子店老板是朋友，要他去打工，一个月分了三万块，购置了全套贝司设备。我问："你怎么不接着烤呢？"他认真地晃了晃头，说"我去烤腰子是为了音乐啊"。见我难堪，又说，"你以后千万别吃他家的腰子，虽然贼香，可泡腰子的药水是泡死人的"。我沉痛地点头说我早就不吃烤腰子了。

【前腔】我不玩琴时，去向亦师友的同道辞别，他大我八九岁，沉默了很久，说"你还是该坚持，将来会有摇滚的时代，会有吉他英雄时代"。我不清楚他这个错误判断打哪儿而来，掐指一算，诗人成为社会偶像的怪年头，他正在少年，可能得出了连诗人都可以翻身过来一呼百应，弹这流氓乐器的自然大有希望。

那年我整天跟某个实权领导的司机厮混，坐在拆掉靠枕的副驾驶上四处乱跑，办很多乱七八糟的琐事。他是个说话很快、精通世故的青年，比我大十岁。他开那种可以横冲直撞的特权车，后备厢里好几套军警牌子，座位底下有暴闪，但无人指使时向来规矩，不以戏耍交警为乐。"不要抻着脖子往别人车窗户里看，"他在等信号时严肃地说，"他不敢说你，可那是别人家的窗户。"

（续）马路中间有人发传单，按下车窗，一份一份地耐心接，随口说"谢谢、谢谢"。"支持人家工作，早发完好早回家。"遇到乞丐，也按下车窗，耍贫嘴地说："车是人家的，跟我没关系，我没钱你还看不出来么。他们几个都回家收苞米了，你怎么还跟这儿要钱呢？"

（再）还说：在我们这种预备待一辈子的单位，谁欺负你，当时就得和他干，他骂你你就骂他，他动手你就揍他，别先伸手，别动家伙，这都是摆个姿势的事儿，否则这事儿跟你一辈子，人前抬不起头来。他比你官儿大，你考虑一下，能和他干也和他干，当人还是背人看对方的聪明。在大马路上，谁骂你一句，低头绕开，哪个酒鬼踹你一脚，快点儿跑，谁也不认识谁。

（又）司机拴在领导腰上，上面的事情多，成了脚不沾地的陀螺。他原本爱好不少，颇有情致，都放下了，剩下的只有爱鸽子，几天回家一趟是探望鸽子，再顺便和老婆吵一架。鸽子圈在阳台上，养鸡那样不见天日，据他吹嘘全是稀罕种，有一只是坐飞机捧回来的。他打着领导旗号办的两次私事，是从工商和派出所捞鸽贩子和鸽友。

（五）有一次我睡得正香，被他拽出小会议室，在走廊里告诫："开会可以抽烟，也可出来接电话，千万不要睡觉。他他妈正白话得高兴呢，看你睡着了，是什么心情？"后来说，现在电话也不敢接了。继任领导当众把一个人的手机扔出了窗外：

"我都在这儿坐着呢，你还接谁的电话？"因为当时年轻，他对我的影响甚大，是好是歹则理不清楚。

　　他和一伙老乡去北京做家装。心机巧，擅抓门道，自然成了领头的，几年以后，包的都是大一点儿的家装，有了脾气。给一户什么部的领导装修，很大的房子，好几个厕所。本家人还好，客气冷淡，只是保姆牛逼，处处刁难，不许工人走门，要从通防火梯的窗户进出。他说"别干了"，房主劝，他说"不是拿把，真不干了"。觉得纳闷：那娘们进城才几天啊？

　　（续）当年，给一对青年夫妇装修整层楼。女人大学毕业去海南，得了个大红顶商的赏识，告诉她某块荒地可以买。举债几十万，山穷水尽的时候盼来了开发，立即得到几千万，于是发迹。两口子待人和气，男人没事儿就来工地转转，不说话，跟着一起做饭一起吃。再过几年打听：都抓起来了，没判呢。为什么？谁知道为什么。"钱多了，就有人要带着你参与些事儿，也危险。"他说。

　　（再）"刚干活那几年，给一家装修。我这边和灰儿，那家的男人在那边收拾破烂，我见筐里有件皮夹克，我这个身量的，正入秋，就觍着脸说：'你这衣服不要了么，给我得了呗。'他斜了我一眼，说：'我卖给收破烂的也卖五块钱，给你干啥？'我脸红了一下午，那时候年轻，那一下午瓷砖给他割得，废了几十个五块。现在想也不该，人家的东西，不给拉倒呗。"

（又）"腊月二十九才完活。那个楼盘都是大房子，每套都三四百米。打扫完卫生，收拾工具回家过年了。上来个小媳妇，二十多岁，楼下的，好看，会穿，腰细，腿长。说找我给她家钻几个眼，装几个挂钩。能看出平时一个人住，墙上打十几个眼，拧十几个螺丝，四百，顶一个礼拜。咳，她就是那个意思我也不敢，我算干嘛的？我知道她后面是谁？"

农家子弟，初中文化，能干成一方的开发商，乡下自有埋没不住的豪杰。共性之一是对权力小心畏惧，以很委婉得体的事由坐进县里官员们的酒桌，双手扶膝危坐于扶手椅间的圆凳上，谦恭地跟着举杯和小声笑，有问必答而不多话。其实，不认识的官员皆对他兴趣盎然，更多的是本来就熟识乃至很密切的。最后轮到他敬酒，站起来说了很多遍"各位领导我十分地荣幸"。

能源的价格周期越抻越长，煤贵的时候是唐僧肉，煤贱的时候上赶着卖没人要。定期犯的心病是矿难，公司负责人算账：按照安全标准，要若干亿，多少年也挣不回，根本做不到，只得仰望星空做没办法状。私营的矿，死一个人大概赔付六七十万，有账算：一年死多少大约有定数，这个定数乘以……多说吧，就算乘以一百万，干得过。

煤老板习惯了大富，练写字练高尔夫球，试图养出静气，关掉手机，不带情妇，终日躲在外面，家乡政府四处找他，求他出钱修路修广场宾馆。"我们的释放，就是赌。不和外人，外人还都给骗了去？几个差不多的人，找个小别墅，拎一箱子钱去，熬几夜。出来，思路就理清了。"

（续）记者常来，取出篇稿子和一堆照片，问："能发么？"此时已经修炼圆熟，不摆弄江湖的一套，最节省的办法打发，客客气气地留下吃饭砍价。桌上，记者突然做了几个拇指捻中指的动作。突然恶向胆边生，多扔了些钱出去，"不是那个动作，我不至于让他们几个到今天都吃不了这碗饭"。

（再）煤老板在总公司旁买了块地，买了就忘了，半年后从加拿大新妻儿处回来，临近的村民在他的地里种庄稼、栽树，煤老板派人去说"这地是我买的"，村民答复说"谁叫你不用"。煤老板现在奉公守法，去找政府。和稀泥说：大哥你那么有钱，在乎这么块地么？正好你来，找你不在，有个公益项目亟须你捐助一下，那块地值几个钱，给他们算了。

老板生意挺大了，仍言行拘泥，爱信誉，畏官，怕节外生枝，不赌，从没见他私下里有过女人。勒令儿子早早结婚生子，到自己的生意里来学徒。严肃命令：不许和公司里的女人胡搞，不许在办公室和车里搞。"这是我们吃饭求财的地方，冲撞了财气要败运，败运之后大家都要去打赤膊，我这个年纪还扛得动麻包么？"

八闽有海，英雄用武。这人三十几岁起家，不大认字，也无所谓，手下人替他认识就行，才略仿佛是凭空而来。接电话，说被海关扣了，问给那人送钱没，说不收。"女人呢？"也不要。"那字画古董什么的呢？"答不知道。骂道："连人家的脾气爱好都摸不出，就出门办事情？算了，肯定是要不回来了。"那损失是惊人数目，如破瓮嫌妨路弃之不顾，杀伐决断，一至于此。

那老头儿的麻辣烫摊子就摆在县高中门口，料调得正好儿，挂在锅沿上的笊篱捞进捞出，他们打群架或逃学路过时，都要吃上一碗，多搁黄面条，一大碗两块钱，捧起碗连汤都喝了，老头儿总怂恿他们尽管赊账。不出十年，以老头儿命名的麻辣烫遍及全国，县里都说身价多少亿，连他当年的学徒都各自立起加盟，几乎垄断了这一行。

钱如大浪，受着比月亮还缥缈的事物指引而来回来去，把房价拱得一浪高过一浪，地产商似乎没有吃过教训，也不然，盖到一半，资金断裂，就折价狂卖数日席卷而去。痛恨买贵了的业主来砸，售楼处已人去屋空，只好搬几只折叠椅回家，剩了一地无辜的玻璃碴子。越明年，房价重拾涨势，老板施施然从南亚回来，项目复工，好听的社会职务捡起来拍打拍打继续当；业主们也不念旧恶，接着吹嘘自己的投资眼光。

当然也有把红火生意赔到一塌糊涂的。找上门去，两间空屋子里只有几件旧杂木家具，家里老小围着矮桌子，见只不过是收账的，接着喝各自的粥。不尴不尬地等男人回来，重新虎起脸：今天没钱，就把你的车开走。男人苦求："我就剩这辆奔驰车了，全靠它撑场面谈生意，谈不下生意，拿什么还你们老板？"想想可也真是。

世俗所说的精神分裂症患者，喜欢在网上描述自己的遭遇、抒发对人类社会生存发展的意见，在微博或跟帖里常能看到。通常句子极长，颇有语言流畅、观念奇诡的，对尚不成熟的现代汉语有贡献，不该刻板地以普通思维拘束。他们很少提到神祇妖魔，只喜欢谈论历届领导人，期待且相信权力来解救自己、人类及哺乳动物等。

【前腔】信徒在宗教网站右下角代祷栏里祈祷："库弟兄的父亲需要得到神的医治。"如希腊人在祷告："亲爱的宙斯，落雨，落雨在雅典的田地和原野！"简单坦白。帕斯卡以赌徒的利害计算出还是信合适。然而信仰生活不是懂得和选择，需要行动出来。行出来时，跪拜的队列不觉得诗意，我旁观时，只看到处处诗意。以及耗时千年调谐出的分寸。"只许可没儿没女的人过异教徒的生活。"托尔斯泰命笔下人物说道。

防空工事改的地下商业街是本市低档服装的集散地，摊主和店主们都家道殷实。很多在发达地区和时尚杂志上看不到的穿法都是从这里流行到地面上的：女人们无论年龄身材以及季节，都喜欢外穿夸张的黑色丝袜配镀金腰带紧身短裤，豹纹紧身上衣透明纱裙长筒皮靴，满身混乱的符号。她们觉得日常穿这种性工作者的制服"男的都贼爱看"。

浴佛节或初一，庙门挤不动。和饭店不同，外来香火不得入内。老女人祷告："菩萨保佑，保佑我家孙女上公办幼儿园重点小学重点初中重点高中，考上好大学，找个老实的公务员男朋友，菩萨保佑，你也吃也吃了喝也喝了，你是不是应该保佑呢你说，阿弥陀佛……"如此有礼有力有节，正心诚意，菩萨应该会保佑的吧。

在体校打篮球时，他有进省体工队的希望，那是平生的顶峰，对相貌平平的姑娘和其他同龄人不屑一顾。现在他是个背街上小吃铺的厨子兼老板，会低声下气地奉承，会用讨好的语气陪醉鬼喝酒，以免他们把仅有的四张桌子砸了。到了夜里重播篮球节目时，他用内行苛刻的眼光自言自语地评论一番，在往昔里孤独地沉浸一会儿。

他熟练地从十年前那座长江岸上的小城讲起，雾气葱茏，石板路在山坡上连起来几十座木楼，城里的人古朴、干净，又说起那个女孩儿住在靠水的一家，美好得令观者绝望。然后说在大城市的酒会上再见到她时的时髦和圆滑，就着一段唐朝的初恋下了很多酒，完全没想过那并不是他该判别的人生。

从二十几岁到三十出头，她在本地几个不大不小的地产商中流转，长则二三年，短则数月，不开拓自己的生意，只是恪尽职守地陪着饮食起居。眉目点到为止，像南方人，像苞蕾较小香气较淡的花。有的商人在跑路前还特地拿笔钱给她作期间的费用，有说不出的流连，觉得不只是玩，是真感情。或者有点儿类似感情的东西才好玩，她的长处在默契。

行于所当行。初见他时，她年轻，他也不算老，仍被捎客们奉承为东南亚世家公子。在京城会所办了派对，权当缺失授权的婚礼，来宾都优雅得体，抿嘴不说。静悄悄生了女儿，住宅越换越大。去他那边只能住酒店，家里不承认，返程时就在香港凶狠花钱。止于不得不止。女孩跟她的姓，钱一次结清。不想这八年了，照着喜欢的男演员面孔找个小新郎，打扮起来一对妙人，铺张欠自己的海岛婚礼。

给120开门的是个年轻女人，说就是自己，"没什么不舒服，一个人在家害怕，麻烦你们把我送到个好一点儿的医院"。她有那种开口就不会被拒绝的本事。司机在车里敬仰地数着这栋公寓的窗户，每套住宅都有他家十个大，倒镜里，走上来一个鹿一样异常美丽的女人。护士回到折叠座位里，继续填夹子上的表格，女人盯着插在座位旁的那枝塑料花，光洁的脸上流过深夜灯火。

辅导班上的人都管她叫"路虎妈"，因为开路虎，谈吐也"虎"，说的全是身上、家里东西的价钱，像袋钢镚一样吵闹。长得还不错，以前是跳舞演员，不等人刺探就主动讲婚恋史：上艺校时的男友是穷当兵的，家里不许，越吵越坚定，准备好上班就结婚。上班后，左右看看别人吃的穿的，才明白钱的意思，就分了，找了"那个有钱的"——她这么称呼自己的丈夫。

（续）路虎妈久不来，出事儿了：怀二胎时突发脑血栓，眼睛看不见了。送到医院抢救，一路上老婆婆哭得比救护车还响。大夫说出一堆可能来，也就是没弄明白病因的意思。现在正准备送北京三零一，说可能、顶多，能保住一只眼睛。"诶！你说这叫命里有啥没啥真没办法哈"，"婆家太有钱，她担不住呗"，"要真有个三长两短，孩子就可怜啦"，"啧啧啧啧"……议论得很松弛很愉快。

小城市的师范声乐系，女生好看的话，不大会想就这么当个教员，明星也不指望。系里老师就领你去酒局子了，酒局子上很多本地小老板。大三吧，总能靠上一个。老板请大师给合八字，说旺财的话，毕业就结婚了。结婚以后规规矩矩地生罢两三个孩子，男孩至少要一个，交给保姆，自己开着白色德国车出门看伙伴，聚会照片发微信微博，但里面没自己。那么好看的人不晒自己，少见。

小夫妻成婚，双方父母共凑出五十万买房钱，本地普通人家一个尽力而为的数字。全款的话（这俩人没正经事由，还不起贷）能买略偏地点的五十平米，剩下零头置办家电。不慎直接给打到卡里，于是十万交了精装修公寓租金两年，四十万买了辆奥迪 Q5。四个老人觉得天昏地暗，俩人已经开着新车自驾游去了。当做一对儿讨债混蛋，逢人就下泪数落。

来了个干部模样的人来办户籍，说是某大机关的，回头打发人来。户口员问教导员，教导员说可办可不办的事儿就给他办了。少顷，来个女的，也端着同样温和而冷漠的架子，说"我是某某单位的，我们处长让我来取份材料"。待那女人走了，教导员说"你打开户政信息查查，那人是那单位的应该不假，估计不是官儿，那女人就是他老婆"。一看，果然。

她记得团里那个羞涩的小伙子，业务一般，也不比其他男人更女气，也没传那些司空见惯的埋汰事儿。出国一趟，回来动手术变成了女人，自信多了，身边总围着一堆外国男人，还结了婚。"他（她）觉得找到了自己，这就是幸运吧？"她说。

名牌大学办 M 什么 A 班，来了国企官员、掌权力的中青年干部，也来了嗅觉敏感的私企老板，收费高昂不在话下，课下活动比课上更火炽，而且雅致，曰同窗情谊，只是最受关注的几位同窗见不到，只能见到秘书。课程也炫目，杂合菜一般，授课者都是国内知名的人物，讲得也好，滚瓜烂熟，问心得如何，说像是看明星走穴，挺激动的。

这西餐厅贵得远近闻名。那对中年夫妇和七八岁的男孩儿的衣着举止像参加考试一样模范，包括夫妇俩的美式英语。男孩儿的发音虽然带中国腔，但句法完整，一不留神，还是说了句上海话。男人轻声训斥："我怎么跟你说的？吃西餐只能讲英文，吃中餐才讲中文。你怎么总记不住？"

她猜本地宜家的招聘不会太激烈才对，工资不高，没多大挑战性。结果一张圆桌上挤满各路英豪，北上广回来的外企中高层，连中文都说不利索的海归，一线奢侈大牌的资深陈列，围着个模拟策划项目八仙过海，使她瑟缩着开了眼界。结束，回去等通知，大伙礼貌地建了群，说的理由都差不多：经济不景气，已经找不到什么好工作了，图这份工安稳省心。

自己酱过牛肉猪蹄肘子的，知道几斤肉才"出息"一斤，该猜得出便宜的是怎么回事儿才对。他这么想，因为自家东西确实做得老实，也安心于卖得比别人贵不少。结果，来逛市场的，听了价钱，都摇头咋舌，以另一家为例砍价，气哼哼地说"那就买他家的吧"，常闹半红脸，想你省得这俩钱将来看病未必够。只有旁边买调料的赏识他，来买熏肠酱肚，说一闻便知是好东西。

"洒家曾和某歌星是邻居，某晚目击他因停车位和另一个邻居吵起来了。事件起因其实是物业有疏忽俩人都理亏，但吵起来就管不了那么多了。洒家听了半天，发现这俩都是高素质的文明人，吵架的核心是在比较彼此各自对社会做了多大贡献以值得拥有这个临时停车位。"（抄录自 @ 解释系主任）

老先生八十多岁，是本地最先倒卖貂皮大衣的人。兑掉店铺以后，天天坐在房产中介门口的凳子上，神情木然，小眼儿像探照灯，隔几秒钟射出道精光出来，富于弹性的蜷缩姿态像完美的短吻鳄。看到合适的房就掏出存折买下来，随手加几万块于下周卖掉。店里的人不敢惹他。下午五点钟，他跨上电动自行车，以步行的时速骑回家。

转业时如神仙下凡，"万岁军"的侦察排长。县公安局恳求他屈尊做刑警队长，他精明地选择回老家的矿上做保卫科长，不衣锦夜行，何况，一个月的福利比县里的干部工资高。在方圆几里的厂区，他横着走了十几年，身上放了肉，传奇日益磨损老化。减员增效。改制。下岗。开始终日用塑料袋一斤半装比酱油贵不了多少的白酒以最快的速度喝醉。

本地传媒业，出息最大的是家娱乐杂志，老板白手起家，追着小明星要照片、拼版面，先弄流行歌曲后弄电影，风生水起，上他的封面要倒给他一大笔钱了。先前在上海买了层楼，搬了过去。面试人时不爱报薪酬，爱谈理想，鸡贼而脱俗。通过优才计划落脚香港，正在办加拿大或澳洲移民。"哪天把钱都收走了怎么办？"

小小年纪凭什么在上海发了？他瞪着圆桌对面的表弟，不是跟在我屁股后面转的时候了是吧？跟我假客气装逼是吧？一拍桌子："你他妈不孝，也不回来看我姨和我姨夫。"表弟举杯来敬他。一仰脖子顾自干了，向桌上一踆："我看你的微博了，你思想有问题，不爱国，我就瞧不上不忠不孝的人！"还是笑着点头，这狗卵子。都他妈是势利眼，他们见表弟有钱，就非说他耍酒疯。

有的农民爱造飞行器，做和莱特兄弟一模一样的事情，照着手画的图，用塑料大棚、摩托车引擎、铁架焊接拼凑成飞机，试图从县公路上起飞，一阵大风、一辆手扶拖拉机，都可以杀死他们。有个人成功了，实现了几百米的飞行高度，经过醉心的几分钟，坠毁在了一个砖窑里。怀抱代达罗斯梦想的人，都有近似的悲壮勇气，但与马斯克不同，他们付出性命后仍总被嘲笑。

卖披萨的餐厅在"六一"这天雇了个小丑，给来吃饭的孩子吹气球。细看，是个中年矮胖女人，偶尔呵斥一个八九岁的男孩不要跑远了，不要打扰别人。那男孩儿并不讨嫌，只是找人聊天：说他妈妈其实是昨天刚学的吹气球，就会做宝剑和小狗这两样。披萨他没吃过，他妈不会给他买的，太贵了。始终笑嘻嘻的。带孩子的母亲们都明白：谁都无权妨碍她正在教儿子的东西。

一所高中校长找我去教吉他，由他每周五下午划拉了一个班学生，路费占了上课费的一半，好在他不提成。常有男生要求先学某首歌的弹唱，好去唱给某个女生，完全看不出来快高考了。校长说这学校没有打算上大学的，与其打架捣乱，不如给他们找点儿事情做，他还找人来教过街舞陶艺和木工。反正从这里出去，走到社会上，能明白的很快就明白了。

女同事们管那女的就叫"臭不要脸的"。同事二十年，一直穿高跟鞋，八几年一双高跟皮鞋得多少钱？还说她穿平底鞋有点儿往前倾，埋汰我们呢！烫大波浪、抹着红嘴唇，穿紧身上衣，把乳房勒得又高又尖。一拧一拧地这么走过去时，心里骂的那句自然就成了她的代号。都数着日子盼她倒霉，结果，四十出头时和个才二十多岁、挺高挺帅的小伙儿结了婚，没天理了啊！

"我笨，也不学习，初中就不念了。"她说，"我们那是厂区，都去上技校，我怕把手指头切掉了，我脑子不好使啊，就在家待业，待着。我舅妈在民政局，招打字员，我去面试，其实一个字也不会打，吹牛一分钟打九十个字，他们要了。仨月就转正了。我们初中班上就我这一个公务员，老师都不信。学习没用。我每天就伺候孩子，周末去爬山。"

他是个很英俊的赋闲老头，英俊到，凡是见到他的中老年女人都不能自已，像简单的童话情节。最近这个是退休的音乐教授，飞机上和他邻座聊了次天，就放弃了音乐家的矜持，向他和盘托出自己的积蓄和高收入，以及没有继承人，何况她的气质保存得也很好。他说不想找，一个人过惯了。她猜得出，他就是喜欢年轻女人而已。这些男人。

另一个闻名遐迩的帅老头。和老伴也没离，就是不一块儿过了，于是昼夜颠倒，整宿整宿打麻将，心脏病发在牌桌上，这是夙愿中的死法。追悼会场面混乱：闯进来好几个化浓妆、踩高跟鞋的老太太，都捧着鲜花，看上去均不是省油灯。冷静或忧伤地端详他的遗容，殡仪馆的活儿太毛糙，陈铎似的风采完全不"宛在"。家属正发茶，老太太们已各自走了，也不和他们打个招呼。

　　退休后拾获的爱好，成就未必高超，但常令饮食俱废，乃至性命以之。在老年大学里的专注远远高过上班时，声乐书法绘画摄影，各班上都有争强好胜的段子。还有几位真成了老年歌唱家、舞蹈家，在夜公园里收获了许多粉丝，衍生出黄昏恋或黄昏婚外恋，日子增色不少。广场的另一角，广场舞之后，开始流行水兵舞。至不济，能躲开家里的闹心事和闹心的人。

　　街坊里有位神医，长须白袍，刚过四十就仙风道骨。一天被几个人追打进某厂保卫科，神医钻到桌子底下，众人劝解了半晌，几个人说请他给孩子看咳嗽，他说有肺火，一剂药下去，下身活活硬了三天，十岁的孩子，怎么办？后来有人拿神医打趣，说"这药该专给我这半大老头子吃，挣得还多"。神医清了清嗓子，认真地说："那服药赶巧了，怎么配来着？忘了。"

　　他在路边开了家修车铺。旁边的修车铺来搅闹。他托人从镇街上找来个土大哥，旁边店铺从村上找来另一大哥。大哥的

活 法　209

小弟们说：你老有面子了，要打一场才能见分晓。正日子，双方大哥一见，抱拳拱手，是老相识。随即要两对头集资摆酒，又召唤了百十人，一醉方休，"事情么好说好说"。他们俩面面相觑，彼此同情。

杀马特多是城郊、县城贫困线上挣扎的青年，自己倒不觉得挣扎，很低的成本就可以拼凑耸人视听的形象，一两尺高的染色头发，拖地的闪亮化纤衣裤，万圣节浓妆、文身、穿环、火星文，是他们的存在与虚无。大门紧闭的世界继续投以冷漠鄙夷，应该"屌爆全城"的造型被视若无睹，上传的视频，只有几十个点击率，只好退守贴吧和QQ空间互相夸耀。个性也个性过了，剪掉头发回工厂做工去。

"杀马特的打扮，一个人琢磨不全，得互相学互相比着。女孩儿到了晚上就跑到这几条街上来，和差不多打扮的小崽子汇合，吃烧烤，到小歌屋唱歌，混几粒摇头丸吃，后半夜钻半地下小旅店。半夜以后，街上就这几类活物：趴活的出租车，野猫和耗子，醉鬼，再有就是他们。操，还有我。"值夜班的民警接着说，"她们嫌当服务员累，现在就是她们这辈子最快活的时候。"

楼下一男一女在吵架，女的越嚷嚷越起劲儿，最后哭起来，含含糊糊连抽泣带控诉地再也听不清台词了。最后男人也声音越小越无力，都没声儿了，夜空中替换以无边的静默，竟然有点儿尴尬……猫轻轻跃上窗台，冲着楼下"嗷——呜"地叫。我觉得谁该喊一声"Cut！"，这条儿就算一遍过了吧。（抄录自@倒逆河流）

蔬菜超市里整天放亢奋的舞曲，穿制服的男孩女孩儿大不过十八九，跟着歌声摇头晃脑，麻利地装菜收钱，这个年纪有用不完的力气。其实不够干什么的工资让他们基本满足，有一点儿闲暇就开心地笑骂打闹起来。午后生意淡了，大桶提来一菜一饭，盛饭的家什是小号的印花塑料洗脸盆。

人常有暴力欲，处理得好就成了体育爱好。拳迷们都喜欢看不带护具的打斗，西装革履地在看台上冲两个精赤上身的强壮富翁吼叫，各得其所。国内的散打从业者的处境有点儿尴尬，组织和保障混乱，收入和技术水平也不高，融不进国外竞技，只能在国内壮我国威。我庆幸自己曾错过了那次本地赛事：那天有个拳手当场脑部受重伤，死在了急诊室里。

城市社区自治，据说是很有深意的问题，所以，所以老城区的居民院至今没人管，谁都可以进来停车、扔垃圾、烧烤和就地小便。只有几处例外，有个聋老头把花坛册封给了自己，圈起来，只有自己家人能进，里头倒是比从前干净。还有几个老头把院子锁起来自己掌管，把租房子做仓库和开补习班的也都赶走了。邻居都感慨：亏了这帮老东西不讲道理，要不这环境没治。

首都机场天天起落出入着大小明星，出口一阵接一阵地爆发吵嚷声、尖叫声、快门和闪光声，明星按经纪人计划或矜持或含笑或烦躁，女孩儿们挥舞着手中的一切，像是在云里雾里，又像是低回尘埃里。当然不都是雇来的。我在机场大巴上和三个女孩儿邻座，听她们满足而热切地打听那明星的日程，计划明天带着礼物去守候，或者凑钱雇个专业的司机，像狗仔一样跟踪拍照。

经产业深耕组织细化，为首者叫"粉头"。从经纪公司、助理等处买来明星日程，在网上招募参加者，套餐包括和偶像同一个航班赴韩国去来，演出门票，酒店住相邻的房间，甚至退房后钻明星摊开的被窝，"干这个比贩毒好"，少年人为凑那个价钱，什么都肯干。明星心里讨厌这行人，他们常被粉头的车逼停在公路边，滑动门拉开，伸出帮尖叫着的粉丝围过来要签名合影。

他的梦想很纯真，是按照港澳通行证的期限去香港旅游一次，甚至不是移民，似乎不知道香港已今非昔比。上学时就能背出香港的全部街名，熟悉那上面的每家店铺，连手机上的天气预报都是那头的。从电影上学的粤语，真章时完全无用。现在他就要动身了，逢人便问，如何在那里不被识破是大陆喱。

机场大巴上，两个北方汉子粗声大气地频频打断女导游的推销，也不加个称呼。女导游谦卑勉强着笑，向他们道歉和解释，她从这俩人身上赚不到钱，因为他们只是去预定的酒店，根本不接她的宣传页。"两位先生，就在这里下，上天桥，在火车站广场那头坐地铁，换乘二号线就到了。"其他北方人都觉得不好意思，还是南方人有赚钱的涵养。车到终点，正是那俩人刚才打听的地方。

这家人从兴安岭林区来。二十岁的男孩儿，脸挺俊俏，身体是扭曲的，腰间盘越治越重，不能走路，从站台上抬进车里。独子，同来的有父母和妹夫。看行李衣着，买四张软卧是很大决心。省内的名医只能给五分钟。看了一眼片子，说站起来先别想，以后恐怕正常大便都要困难，爹妈开始抹眼泪；又说结婚那更不可能了，男孩儿于是大哭起来。

深圳工业区遥瞰如城市，只徒具其表，都是过客。入夜，临街的小超市前支起架电视，人行道上摆十几只塑料凳子，每只凳子上有个中年打工者贪婪地看：中央台电视剧、直销广告、时政新闻。有人说，正版音乐的主要消费群也是不会使用智能手机的打工者，经过一日苦作，他们花一两块钱下载一首凤凰传奇，放在耳侧，睡前一遍遍地听。

东北有些地方晚清才解禁，是移民之地。又无甚可捍卫的，本地人对外来者的敌视不严重，城里人称呼进城农民最难听的词是"盲流子"，但这个词本是政府发明的，在民间完成口语化。对温州人为代表的南方商人，只有从钱出发的真挚羡慕：那些温州人有自己的圈子，自己经营的蒸鱼、吃茶的饭店、茶居，传说着他们互相拆借钱款连张条子都不用打。

南方某座富庶的小城"古文化街"前，许多擦鞋的人。傍晚，来了个戴眼镜、穿夹克衫皮鞋的，一屁股坐在自己的位置上，"放心，只收一块钱。擦下干净"。说得轻柔而不由分说。问为什么来得这么晚，说是区里的干部，下班顺路擦二十双鞋，赚点儿外快，够全家菜钱。当地人都觉得这是理所当然的，没出息的人才赚有数的钱嘛。

他九几年温州出差，在街头遇到个小商人，知道了他们在政府，很热情地请吃饭。第二年，那个温州人就来了，求他帮着引荐个人。第五年，温州人认识的领导比他多，承包了好几个市政工程。七八年间，温州人买下栋楼，底下两层做会所，没有黄赌毒，就是招待吃饭喝好茶，扬州修脚，俨然大人物了。他想起来那年街头偶遇就感叹：比不了，真比不了。

在本省人都觉得太偏远的地方见过一个温州老太，来这里十几年，不是知青，求财来的，包耕地种稻子，回浙江加工销售，极擅长和政府斡旋，享受各种农业、科技津贴。有来视察的也都领到她那里去，她汇报得声情并茂，问到困难，必然落泪，沉痛而信心百倍。向领导汇报讲温州普通话，平时是异常标准的东北口音，闭着眼听听不出来是南人。

连我们这里的街头都有人推着一车皮包，播放那段录音："浙江温州最大皮革厂江南皮革厂倒闭了，王八蛋老板黄鹤，吃喝嫖赌欠下了3.5个亿，带着他的小姨子跑了。"以为是个好笑的叫卖噱头，名字不就是来自"黄鹤一去不复返"么。上网一搜，真有这么个厂，真有这么只黄鹤，真有这么件事儿。当然皮包未必真是那里出来的。

沈阳人爱吃抻面和鸡架，便宜，俩人也花不上二十块钱，又二十四小时营业，有温贫暖游子意。早晨七点，姑娘和小伙子桌上已经排了十数枚啤酒瓶子，土豆丝酱骨架等肴馔基本没动。姑娘说："你是不是有病，有半夜找我出来的么？"小伙儿讪讪答道："白天你又没时捡（间）。""半夜我有时捡啊？有病！"说罢，斜举起瓶子："不带这么搞对象的啊，来，走一个吧。"

铺地板的小伙围着架台锯，蝴蝶一样飘逸黄蜂一样迅捷，大半天铺完了需要两个人的面积，使观者惊心动魄。嘴里喋喋不休地讲："我大舅哥结婚朝我要钱，让我丈母娘来说，我手里就两万，媳妇还怀孕呢。我说：'你们前年买楼从我这儿拿的五万块钱还没还呢。'我媳妇跟我哭。我说：'我借完她你使啥生孩子啊，你有事儿他们管过你不？'那借吧，哭坏了咋整。根本不带还的。"

（续）"我老丈人刚五十，也不找活儿干，把地包出去，整天瞎溜达。上礼拜她哥结婚给我气的，我去跟着落忙，又垫了一千多。我老丈母娘嫌我穿的工作服埋汰，压床让我光脚进新房，我说'我去你妈了个逼的吧'，转身就走了。我跟我媳妇说钱不要了，以后别来往了。咱们自己攒钱买房过自己的日子就得了。"剩下个边角，他在碎料里挑了一块锯开，推进去，就铺完了。

东北女人的优点是喜怒形于色，喜交浅言深，很快就和邻座唠得很热乎："我今年二十七，结婚早，玩了好几年才要孩子，我跟他爸十八就处上了，十九结的婚。……啊，上网认识的。哎妈呀，不行，就爱玩电子游戏，总搁外边包宿，我就跟他干，为啥呢：你玩儿我不管你，那个游戏里带结婚啥的，一上线就管人家叫老婆，那里头的女的个臭不要脸的也管他叫老公。我就说：'咱俩好好过日子，我也不在外头扯，你也别在外头扯，我要想扯也不是不能扯'。"

（续）"我老婆婆没事儿老甩闲话，我家姑娘要有点儿啥毛病，就说'也不知道这是随谁'。我说：'不是妈你啥意思啊？我咋的了，我跟人扯王八犊子啦？这不就是你们家孩子么！'反正我也不能再说啥，得尊重老人。我明白她是嫌我家没啥钱，她家不就县里有套房么。嫌我爸跟我家住，我爸还给我家贴过钱呢。可不能让老人管孩子啊大姐。"对方拉下了脸，正是个带孩子的奶奶。

西北某机场，需要中转。问讯处里英挺的小伙子，严肃地听完，一言不发地转身就走，走了几步回头说："跟我走啊！""指给我就行。""你找不到。"于是跟着他，在一些内部通道里上上下下穿行。忍不住问："你出来这么久，别的乘客找不到人怎么办？""那不管。"在一扇门前停下，推开，是下一班的登机口，然后头也不回地往回走去。

他这么多年最俏的一个活儿：碰见个女人拎着只大箱子拦车，报出来目的地吓他一跳——横穿两个省。钱是双倍，女人虽然年纪不小，但风韵像糖浆荡漾，他下狠心说："我拉，但是姐，中途不能上别的人。"打尖时出手很大，四碟八碗，说很多闲话。入夜时到了，女人临去一笑："老弟想知道箱里是啥吗？"他笑着摇头，一把舵掰到底，向着来的方向而去。

"我开出租就是养家，给人卖手腕子，孩子学费、天冷了包烧费、老爹老妈住院，一道一道的箍。也有人开夜班就是图个乐呵，专拣那喝得王八犊子似的大姑娘小媳妇拉，到地方，女的把衣服一掀，'没带钱，你看着办'。我觉得，整晚出车还不挣钱的一半是这种情况。"

"我拉你以前，刚下去俩男一女。女孩儿也就二十来岁吧，坐在中间还说醉话呢，'倒酒，接着倒，干了'。俩男的四十来岁，一人一边一只手顺着女的大腿往里摸。仨人就在后面那个宾馆下的车。哥们儿，你说这个社会不是完了么？"

几乎所有的暴露狂都是男人。他们躲藏在走廊、路边角落里，等待着蹦出来向经过的异性展示自己无助的性器官。在妨碍他人的性偏离行为中，这要算最消极、最幼稚的一种，而且很多是酒后才敢。连警察都懒得拘留他们："被抓住以后的暴露狂都老实巴交的，但是好像也治不好，精神科大夫和他们自己都拿自己没办法。"

他有个怪癖，不看黄书毛片，爱听那声音，好在有意无意漏到网上的资源尽多。也不算怪，于古有征，但古人是因为想看而不方便，那么，还是怪。说心得：无意流出的对话最精彩，能分辨二人关系，背后有很多性格细节，有时彼此并不投契，能听出一方是应付，甚至心里有鬼，或者就是交易而已。交易里，也有敬业和不敬业之分，唉，也是手艺，尤其是从陌生人始，不熟假熟一番，又回到陌生，最有趣。

傻奸傻奸的个人儿。当片警时就有点儿钱，最早包了个线路小巴，每天中午交车，司机给送一塑料袋零钱来，数数总有几百，半个下午在所里输了出去。后来当上副所长，都不服气地问："这逼样的也能当所长？"不知怎的，结识了个导演，常请假去横店拍戏，能在大银幕上看到他，最近这部已经混上了台词。"这逼样的也能演电影？"

公司刚上市时，老太太是老职工，原始股市值上了百万，家家都议论那个整数。三五年后，公司效益一脚踩空，陆续换了好几个混蛋当经理，直到把老人儿全都清退。老太太把家产都留给独子，众姐妹哗然。儿媳也争气，第二年就患了绝症，待百万治疗费花完，又奇迹般好了。姐姐们说：俺弟两口子在科学事实面前，现在老迷信了，有啥好东西都和我们分。

本地唯一赚钱的药厂，是相亲界的大锦标，介绍人的第一句话总是：谁都得吃药吧，这单位永远不带"黄"的。以近乎白给的价格分房子，什么都分，派驻销售的收入奇高，业务上，连自己都说"给狗挂个大饼子就能干"。年前反腐反到他们这里，一夜之间，领导跳楼了好几个，销售代表全部解聘。在家筹谋了数月，承认真是什么都干不了。

重点小学的老师是还可以的工作，常用来安置有点儿财势家的正经女孩儿，负不负责凭心，操场旁边停了好多二三十万的中档车。有个男老师好交际，在女同事堆里打转，开辆旧捷达，说喜欢手排挡的感觉，说先练练。男老师的爹暴病没了，单位一定要上门慰问，见家里穷得让人倒抽冷气，一间屋四个墙角，真连发送都难。过后，男老师十好几天没来上班。

（续）校门关上，上千的孩子以外，就是一群年轻男女，女青年的家境普遍比男青年好，男的几乎都教体育，几乎都在女青年里找了个对象，家长几乎都不同意，"小学老师！还是个教体育的！"就吵闹，就到男方家吵闹，就绝食，就私奔，最后就找个饭店把婚结了，也都戴着花到台上去笑。校长苦笑说："毕业没几年，全都一起来一起走，我觉得都跟近亲繁殖似的。"

（再）另一位男老师"固穷"，出差时别人下饭店，他就捧着铝饭盒坐在边儿上，筷子不伸出盒外，也知道给领导送礼，送的是一箱二十四罐的可乐，不大得志，是唯一在学校里找不到对象的男老师，在外面也是，女方嫌他太抠门。按照教育局要求，到郊区支教一年，临回来时郊区小学和他商量，留下来做主任好不好？他沿着校外那条土路想了几天，同意了。

老教师退休到私立学校应聘，老总以前是干空车配货的，管理层都是老总家亲戚，差不多也都干过货运，采取的是听风就是雨的管理，连校训都总换。开员工大会，强调说"我们今后的目标是培育绅士淑女"，东北口音念作"赎女"。老教师已打算辞职，温和而淘气地问："那您给我形容形容什么叫赎女，我活这么多年，没见过赎女，家里趁俩钱，想当赎女了，就是赎女了呗？"

在股市上，他说："你只要完全掌握一种赚钱模式，控制情感，验证，修正，不断复制。像我这样，什么都从这上来，宝马和大房子，更好的是，不用废话，十年来不用再认识新的人，没事儿就去山里坐着。"但是，在零和的赌场上，每一分利润都是别人割的肉。

（续）散户的江湖道理简洁，多么玄妙的交易系统，只有盈亏两种结果做衡量。赚钱的十中有一，暴富的万中有一。他十五年前蹭报摊上的报纸，十五年后逛车展兴之所至买法拉利，所在席位让主力头疼不已，被咬一口就要多洗几个月盘。他说话简单："少年不敢搏，一辈子打赤膊。"职业炒手是从死人堆里爬出来的。

（再）上电视做节目的杨百万在牛散眼里是个笑话。打板族、做超短的大户每个月返佣以百万计，大级别资金的高频重仓操作乘以佣金比例等于营业部经理的亲爹。有些人的保姆、孩子的家教和吃喝拉撒，都是证券公司帮着打理。

（又）"早没有庄家了，只有合力。我一天占一半成交量的时候，究竟哪个是庄嘛？有势借势，有时候自己造一个势出来嘛。"操作看似粗野任性，追领涨板块里的龙头，试探之后，押上重注，十次里有两三次看错，大错就一刀割掉。"最惨？割过五千。也去过澳门，没意思。我赌博不会上瘾，这比赌博刺激，抽上白面了还抽烟干嘛？"

（五）"我十多年前做过期货，赚钱多快啊，爆过两次仓，洗白了。找个地方抽自己嘴巴。股市是好老板，可以总犯错，最后还给你发薪；期货是坏老板，一直对，错一次就要命。不做期货的总得融资吧？干大的就没有没爆过仓的。如今，让我在股市上死掉已经不太可能了。汇市更深，汇市是海，你以为自己横，盖大楼的钱，死里面没响动。"

（六）江湖人物，每隔些年就换一批，破产、入狱、失踪、颓掉。上两个大牛市里叱咤风云的人物，一种操作系统的发明者，已经很少有人知道他的全名了，"早早得了绝症，当年操盘干过太多亏心事，让老天爷收回去了"，所有人都这么说。

（七）"说是滥赌鬼可能也不对，叫'股神'肯定是骂人。市场总是对的嘛，一路游资都是小人物，何况讨生活的散户呢？人们以为钱多的地方故事就多，其实钱多了，感觉不得已的事儿少一些，没什么故事，和人打交道少嘛。我一出门就傻里傻气的。操作上，我们动作快，说话真真假假，跟着也未必赚钱，交警可以帮你不开罚单，我们可以帮你干什么？"

（八）他职业炒股前是个大夫，"超短"是孤独的体力活儿，六七小时神经紧绷，再复盘到午夜，离开医院时颇为怅然。曾与轰动全国的大作手齐名，后来自然不能比了。那个是吕布一样的人物，手段高，砸盘和出货铺张凶狠；他讲人情，危急时会现身论坛，忍不住留几句提示，身价也就落后了一个数量级。住在个小城里，围着孩子转。假期不开盘，报名参加旅游团，为的是找人聊天。

（九）二〇一五年夏的股灾，始自年来的全民若狂，正如七八年前，也如今后将反复重演的。先活过来的，还是身经百战的游资，职业功夫就在控制资金回撤。"牛散"收复了身家，大摆筵席，请亲戚乡亲们都来，雇几个过气很久的明星，有唱

《九百九十九朵玫瑰》那的，还有那谁和那谁，一唱你就知道了，肯定听过。搂着他们合影，比女明星还瘦小，题目是公子百天志喜。在这没准儿的世界上，热闹一回是一回。

县以上有规模的赌局，设在酒店夜店之类的场所，也摆上绿呢台子，有系领结的荷官和服务员，人人手里晃着筹码。混迹其中或与庄家合作或浑水摸鱼的方家，最早时叫"蓝人"，江湖中历来就有这一行，有师徒传授，手要天生巧，眼色要既内敛又毒，心机要灵要硬，业内能人均有大将风度，泰山崩于前而色不变，后来跟着香港电影也叫老千，是暗中很有气象的一类人。

（续）他们和赌徒不同种，专吃赌徒的，最懂得险象和概率，善取舍和避险，说：什么大富大贵，上了桌，就和瘪三一样的老千对调了强弱，跟着制造的情绪走，看他们的眼神，能判断什么时候局成了，几把就刷得毛干爪净，嗯哨一声散去。去境外有牌照的赌场里则只观礼，没动过卖弄道具手艺的妄念，别人看金碧辉煌轻松愉快，他们觉得是刀山剑林，密布着无数眼耳。

北京上海热气球一样升到半空，那上面的人，如果拥有户口和住房，时常面露谅解的微笑向下俯瞰，或粗具仰视美欧日本的自信。他为自己生活的这座北方中等城市而自卑，幸好，还关注着许多著名公众号，记下时兴的物件、生活方式和财经观点，尽力参与其中，不被落下。

【前腔】喜欢调侃"中产"的，也许正是身在此山中，才写出那些刻薄如画的帖子。守则好归纳：年薪和房子是眼下的阶层，校区和补课班是未来的阶层。生活方式也有一致门槛，如何吃穿，住哪里，开什么车，去哪儿度假旅游，各自以很高的自觉性过活，对内需贡献甚大。只是，全力托举的地位和体面，不知是否真有谁顾得上看一眼，还要为失去或被抹平而焦灼不已。

【馀文】最初的悲剧只朝向命运，之后的悲剧开始别善恶，由道入器，东北话管这趋势叫"把嗑唠散了"。眼下，各自须寻各自阶层，或上流，或中产，或底层。当然还是有刻度为好，使上进者有准头，坠落了也知道伊于胡底。此外，有谁认识自己么？沉浮着的是相同面孔，只有位置和状态在随境遇而变。人格退场后，命运丧失了可把玩的角色，连累着悲剧化身为事故。

外邦

【宾白】此地满足不了所需就走出去，这是不易得的自由。且不管大是大非，计较个人利害，被群众嫉妒嘲骂肯定比被广为宣传选树要强。在外邦和外邦人中间，能不能追寻到？追寻到手以后是不是当初想要的，则又是一层运气：

＃海豹＃　在陆上她肉大身沉，走几步就要喘会儿，一身病，真看不出还是游泳选手、国际级裁判，到水里，迅捷安静，像只阴险的海豹。没拿到名次，也就是去所学校做体育老师。那些年，她不认命地、像游一万米一样冷静地挣扎，丈夫是个酒魔子，总让她的积蓄归零，狠下心，扔下家里和工作，和个随便认识的人跑去俄罗斯做生意了，数年无音讯。

（续）再见是三五年后，当初那个人到了俄罗斯就分手了，无所谓。没有攒下什么，最大所得是终于离了婚。挣到的那点钱里劈出一大块，给家里的每个人买了一块好手表，连还在上中学的儿子和痴呆的妹妹，"都走走字儿"。校长很照顾她，觉得毕竟同事一场，说"你要愿意还可以回来"。她说谢谢，那点儿死工资不够，又在办出国，美国。

（再）又三五年。在那边和个搞装修的福建人搭伙过日子。福建人带一个孩子，她带一个，她儿子的脑子没长开，但也能修电脑挣钱。她早晚开辆面包车接工人上下班，中间去给人推拿按摩，搞体育出身的都是久病良医。回来过一次，把妹妹送进福利院，给老娘迁坟，然后郑重地请大家吃饭。旧同事说"想中国了就回来看看"，她说"有什么好想的，不想"。

在美国一直挣两三千的月薪，下飞机即钻进后灶去颠大勺，虽说叫中餐，和中国菜是两样的。根本谈不上融入，连办个手续都得花半天工钱雇人领着去，无论如何算不上混得好。不过一回国，只要说起有绿卡，立马登了天，剩下的都是谦虚了：二七还一万四呢，在小城市很是钱，不愁找对象。早就不愿意去挨那累了，可这似是而非的手艺，也只能接着去。

亲戚们为下岗哭号上告时，她凑钱找门路出国打工，陆续拉拽着男人、女儿也过去。女儿和她一样在汽车旅馆打零工，嫁人开了家橱柜店。男人开着大卡车，从西海岸跑到东海岸，十多年也没学几句英语。"留在国内，我们家也还是干这些活儿，还是这儿好呗，认干就有钱赚，不犯法就没人管你、没人欺负你。"

她出国纯粹是和单位赌气，（她认为）局里该提拔她却提了别人，正好有内退政策，退。正好有去美国的机会，去。她要强，凡是不大如意时，就不在同学朋友的聚会上露面，此后的五六年都没露面，后来说了实话：在那头，整天在后厨里扒蒜洗碗，想给儿子办出国，儿子得重新考大学。带了笔还满意的积蓄回来，一打听，还没有当初卖掉的房子涨的多。

我是反"励志"的，很少提这类事儿。她家只有母女两口人，够格拿低保然而拿不到。妈去市场上卖菜，叫她只管读书。她竟从名牌大学里出了国，尽快拿到学位，又进了投资银行实习，谁也不知道怎么能做到。今年夏天，回来接母亲、处理掉房子，"不回来了"。年深日久的柏油路，会有坚韧的草拱开硬壳，生长出去。

二环的房子被中介争抢着般买去，彻底移去澳洲，早就不是刷盘子洗碗的那一代了。打开手机就可以看见旧人。在朋友圈里每天发那边天空的照片，角上有棵树或新宅院的篱笆和狗，天色确实加了滤镜似的好。给别人的评论也是谈天："欸，北京的天怎么也这么蓝了。"旧友回复："真忘啦？你家以前不就住南城么？"怕难堪，又加了三个微笑的表情符号。

起初她没觉得留学和自己有什么关系。给别人办的时候算了算，学费不高，一年下来和旅游差不多，自己给自己申请了去奥地利的留学，选了个没什么用的专业。在那边，她没想过要遇上什么人，解决什么问题，随走随看。回来时的行李和去时差不多。朋友问："你这是干什么？""不干什么。"

胡同里住着户孤老，起居习惯异于常人，邻居中学生们发现他的外语极好，且有第三国口音。后来知道，他早年留洋，四九年以前做过外交官。政权更迭，滞留在该国开了家中餐馆，生意倒闭，又去大饭店里做领班，深感伺候人比办外交艰难。他用最后一点儿钱扶外籍妻子的灵柩一同还乡，反正能失去的也全失去了，来到这个完全陌生的故国，做一个没有记忆的人。

当年，俄国人跨过两国公用的江湖来避难，血就融在此处。历经几代，边境村落里有许多俄国人面貌，言语和生活都是东北味儿，子孙们吃惯了酸菜白肉，对岸那边的国家，只有点儿模糊记忆。除了抓苏修特务时，汉人是宽容的，是什么都无所谓的，只有不要紧的一点儿歧视。我同学里就有一个，粗看是白人，神情则是汉民，说本来父辈已经是中国面孔了，到了他这儿，又长了回去。

那时候，既有苏俄的流民到中国来，也有中国人跨国境过去。没什么了不起的理由，就是幻想借此摆脱这边的厄运，苟且活着。他和个俄国姑娘结婚，生了两个混血女孩儿，凄凉怯懦地在边境上过日子。之后就断了音讯。家里曾接到一封信，是其中一个写的，中文很不通顺，但也不容易了。说她爸爸刚刚死了，不过葬礼很隆重，有很多鲜花，还有乐队。没人明白为什么提到鲜花。

苏联解体那几年，北风里飘荡着一轮船西瓜能换一轮船钢材的荒信。政府部门有审批权，批文如雪片，一群群的闲散干部、司机、炊事员眨眼间成了总经理、副总经理，社会人员也都来挂靠，交管理费换凭证换卢布，学俄语里的十百千万，然后，跨过国境去！那头的人注视着这些面无表情但内心澎湃的东方人沿江而来。

他就是那时候下的海，原单位给保留身份。搭档的小伙儿一米八十多，有点儿混血，搞过的女孩没数。卢布大贬值时，乱到极点，兴奋到极点。一伙想去莫斯科"横踢马槽"的本地黑帮刚进哈巴即铩羽而归，据说首领目睹了俄国人的杀人之后，被吓出了毛病。那小伙把本钱都换成美元贴身带着，刚下火车就被人勒死在宾馆里。这种事儿那年头多极了。这么多年过去了，就记着那小伙子长得真帅啊。

当年，他爹临退前安排他进了外贸公司。公司有的是钱，十二个人，一个退休领导挂名经理，剩下的全是他这种子弟，还从大饭店聘了俩厨子，一个鲁菜一个粤菜，中华随便抽。去俄罗斯一住就半年，螃蟹锅盖大小，当地人不吃，他当饭吃。大哥大打着玩，一结话费总成千上万。突然，勒令全部关闭，慌忙联系工作，有本领的就进了机关单位。

九十年代到新千年，遍地是机会，外面也是，如独联体。政府间的一个商业项目，俄方代表像头忧郁的北极熊，苏联时也是外贸官员，喝掉近一公升伏特加，变为躁狂，发现中国人一直在用水和他碰杯，开始破口大骂。不欢而散的第二天，又恢复了忧郁，话很少，没打算道歉，"明明应该是中国人道歉"。

忽然突兀地问："你们在上海怎么盖了那么多的高楼？哪里来的钱？"

不知道这家日本电吉他厂为什么在只适宜开煤矿和监狱的小城开厂，近年，连煤矿都关闭了。工厂在墓地隔壁，起初没人留心，后来当地才知道是外国大牌。日方派了个代表，监督数量和去向，在这又脏又破的小地方，像那个被忘在卢邦岛上的倒霉鬼子，不紧不慢地待了十几年，待成了厂主妹夫，学会了拿着啤酒瓶子就大蒜吃羊肉串，姐夫喊得相当好听，说"在日本我不会结婚的，这里很好的"。

她出现在这座北方小城里有点儿突兀，路人认出这黝黑大眼睛的女人是老外，就要指点议论一番。教小学生英语是现成工作，到了能对话时："老师你是哪国人？""菲律宾啊。""你为什么来这里？""我是来看雪的。"是啊，十年前，她真是只想看看雪就走的，却在这里遇到那个人，生了孩子，已经长得和他们一般大了。这过程，以及她感叹的，他们还听不懂呢。

我小学班上有对双胞胎男孩儿，父母是搞科研的，多年未生育，领养了个女孩后，意外地生下了他们。得到邀请出国，审批的说一下带三个孩子未免太多，父母说那就带姐姐，领导感动于他们的义气，说"算了算了，都带去得了"。兄弟俩如今都成了律师。那个姐姐十八岁时，又执意独自回国了。因为想起件闲事：旧闻说演员陈冲在生了孩子后，就把从广西领养的孩子"退"了。

她在外面的买卖，是鼓捣孕妇过去生孩子，连伺候月子在内，有个套餐价。临行匆忙，忙得婚都忘了离，用娘家房证借了数笔高利贷，瞒天过海和上屋抽梯并用。至今，门锁还不时被人堵住，墙上用红油漆写"还钱！"，有时密密糊上一层稀屎。她妈总要冲对门邻居赔不是："我姑娘是个精神病。"

（续）现在已改为崇拜女儿了：她守着医院租了个高级"汤耗子"（townhouse），对客户说是自己的产业，最多时住四五家。房东来了，照样能演得下去，把房东说成物业。那帮孕妇、丈夫、娘家妈之间，日日开战，均一一摆平。还能应付移民局和警察，这些未来的美国人的爹妈都奉她为眼耳舌头和神明。知女莫若母，虽说还是觉得闺女精神病，但毕竟是干大事的精神病。

留美博士回国相亲，对她甚为钟情，网上日夜聊了半年，直接辍学飞去登记。家里这边的婚宴动用了龙虾。可不太懂那里的规则，按自幼见闻，不如意就砸东西吵闹，邻居报警，又不知法律轻重，惹了不小麻烦。随后出了"九一一"，全球性的精神紧张，博士只身返美时因那条记录被拒绝入境。表现得倒很轻松，索性在上海找了工作和女友。好像有人替他解开了难题。

开始到日本，想的是赚几年钱就回来。在那头，夜夜都像带着身外伤入睡，这么一直绷到老，想想都怕。见到日本的幼儿园和学校，再看国内的，一横心生了一个。果然，虽然努力教，还是不太会说中国话，带回国一次，出不了门，连喘气都费劲，在外面不上厕所，进去就说恶心，想吐，吵着要回"家"。终于承认，只因为这缘故就也再不能回去了。

队伍前面的男孩高高大大，说高考烤糊了，家里一怒，直接找留学中介，送到外国来学语言。第一次独自出门；第一次到省城，下车就被黑车骗了八十块钱；第一次坐上飞机；现在，第一次踏上外邦，嘴唇发抖地说怎么办啊怎么办啊。半个月后在微信里说：现在很苦闷，想打工给家里省些钱，家里并不是钱多到没处花。可连路都不认识，找不到活儿干，只能天天在宿舍里烦闷地喝酒。

爸妈在视频里总说"没关系，太苦了就回来"，他知道，他们已经搬去一屋一厨的房子住了，恨自己考雅思时糟蹋的时间和钱。一遍遍加减那变幻莫测的移民分数。课外打两份工，只有华人老板雇他，那累活也只有华人肯去做。病了就乱翻点国内带来的药吃。总算在超市里找到种便宜鸡肉，解了冻，全是打碎的骨头，细看说明书，原来是做狗食用的。试了好几种办法也咽不下去。

当初负笈以外，还背了口铝锅，锅里十斤挂面，如果有机会对坐鲁豫，是很悲壮励志的。也许是曾经艰苦，如今才如此悭吝。在外是终身教授，父母兄弟，谁都没获邀去过。在外面，与国内来的故人均不接触，说"既然来到这个国家，我就和中国没关系了"。回国时不出门，怕被亲戚同学发现，来求他帮着办出国或带东西。有人忍不住了："你在那年能拿到绿卡，就是欠老同学们的。"

在国内是团支书、校电台广播员，聪明人指点，去了先学基督教的规矩，和他们混能练口语，教会里的人单纯，到困顿时可以向他们求援。果然，她爸双规时，教友们热心地给她张罗了免费的地方住，帮她找了条其他留学生不知道的生路。毕业去另一国，依照故智，由天主教改信新教，反正区别不大。嫁给了当地华裔商人，顺利入籍。与她的役神比，役鬼就不算什么本事了。

他在英国一直没混出模样，在实验室里磨了二十年镜片。学国内炒房，一头扎进帝国主义金融危机。托老同学斡旋，得到旧单位收容，逃债潜伏回国，自称就当报八国联军的仇了。好在留下了儿子，毕竟成全了一个。蛰居半年，不甘心，穿上球鞋短裤，拿出不羁的海归学者派头，出门会客，说"他们留在国外的人都羡慕我能回国养老呢"。客暗笑：但凡能混下去，哪有回来的？

（续）要补国内的课，最要紧的一节，是中老年男性出轨，在外面没机会出，太亏了。和社区医院给自己打吊瓶通脑血管的老护士吹，也不是吹：外国有大房子（虽说叫银行收了），现在应邀（酒桌术语叫"硬要"）回国搞科研，正在和媳妇办离婚（只是她还不知道）。很快搭上了……诶呀，果然不错。媳妇懒得理他，说"离就离，随便"。奈何有八十多的老父，要上吊。这龙卷风爱情尚需结局。

她靠个糊口生意独自拉扯孩子，左看右看，也决心送儿子留学。把孩子留在国内，自己先去日本打工，五年的没有黑白，把所需的攒出来了、打听好了，立刻换儿子过去。留下了，找到工作，和国内来的女留学生结婚，生孩子，买房，步步顺利。儿媳不愿意她去，嫌住得挤，那就不去了，知道他挺好就行。一根实现了命运的、枯萎的秃蒲公英秆儿，只在地里晒出条淡痕。

前几年，他说："我们在这边太过孤独，简直像个传销的一样诱骗国内的亲友来这里。"这几年说："接机有点儿接烦了，连房子都被中国人买高了一倍，这是怎么了？"

【馀文】说安土重迁是美德，不如说是农耕与集权之后的景观。君子本该怀德，于危亡之际发些感奋。去国以后，人性的虚弱是分外怀乡，在网络上和国内爱国者一道指责国内的不爱国者。移民们的爱旧国，前提是不会再回来，这源自人总会有的趋利和无聊，不是嘲讽，算是祝福吧。

卑污

【宾白】标题即是狭隘判断。我定义别人，别人再定义我，无聊争斗自此而起。我略踌躇于"凭什么"以后，想到自己为何日益疑惧、越来越瑟缩，和这些人事有不小的关系。卑也罢了，是不由己，觉得污，是发现他们以之为乐，还要踩过私人权界来一再提醒我身在何处，因为其流亚都是混得不错的人士，除非倒霉才会自省。假如能给他们的自洽添一些嫌恶，也算我的报答吧：

都知道，夫妇俩靠把持某高校设计系发家，对外硬撑着算伉俪艺术家，在本系学生组成的微信群里，大谈现代平面设计理念，以大师互称。出来的作品，同行噗嗤噗嗤地乐，说"果然还是高校老师做出来的设计最烂，美术教育这不是要完么"。女大师最能赚钱，作品也多，常上市里的小报。男大师管研究生，总爱搂着大三大四女生钻校外快捷酒店去研究，作品相对少，在群里吹捧女大师就更勤些。

"该杀人犯上午打麻将输了一百七十元，下午向赢钱人要，没给，晚上就将赢钱人用铁棍打其头部四十多下后，将其身上上衣服兜内两千余元钱拿走，打车去海伦市挥霍一天花了，然后撞火车死亡。"这活得……这死得……（抄录自 @ 第二编辑部）

本科刚毕业，和资助他学费的女朋友分手了，因为另有个女同学能令他留校。昔日同学半公开的指责奚落跟着他当上辅导员，又陪他当上团委书记、副院长，终于渐弱，因为已经是被人求的人了，谁能老说这些陈芝麻烂谷子？"下辈子吧"，也许，他会在酒后的片刻软弱中想到，也可能根本不在意。

他那个小单位隐于庞大的某系统"基层"，在这小单位，他也还是无足轻重。直到新领导发现他能喝一斤半白酒，常携带他去挡酒，虽然没有其他待遇，但这也是种青眼，颇飘飘然。几年以后犯了肝病，三治两治地治死了。也不敢说一定和喝酒有关系。追悼会上，工会主席跟家属说：领导今天有事儿，来不了，捎来了问候。

老演员慈眉善目的。上半辈子在剧院上班，算不得文艺工作。横店发展为大产业，电视剧里常有老演员缺口，看了一辈子的猪跑，"咳，我当多么了不起呢"。三年五载就成了上街能被认出来的名人。这圈子热火烹油，言不及义，"德艺双馨"、"老艺术家"的顶戴都来了。也有揭老底儿的，举着本书问："这上说您搞过打砸抢，领头批斗过大艺术家，是真的么？""我那不也是身不由己么。"

有些北京人，给他们认为抢夺自己优势、来蹭优越感的外地人取了很多绰号，外地人也不示弱，称他们"本儿逼"，闹得不可开交。群众斗群众，不亦乐乎。据北漂说，那帮"本儿逼"只不歧视外地来京任职官员，哪怕是新考上市直、中直的公务员，便自动默认他们是北京人，立刻想把女儿嫁给他们。可能是诬陷吧。

她胡同丫头出身，进到那家电视台，在新闻部跑外，地方官儿都乐意结交这台里的记者，她是精明人，水到渠成地促成了许多笔公路、市政工程。三十几岁上发达了，在食堂里大声地悄悄说："北京的幼儿园我随便挑，反正坚决不上老百姓孩子也能进的幼儿园，那帮老百姓的素质太低！"

这已经是在楼下弄丢的第四盆花了，又气又难过，植物养久了，也会像对人那样惦记。目击者说：上次偷花的是对儿老夫妻，真亏他们俩合搬着盆还能跑那么快。这次，是小区里开宝马的年轻女人。保安说："你认便宜吧，她家小孩儿玩电梯夹了手，讹了物业好几万呢。要是她搬你家花把脚砸了，你都赔不起。"

遍地是公司的时候，他注册了一个，业务都是政府部门刚刚剥离出来的职权，五湖四海，气吞山河，准备在美国上市，员工都知道他爸爸是谁，认购踊跃。破产前，给几个近人退了钱，其他人也见不到他。退回到有岗哨的大院闲居，按照员工的话说"回家找他爸爸去了"。

那个老头子九十多岁了，牙齿还有一半，行动自如。他的乐趣来自午饭以后免费坐一站任何时候都有人不得不让座的公共汽车，到不远的住院处肿瘤病房去寻找一脸绝望的人，为他们表演深蹲，让他们猜自己的年纪，直到儿女难堪地把他领走。

"哥啊，"那个他刚刚向同伴们吹嘘过的女孩儿打来了电话，"我怎么流脓了呢？""我那时候不让你看了么？我没事啊。操，你有病你不早说？你他妈坑死我了！"用恼怒的腔调挂断电话的同时，脸上浮起一层得意的笑。他又成功地朝自己的生命里啐了一口黏痰，狠狠地碾了一脚。

当上所在单位的小领导之后，第一件事是动用公款买了一辆车自己开，第二件事是从家里搬出去和女朋友一起住。酒后撞车撞得比死人多一口气之后，第一件事是新房子被失踪了的女朋友降价卖掉，第二件事是过去的媳妇为他料理让人嫌弃的琐事和"遗体"。他在昏迷中听见女人对别人说："就算和他没感情，起码也得做给孩子看。"

丧偶的退休高干娶她，优先考虑是因为她没有婚史，少"落乱"，这在于她，是实现了几十年的理想。很难说谁更心满意足一些：他在被原单位冷落多年后，突然收获了一个女人的全身心崇敬。她在向娘家人说起自己的新丈夫时，总是一字一顿地使用"我们家首长"。

他从肥缺的官位上一头摔进了肿瘤医院肝胆胰科，起初还有些故旧和下属来押宝，辗转得知了病情预后，病房就彻底清净了下来。他女人让他多和病友交流，他在走廊里找了个还算体面的中年人，开口问道："你是处级还是厅级？"

据说他给厅长开车的工勤编是花二十万买来的。4700大吉普，横冲直撞，交警侧目，他像是坐在阿帕奇里的美军，嘿！二十万，行吧。秘书问下午五点的飞机，去北京要扶贫款的会，几点走赶趟？"三点吧。"他随口说。四点三十分，他们死死嵌在车海里，他在后视镜里看到了厅长冰冷怨毒的眼神……二、十、万。

进京的火车上人极多。对座两人。男人说东北话，故意卖弄粗俗。女人三十多岁，说是在电视剧组搞什么的。男人第一个问题便是一年挣多少钱，女人轻描淡写地说二十几万。于是热乎地唠了起来，过了四平，开始"老哥"、"老妹儿"地互称。男人有点儿期待。女人不即不离，望见北京后话开始少，车停稳便箭步抢了出去。男人把掏了一半儿的手机塞回怀里。

这位女士，供职于时尚行业，她公司那一带的东西，又贵又难吃，像是蓄意欺负他们这些赚钱不少而没有闲暇的人。可他们这路人总自封美食家，特别是想吸引席间某个男人注意时，总要叫厨师出来优雅地刁难："这道菜你不用心，今天遇到什么不开心的事么？"好像真不知道，厨师重做时，大多会朝里吐点儿什么。

多发性脑梗的老头有四条生龙活虎的儿子，或者当小官儿，或者发小财，粗脖子，大肚子，金链子。他们该得个孝子集体一等功，给老头雇了两个看护，买很贵的海参，把老头叫醒让他试永远用不到的耐克鞋，每天晚上叫八菜一汤到病房，隔着病床互相劝酒，在老头的身体上面干杯和划拳。

"人心比病难测。一楼收款处那一大排自动取款机前面，天天有人边哭边用指头一下下地戳数字。有些人把得了脑血栓、癌症的爹妈送来，交两千押金，留个空号就溜了。让老人联系家里，装糊涂不说，只能走廊里给个床位耗着，否则马上就招来记者。刚一死，儿女立刻就来，谁给报的信儿呢？能不闹的算是脸皮薄点儿的，说'我们也没办法，你们医院这么有钱，就当做好事呗'。"

有些流浪猫，想被人养，谁可怜它给口吃的，就使劲往人腿上蹭。喂猫的呢，一般喜欢不到那程度，不值得为了好玩，把家里弄得都是味儿和毛，还把沙发挠坏了。还有的母猫，干脆拖着个大肚子钻到人家里，人家不撵，就赖下来下崽，有人赶，就去下一家。被人打，也没办法。"我能不知道那男人会不会为我离婚么？他喜欢我就是喜欢到正好狠不下心撵走的程度。"

夜场里，女人的意识和男人的无耻颉颃涌动。"女人在酒吧喝到大醉，被陌生男人架去开房就叫'捡僵尸'。为什么那些酒吧让这些女人免费入场？就是引这帮男的呗。你要晚上去看，门外一堆女的等着进场，门里一堆女的蹭酒喝，认不认识就过去搭搁。要真不想喝也没人逼啊，都说第二天中午醒过来挺后悔的，然后，天刚擦黑又接着去了……好像是要找什么，又老是找不着。"

（续）我们这儿则叫"扣货"。男人想方设法或不费什么力气灌醉个精选或相中的女人，快散场时把她们半拖出去，为此，有种看上去像软饮料的烈酒很畅销。有的女人，对这不清醒有备而来，死死攥着手机，身上不带现金，像打算去坐过山车。称呼她们为"僵尸"、"货"，是男人们的得意还是潜意识里的自卑投射，就不懂了。

【前腔】劝赌劝嫖都没用，成瘾的事情改不了。东莞是文化符号，但也具体得很，男人们像得了神谕召唤，像飞虫投向光明，许多躯壳已不能支持这种旅程，揣着救心丸和壮阳药也要去，真是苦。这符号说抹掉就抹掉了，但很快就有新的替代。他们择偶都选"正经女人"，旧事儿自然不会说，也不必戒，因为见识丰富而总能成功。就像他们的同道女人，也常能依言"找个老实男人嫁了"。

都说不能娶那女主持人，但有特殊的劲头和快意，让他时而驾云时而卑下，有意思，过瘾，恨晚。可惜，不光他觉得有意思。新加入的第三方是出名的道上大哥，他还犹豫要不要硬起头皮简单捉个奸时，已经来找他了，拍出把手枪，"要不你滚蛋，要不我在这儿打死你"。他决定滚蛋。有人不知何意地说："枪保准是假的，咋不豁出去试试？"他摆摆手说不值得，为那个女人，不值得试试。

我们这儿多年前有个很红的电台主播，最喜欢被叫老师，节目里爱挖苦人，既嫌弃穷又嫉恨富，只对年轻女听众和气些。他还爱追问每个打来电话的人开什么车，做的又不是汽车节目，有的被问烦了，就说自行车、蓝博基尼、拖拉机、关你屁事……都说这人有病，但都爱听他花样百出地骂人。他的节目突然掐了，传闻很多，有说无意在节目里骂了领导，有说被某社会大哥给修理了。

（续）有个姑娘讲，正在书店里翻书，觉得有人往脖子里吹气儿，一个挺有磁性的声音说"如今看这书的女孩可不多了"，烟酒臭气让她闪开半步，就是那位电台主播。他自我介绍之后说："你是个很有品味的人，想到附近坐坐么？"他下节目常常赶着去看打电话的女听众好看不好看，好看的话，就去附近坐坐。姑娘看这颗得意地晃着的小秃脑壳，又笑又气："臭流氓，你他妈的有病啊你？"

我们这儿盛产情感类电台节目，最出名的是位女主持，观点伦俗，时而有害，神经和言语亢奋。据说本人其实挺文静，会好好说话，节目里是贴近群众的形象设计，还有许多营销项目要做。仿效者众多，其中一位男后起之秀："你现在嫩得跟个提子似的他就跟别的女人玩暧昧，你将来抽巴成金丝枣他还不得和别的女人上床啊。"逗得出租车司机土狼一样抽着气笑，脚底下加紧闯过红灯。

吃有主题的暧昧大饭，惯于风月场的女强人不用领，直接一屁股坐在主要人物旁边，在桌上有随意说话抢话的特权，且有经验当桌分享："我这人喝酒，端起杯来是各位领导，三五轮祝酒下来，争取把你喝成哥们儿，上主食之前，就能管你叫死鬼。你信不信？"举座嚎叫一样地爆发阵阵大笑，登时"死鬼"起来。

"女人到那些老男人的酒局子上陪酒，这叫'加个菜'。倒不新鲜，有上千年了吧，那些男人自以为混得不错，上千年的油污腌臜；变的是女方，以职业姿态来'拓展人脉'，唉，这些怪词儿。中国人在圆桌上吃饭，虽是圆的，还是尊卑分明的。老男人嘴里一半人话一半荤段子，眼神都不规矩；桌子下面的手脚呢？散场后呢？难道自己家没女儿么？"

演艺院校放假，母亲们带着女儿去大都市参加些场合，临行先掂量：上广多富；北京多贵，但和原配离婚时较麻烦……扬州瘦马是收来的女孩儿，这是亲生的，所以不犯法。女儿们长大一些了，按自然界规律，可以自己狩猎：报名顶级MBA的，根据商业峰会买头等舱机票，是固定套路。奇招行险，可以驻扎在北极圈外、在珠峰脚下守株，等待颇有品位的偶遇。

【前腔】要强而取巧的女子，怕落得俗气的"包养"二字，由相好男人的权势之径，轻松挤进圈子，自任 CEO，频走秀场，题为"全靠自己"。不知道论心路、远见与狠辣，完全不能和那暗中的男人相比。色相不断磨损贬值，不幸者已经变为洗钱的替罪羊，发生过不少惨事。传闻中某名教授用密谋多年的财计陷害情人而誉满江湖，就是最新的一例。

他后悔何苦让儿子去挤窄门考艺术高校。咿咿呀呀地在北京学了几年破高音，考了两三回，流水似的花钱。考前终于见到了能起关键作用的名人，名人说"不去你们说的那破饭店，都是糊弄外地人的"，领他们下到个小酒吧里。名人海量，要了四瓶红酒，报了个数字出来。他摇了摇头，名人也没有不高兴，三晃两晃便不见了。结账时他被告知那酒每瓶两万块，心想上过春晚的名人怎么也干野鸡的活。

分局级别低，可有近百个基层单位，三年动一次干部，是利益调整机制。他这个管人事的，定不了事，但总可以耽误事吧？培养出雁过拔毛的好声誉，并勤加维护，这个世道里，贪和不要脸的名誉，能让别人和他打交道前充分掂量，确保获利。他爹死在外地，噩耗传来，先别忙，拿出电话表，注明日期事由，逐个通知，另列一行，待会儿收一个份子画一个挑。

都说德国人死板，派来的专员不好糊弄，检验得很细。这是头一年。第二年肯接钱了。第三年就主动要求给找俩小姐了。

他说：站在马路上，发现行人等的不是绿灯而是其他行人，车开得再快也不要紧，等四五个人凑成一堆，就可以一起大着胆子缓缓闯过去。在这里，什么能干什么不能干，不用看法律，多观察。他自诩是在十字路口上读懂中国的。

天气一天暖似一天，又到了披上马甲、端着照相机去群拍裸模的好时节了。一对一"私拍"在派出所那儿算嫖娼，就算被媳妇抓住也麻烦啊，再说花销还大，万一染上病呢？那种女人可不干净。像这么着，老哥几个一人凑百十块钱，这一上午就够乐呵的了。届时都以老师相称。野公园里找个除了他们人迹罕至的所在，要她把衣服宽了，摆好姿势。"嚯！这大长镜头可真叫没白买。"

他家一楼，就在冲着大院的阳台外搭铁丝笼子，养了条恶狗，方头阔口，两只小眼深不可测。他喜欢解说这狗的习性，只认他这一个主人，凶狠到可以几口咬死一条狼狗，使每个听众都心里沉甸甸的。

雨天。下班时间。人挤在站牌底下等车。出租车上虽有乘客，当然仍有权问也不问就再拉一个合乘，不，再拉两个。摇下玻璃，拧着眉毛问："去哪儿啊？不顺路。"或者干脆晃晃头。对刚才的拦车人发表意见："长那个死逼德行就不爱拉。我现在看这些人，全他妈是难民。"车上的乘客自然有点儿尴尬，也不敢说什么。雨中，有个出租车司机获得了一点儿优势。

四五点钟，小车和大客争道龃龉。附近无交警，小车便横在客车前头，僵持了十来分钟，有乘客下来说项，车窗慢慢摇下，是个披着无肩章警察棉服（这类人算警察爱好者，还爱弄个大檐帽放在后窗底下）的汉子，堆满横肉的脸上是娇滴滴的气恼神情。客车司机拗不过乘客，也下来道歉。小车才慢慢挪走，并鸣笛一声，以示赢得了面子。

＃流氓禅＃　交通高峰是只剩两条能通行车道间的一大片焦躁的红尾灯和喇叭声，终于一个信号亮起，排在第一位的银色奥迪车并不动，车窗里伸出只手来，冲着人行道慢慢地弯了几弯，有个女人横穿马路过来，放了件东西在胖手里，信号变黄的最后两秒，车过了线。后车边骂边回忆，那东西是串盘得油亮的手串："这瘪犊子还信佛呢。"

（续）有往农田附近放生老鼠的，有在山脚下成麻袋地放生蛇的。反正，被愤怒的村民抓住时，这些人说是来放生的。这行为后面，仿佛有明确的阴谋，或严重的变态。

"得亏你给我打电话，要不过两天我就走了，去韩国……四五年吧……你咋现在才说，早这么说我就不合计走了……现在不行了，都办完了……看吧，等三五年我回来，有缘分咱俩再唠……挣了钱我就回来娶你。"说这些的时候戴着手铐，三五年是给自己估计的刑期。（抄录自 @ 第二编辑部）

重点小学校的孩子似乎丧了天真，课间讨论你家住的是高层、多层还是别墅，有几套，对那个天天坐校车的同学有点儿瞧不起，忽然一天又把他围在核心，因为百度出他爸是本地知名企业家。听了这事儿很惭愧，我上小学时，只隐约感觉高干子弟吃穿不同而已，觉得又不分我，巴结了何用？当时的注意力全在四毛钱一个的游戏机铜板上。

重点小学校的家长微信群架构复杂，班主任是小小君王，每发一条信息，就有十几条相互推挤的奉承，虽受用，但不利传达。本学期换了架构：家长分组，组长之上选会长，班主任与会长统筹，组长负责落实。有个没眼色却自以为伶俐的家长在群里向会长递几句稀罕，会长发来声音："你为什么和我说话？你有事该去和你的组长说，由组长汇报给我。"

大医院附近的职业乞讨者产业升级，做了块喷绘牌子，上面有个孩子的照片，弄只音箱放配乐诗朗诵，说这孩子得了白血病，正在旁边的医院等待骨髓移植。给钱的络绎不绝，且都是五块十块。于是又来了一份，是对男女，干脆抱着个孩子，也有牌子音箱，给钱自然更多。但是只数日光景，三人就消失了。此地是丐帮必争之地，他们不懂江湖规矩。

还有一回，是帮十几个二十来岁的少年男女，穿成学生模样，有的背书包，说是给班上的绝症女生捐款。举着横幅，抱着捐款箱，脚边有提矿泉水，阵容豪华，挺像。细看，十几个孩子都晒得挺黑，手脚粗糙。几年前，我在西湖边上看到的卖艺者，只平静地拉琴唱歌，胡琴和月琴都好听，也真有唱得不错的，不像这样粗野地侵犯别人的善良。

拼起来的欧洲团里，半公半私，有蜜月，有从大城市来的老人，还有某市两个小官员领着各自的情妇。在瑞士，那两个原本神气的小城女青年哀伤地看着土气的山西老太婆买了成百万的金表，回去送管煤矿的各个衙门的官儿。

半夜在街上闲逛的少年们喜欢走进居民区里一起高声尖叫，通过惊扰别人的睡眠来证明存在，表达他们对这座城市的看法。

他发小财的年头，别人还只闷头上班。在大机关边儿上买了间房，开小饭馆，油水足，这在当年很解决问题。他以直爽的势利眼待客，比组织部还熟知来客仕途，比办公厅还懂得待遇差异，反倒生意不错。市场经济发动以后，干部们不缺嘴了，嫌他这里寒酸，生意日渐萧条，只得兑出去。他没事儿干,就死了,像在墙上按灭的一个烟头。

网上至今有这几段国内毛片。本来是普通恋爱，拍婚纱照之后女人反悔走掉了,这种事情只属于当事人。男人大找了一场，由狂乱的恨而狂乱的冷静，把当年的那些录像刻成光盘，放到公园、火车站、商场里，标上她的名字籍贯，供路人取阅，使她的名字和躯体流布到网上。他对记者说:咨询过律师,这是"遗失"，不违法的。他也不遮挡里面自己的脸。

小时候家里来过个客人，是个表情严肃、装在深咖啡色哔叽干部服里的女干部，她在闲聊时严肃决绝地说："中国的问题就是人太多，搞计划生育还是太慢。打一场大仗，扔几个原子弹，死几千万人，就好了。"我听了觉得很惊讶，像在街上看到个赤身裸体的人。成人听众都很自然，不接口，随意转换了话题，好像早就习惯了。

【馀文】裁决别人，虽说是躲在暗处，还是略觉迟疑：是否真有一种与卑污对立的高尚？就算真有，选哪种姿态生活，是否真有什么区别或意义，我无力断言。那么，也许只是嫉妒他们的自信确知和言行坚定吧？——假如上面写到的某个人认出来我是谁且把我堵在某个角落里的话，我打算就这么解释。

阴
森

【宾白】刚涉世的青年，总好奇于人世间会可怖到何等地步。对地狱的想象和描述均来自人世，其实摇篮在地狱上方摇晃几下就会坠入前后永夜，急什么呢？人心惟危，不可试探，这是世间法的戒律。文明超乎自然，才有"邪恶"的概念，跟随技术和组织水平的提升，一再自我加工和丰富，却总不想承认那就在所谓"人性"之中：

＃毒蛊＃　我给你讲几件吸毒的事吧。我先告诉你：我干了十年戒毒所，可能见识短，我遇到的那些人，不管当时心多诚、立什么样的誓、对自己下多大的死手，彻底戒毒成功的，一个也没有。我希望我能见到一个。

（续）财富、尊严、吸毒者的存活期之间存在换算。资金充裕，有人照料，就可以一直抽下去，靠交替品种和间歇性戒断保持快感，当成爱好，继续过风光炫耀的生活。流落到穷窘的吸毒鬼圈子里，大概一两年就销声匿迹，尸骨无存。"我不能说那些名人的名字，我又不是记者，反正电视上总能见到。理由可多了，比如经药物刺激下，有时会特别专注敏感，有魅力，上镜格外光彩四射。"

（再）我见过的最高、最漂亮的小伙儿，瘾上来闹着要钱时，用菜刀齐腕砍掉了他妈的右手。他爸得一边送人在医院急救，一边花钱应付公检法，让他免予起诉。他当时哭着说他不是人，之后戒了一年。我上个月见过他，牙掉光了，佝偻成个轱辘，是那种随时会死的人的面相，出息了：教会了个十五岁的女孩抽白面，跟他一起租房子住。

（又）"为什么要远离吸毒的人？你不能再当他是以前的那个人，那些东西很容易就改变一个人，外部洗脑都那么厉害，何况这个是从里面？看他们的先后变化，就好奇人的意识究竟是什么，一点儿药剂作用就变了。我的一个朋友讲，他好心没有疏远一个发小，结果那人趁他不注意，想在他喝的水里下药，就为了花他的钱一块儿抽。你让他自己死还是陪着他死，就是这个区别。"

（五）道上的老板厌倦了夜场里的女人，喜欢小女孩儿，就让一些年轻好看的马仔去中学里找女学生，用一两个月的时间谈恋爱，然后让她们从摇头丸和K粉吃起一直吃到白面，领去给他，一般玩半年左右就扔掉了。胆小的人怕黑，我连白天都怕，也不敢看电视，那么好的车里，那么好的西服里的，是鬼蜮。

（六）获得一笔为数不小的钱时，他们不是把它分拨到尽可能长的时间段里使用，而是呼朋引类，找间豪华酒店套房，几天内统统抽光。对活着，他们有另一种豪迈得多的时空概念。

（七）我认识那女孩儿时，虚岁二十，孩子三岁了，和教她吸毒的男朋友生的，那男的积德，自己跑了，没把孩子卖了。她这次戒完回老家，主动说真不再碰了，要用余生偿还她的孩子。大年初一，她和她爹吵架，带着孩子从家里跑出去住宾馆，又弄到包白面，打"崩"了。120赶到的时候，孩子坐在死尸身上哭，想像以前一样弄醒她。

（八）我们这个区某某院的院长也在这儿戒过，他说染上是因为有人害他，也可能就是巴结他的人多，大伙一哄就抽上了，常有的事儿。尤其那几个圈子，不抽不是自己人。发现之后被开除了，妻离子散呗，地位、家庭、钱，这些你原本觉得牢靠的事儿，稍不留神，散得比夏天的乌云快。强戒了两次。戒了一段之后，容易掌握不住量，刚放出去就抽死了，刚满四十五。

（九）有些事儿我不明白。有个人十几年前是个人物，进来的时候就已经没人样了，既没钱，道上也没人再认他的字号。有个女人，每周开着S系的奔驰从北京过来看他，把他收拾得干干净净，和他在一张床上搂一下午，天黑才哭哭啼啼地离开。那女的比我都高，从走廊里走过去，好像神像一样会发光。小民警眼睛都看直了，跟我说"哥啊，我这辈子真是白活啦"。

（十）除非穷疯了，没人敢在戒毒所里倒腾管控药品卖，等于贩毒，抓住得挨枪子儿。安眠药倒是可以倒腾，几块钱到几十块钱一粒儿，那些上瘾的人自己都记不住已经多少天没睡觉了，你是真的还是他梦见的，普通的剂量没有用，吃起安定来像吃饭。

（十一）第三次被送往强制戒毒所的路上，她跟送她的办案人员说："你把我送回看守所吧，我没脸见他们。"果然所有管教看见她都又惊讶又气愤，他们说："你怎么又来了，怎么就不学好呢？！"她捂着脸大声哭着说对不起，然后告诉他们，她妈挺好的，家里的房子盖好了，同时脸上闪过短暂的骄傲。那是她当冰妹陪人吸毒赚的。（抄录自@第二编辑部）

（十二）见到个抽岔道儿了的女的，进戒毒所二十多天了，仍然逢人就说自己买的彩票中了两个亿。她把管教拉到背人处，说："我分给你一个亿，一会儿集合的时候，我藏起来，他们都走了的时候，你一开门往外走我就跟着你跑出去。"然后她真的跑到旮旯里把自己藏起来一半儿。（抄录自@第二编辑部）

（十三）半夜三点，我见到那个人一声不吭地坐在床上不睡，屋里让他们住得什么味儿都有，过去用手摸，床单又湿又黏，知道没好事儿了。打开灯，看见他正用个易拉罐舌头割自己的头皮，原来是脑袋的地方变成血葫芦，从额头开始，已经割了一多半，挺完整的一张。他是那种只能靠自残来抑制毒瘾的人，我估计，当时要是把他脸上的血抹开，表情应该是微笑的。

（十四）他跟着查迪厅的时候，第一次见识到这种情景：包房里的大灯已经打开，十几个全身光不出溜的年轻男女还在药效里挥舞着胳膊。警察们习以为常，说"这就叫溜冰你知道吧，你看这帮男的现在都跟泰迪似的，卵子儿一年就彻底废了"，带着诡异的笑容把他们一个个拽到走廊里，稍微清醒的女孩开始斟酌用两只手该怎么遮挡自己。

（十五）"吸毒害不害旁人？你说的这个权益那个自由，我也不懂，没学问啊。我见了那么多好端端的人变成鬼，见傻呵呵的胖丫头成了散冰妹，都是坑遍了家里人才出去犯法贩毒。就琢磨，有学问的人，得家里出个吸毒的，才真知道这东西本不是人间该有的，不完全适合人间的道理。"

老照片是在西南边境上拍的：一对没有表情的青年男女并排跪在地上，他们的肩膀和手臂被小指粗细的麻绳熟练地捆住，身后是几条穿着军裤的腿和仿佛是枪口的虚影。据说他们在照片拍完的几个钟头里被枪决，罪名是贩毒。他们来自北方某所大学，暑假里，他们听人说只要从那头冒险带一批货，就可以完成许多共同的愿望，开启一个未来。

话说，有一年大节前夕，要集中处理一批，并非同案，有家里人探望的能穿上最后一身新衣服。一个本来排好跪定的男人，又要换个地方，嫌旁边的女人又肥又丑，不愿死在一起。女人闻讯也怒骂起来，气氛为之一松。"到底换没换呢？""唉，还真不记得了。"

258   潦草 ...

我见过执行当天的死刑犯，一个三十多岁，两个二十多岁，腿软得爬不上车——不知道现在用不用卡车了。他们互相鼓着劲儿，说"别害怕，坚强点"。然后眼睛死死盯着他们能看见的每一个事物。那种目光我毕生难忘，像一个黑洞，像要把一切吸进去。（抄录自 @ 第二编辑部）

读到个不知出处的经历：在南方偏远县城，就是邮票上竹楼民居的地方，几个少年相中了他的手机，用刀将他逼进巷子，朝山上走，"带你去个好玩的地方"。他觉得会被杀掉，一路上，他们用方言和隐语胡扯着，脸色逐渐阴沉，偶尔瞥他一眼。天快黑了，他说要大便，蹲下时，死命踢了看守他的持刀少年膝盖一脚，顺势滚下山去。他知道自己逃脱了凶杀，那伙孩子打算在山上埋了他。

＃凶手＃ 一度，我们这儿所说的"杀人狂"专门指代两个在逃的人。两个携带着尖刀结伴在省城周边转来转去的人。他们出于结怨、图财或心情不佳等原因选择目标。落网时，人们发现很难在人群里辨认杀人狂，他们相貌普通，主犯是个苍白瘦弱的青年，戴着近视镜，说话缓慢而腼腆，从不正视人。

（续）"有一回，火车站前卖馄饨的，卖给本地人两块，收我就三块，和他吵，他妈的骂我，边儿上人多，我就晚上回去把那两口子杀了。""还有一个，我差点儿忘了。也是刚下火车，一个人问路，我说我外地的不知道，他还问，拽着我袖子。给我问烦了，就掏出刀子把他捅死了。"除了断断续续地说这些事情，就是不停地要烟。

（再）对歹徒而言，"人命在身"是道坎儿，之后的杀人多是图方便、绝后患。有件震惊本地教育圈的案子，省城显赫高中的校长吃请回家路上遭劫杀，祸因是一身名牌和当时还稀罕的手机，其实他刚到任半年，此前在教育局恭谨承欢与尽职，尚未发财。案破得也偶然，因为两个人在深夜共骑一辆崭新的山地车，皮鞋和大梁都闪着贼光。

（又）都知道是他杀的人。为难的是尸体找不到，一个同伙说他用了什么办法把死者剁得很碎，抛在了城郊废水库。技术大队断断续续地去了十几趟，从春到冬，有些骨头渣子，但是定不上。超期羁押久了，只好放掉。我看他还不到二十岁的样子，骨骼桀骜阴鸷，很像枭雄。办案人说："早晚他还得再干，天生是挨枪子儿的命。"

（五）文学青年最后的好日子里，我们这儿一位地方级著名诗人，常在《女友》之类杂志上发表哲思美文的，后来漂去了北京，开创新的世界。他在那里和同伴先后杀死了四名携带现金来京做生意的老乡，把他们放在床下，按照诗歌的说法是"等待他们各自的春天"，四十天后，他在南方被抓获、枪毙。我发现他没有被忘记，还拥有一条百度百科。

死者是个离婚的四十五岁女人，凶手是从另一个城市来的十八岁男人，在她家住了一个礼拜后，分三步完成了来时已想好的简单计划：杀死她。席卷她简陋的家。回去给自己和女友各买一个新手机。他俩是通过一个叫《魔兽世界》的网络游戏认识的，整件事情荒唐而乏味，只有游戏的名字取对了。

秋天，一个十八岁的男孩在 QQ 空间里留下了自己的密码："谁想玩拿走。清空记忆从此真正的丢掉人性。"几个月后，他闯进千里外一个出租屋，杀掉两个女孩儿，抢了差不多一千块钱。他的 QQ 昵称是"永远的微笑"。记者坐在对面，注意到他脸上确实挂着微笑，就问他为什么一直笑，他说："笑总没有错吧？"（抄录自 @ 第二编辑部）

车匪路霸年代的事。那个瘦弱得不成样子的少年，拿着把破铁片子刀，从车厢后排开始，翻检每个瑟缩的成年人。他们其实在自己打劫自己。轮到他时，他往上撞，一脚把孩子踹到地上，心想"坏了，这小子完了"。然后听到几声"打、打，小兔崽子，操你妈"，越来越多的人争着去殴打倒在地上的小孩，从不省人事到不成人形。他年轻时受过难，早识得这些人。

百货公司少一半的营业额在购物卡上，年节时送上级、班主任流通，拿全城的下级和家长乘上一两千，数额就大了。公司管计算机的小孩儿看出门道，自己充值再找人按八折串现金，仨月弄了五百万。警察抄家，买了房子和纸黄金，不是应该办护照跑路才对么？他真当自己的经管了。全还了也堵不上窟窿，小两口判了无期，老爹很快连急带气死了，家中只留下个不满两岁的幼儿。

有个独行盗，曾每隔一年在本地现身一次。手段利落，白天潜入大百货公司，凌晨动手。在监控录像里，他对出口和路线了如指掌，步伐如舞蹈，正好躲开了保安巡逻和会拍到面部的摄像头，捅开名表、金银首饰柜台的方法娴熟，精选易于出手和携带的类别，没有任何指纹和遗物。警方觉得，他可能明天就会出现，可能永远不再出现。

鸡头是个为人不齿的行业，也有壮烈的行动。比如，如果连账本都落在了警察手里，也就再不能做这一行了。得到同业认可的选择还有一种：上厕所时，趁着镣子爬过小窗，头朝下，用四米的高度和牛顿定律若干，把自己头朝下弄死。

为了一小笔钱和几次争吵，老夫妇毫无预兆地死于养子之手。办案民警查孤儿院记录，养子的生父也是被执行的杀人犯。这类事情，让一些警察至今认为面相、体征或血缘应该作为线索甚至证据。

#监狱# 模范监狱原在城外，城区蔓延，变成了城边。能望见那几堵高墙的楼房，价格便宜三成，搬迁的事儿断断续续说了不下十年。门墙共三道，外墙和大门气派而阴沉，办公

楼旁边的二道门才是所谓"大铁门"，焊在铁笼子上的两道粗铁闸门，如城门，不能同时开启，通过时，领略到万念俱灰。里面是监区和劳作区。说它模范，是各种项设施常供参观，是最能见人的。

（续）监区之间有大块绿地，树干粗大，假山、喷泉，除了电网探照灯，街心花园似的。细看，干净得让人发毛，小路间的砖缝之间连砂砾都没有，红色的砖面被刷得发白，扫院子是仅次于伙房的好活儿。大操场上只有鸽子，鸽舍在监狱西北角的屋顶，很大一群，几百只。女狱警的解说词里说"犯人看见这些鸽子，会联想到自由的可贵"。犯人都是重犯，至少十五年。

（再）进来之前都在看守所待了很久，人人是释然的神色。监舍里的好铺位、几支烟、一双棉拖鞋之类，外界看是可笑的利益，在这里博弈得很较真，也有相应的愉悦和满足。仿佛自由也不再必要。还有写诗的，不知道是犯人发起，还是狱方为了宣传而鼓励，以减刑为激励，有本挺不错的诗刊，全国系统内发行。脸色苍白、穿着号服的诗人边踩着缝纫机边琢磨下一句。

（又）最要紧的始终是吃。起初的几天、几个礼拜也许有人不觉得，之后便成为头等大事。馒头够吃了以后，对蛋白、脂肪的渴望更加剧烈痛苦。每天早晚咸菜，中午起火是大头菜、萝卜、白菜之类胡乱炖一锅，漂着的几块肥肉不是人人都有资格吃的。账上有钱的可以每周一次排队去食堂下面的超市买，对价格已经无概念。盐和酱油最紧俏，限量供应。

（五）作为羁押成果，每座监狱都有台完整的文艺节目，男女主持人由狱警充当，内容围绕"追悔莫及"，他们的合奏拍子准确，行进稳定，全无美感，在这个把小时的怪异里，管教和观众都觉得无聊，似乎只有台上着囚服的乐手们感到享受。

（六）论"立意"，不是纠正人间不平，乃是直白地放大。在里面，烟是硬通货，有许多棵烟的人就拥有关照和奉承。犯人的友谊也是如此，是维持度日，聪明人都懂：没有极特殊原因，出去了就不要见面。待自己不错的管教，会热泪盈眶地赌咒"大恩大德必将报答"，也是不会真再去见的，管教更明白。

（七）重犯自残会吞下钉子、玻璃、插销等一切比喉咙细的东西，进了外面的医院，有更多的机会逃跑。只有一次例外，有个犯人利索地完成了对自己阉割，并无逃跑目的，看到的人说，"这人的手很稳"。

（八）干部入狱以后，身边也都是相同的职务犯，不至于真和野生刑事犯关在一起。血糖血压逐渐正常，爱好也真变成了读书，大多是学生出身，头脑更是不差，气质好了起来。也不再万念俱灰了："报告管教，他凭什么有半个咸鸭蛋？我也是副局级。"有了新的攀比，说明有了新的快乐源泉，新生活建立起来了。

夜间监控录像里的一切都带着莹莹绿光：死者真像描述交通事故时常用的那个动词，是被流线型的城市SUV"碾"进了轮胎里，登时从有生命弹性的躯体变成低垂散落的一摊东西。车在二十米外刹住，和车中那人的灵魂一起痛苦恐惧地左右扭动几下，迟疑地向后倒半步，然后做出决定，猛地加速离去，这真是辆动力和操控不错的车，难怪那么多人买它。摄像头没拍清楚牌照。

电影《天注定》里，几个男人在街上打女人，街坊们边看边吐着瓜子皮，这是冷漠的人眼。手机上的摄像头，有时是鬼眼，分辨率越来越高，一有斩获，立刻传到云上，"分享"给友好。一个女人在拥挤的长途铁路旅行后精神崩溃，在出站口撕扯掉自己的上衣，立刻引来许多只手机朝向她，眨着带闪光的鬼眼，后面有张模糊的笑容。直到有个人出来，捡起外套，披在她肩上。

淘宝店模特价格不一，最紧俏的是几个六七岁瓷人似的男孩女孩，要价一小时上千，物有所值，举手投足跟尺子量过似的，双方节省时间，然后赶赴下一家。觉得那帮孩子的颦笑有些怪，脸颊下巴线条尖锐。店主说："都打瘦脸针的。"如见采生折割般恐惧。"增加竞争力，小医院也不在乎，还有整形的呢。""脸僵了怎么办？""后面都生老二老三，养大了只要好看，接着做这生意。"

在姥姥和别人的闲话里，好像只有他妈妈一个儿女：精明能干，女婿会赚钱，外孙学习好。姥姥嫌舅舅没本事，总去她那儿蹭饭，饭量还大。姥姥待他好，和妈妈回娘家吃饭，要他挨着自己坐，不住地往他碗里堆好菜，表妹只敢夹一两根，表哥的筷子刚伸过来就被瞪了回去。这叫他浑身不自在。妈妈说："儿女要给父母回报，要能给父母挣面子，你将来也一样，不然妈妈也不喜欢你。"

有路追星，追的是参加各路选秀节目的选手，电视台的说，那年的结果不是设计的黑幕：那选手的拥趸封住了电视台下面的马路静坐，从上午到半夜，最热时四十度，若不给她冠军，连公安局都不干。最惊人的几个女孩儿，偶像去哪儿参加选秀，就跟到哪座城市。在酒吧里当"小蜜蜂"或干脆出台，挣钱给偶像买礼物，几万块的手表或包。这体验近乎信仰之单纯献祭般崇高，所以很过瘾。

提到"留守儿童"，就知道是说那地方，风光险峻，"穷到没有话说"，男人女人只得朝有海的地方走，寄钱回来给三五成群的孩子度日，至于死活，实在顾不得，都记得新闻里那孩子遗言说只许自己活到十五岁。走运的孩子去县城念中学，小城里竟全是孩子。日暮后，住校或租房的学生在街头涌动，少年帮派的书包里装着钢管片刀，甚至火枪，带着不屑的神气，玩伤人杀人的游戏。

在县里上高中时，他最怕成群结伙游荡在校外的少年，他们表情呆滞，拿着锋利的短镰刀，一挥就足以致命。同宿舍里的同学因为几块钱，在争吵中被砍中大腿，全身的血在十几分钟里流得精光。为了保存尸体，他们买光了学校附近的冰棍儿。

几年前，北京。几个男孩和女孩儿劫持了一个陌生女人，扒光、殴打、损坏、炙烤她的身体，整整一夜，直到把她弄死，他们不是第一次这么做。一个月后，那个女人的家人和几岁的孩子，隔着法庭上的栏杆看到这些故意摆出冷笑的凶手，他们的父母还在不停地说"他（她）还只是个孩子"。这些人要求全世界都像他们一样溺爱自己射出来、排下来的吃人妖魔。

如今追债已经不像想的那样，很文明。饭局刚结束，几个男人贴上来，展开欠条，"先生您好"。警察不情不愿地来接警，说经济纠纷请自行解决。饭馆儿打烊，不敢往家领，去茶楼坐坐。之后跟他们走，管吃管喝，刚刚瞌睡过去，就被扒拉醒，"先生，请醒醒，再想想筹钱的办法"。求朋友，都问怎么干预？欠债还钱，谁那么大的面子？他想起听说那些老板跳楼时还笑过他们想不开。

我自以为上学时和他关系还好，只记得他是个老实人，爱听一个叫金海心的歌手。快毕业时，听说他早找好了工作。过几年聚会，都捡回学生模样，嘻嘻哈哈，传些世面上的秘闻，他忽然换了副面孔问："这件事你是在哪里听到的？听谁说的，那个人是干什么的？在哪儿住？"声音阴森而威严。桌上人被吓得沉默了下来。从此，我再也没机会问他是不是还喜欢金海心了。

几个男生都说班上那个女生隔路，长相还不错，平时暧昧，好像对谁都有点儿意思，私下去接近，说话变得尖酸，不是正常的矜持，是恶毒。寝室的女生也都说她喜怒无常，一个女生像不经意似的说："那也不奇怪，她脖子底下有块白癜风，大一刚发现时也就指甲大，现在好像有手掌这么大了，可能不止一块了，不都是对称着长么？"

我的第一位班主任，有一对和我们同学年的双胞胎女儿。有点儿严厉，常常对随便哪个淘气的男生说"你迟早得被枪毙了，家里还要交子弹费"，对随便哪个女生说"下课前写不完就把你关在地下室的小黑屋子里，明天早上再放出来"。

沙堆顶端的男孩儿，胖乎乎，大概三四岁。旁人接近他挖的沙坑，都被他推下去或扬沙子赶走。大人叫他回家吃饭，他和大人交易各种条件，答应了，几脚把自己的沙坑踩掉、踩平，又插了一根竹签，掩埋好，只露个小尖，恨恨而口齿清晰地说："不给你们留，不让你们玩我挖的坑。"将来是要做大官的，将来是要发大财的。

她回去看生病的姐姐，她们两家离得很近，很多年没有来往。姐姐有个孙子，四五岁就被惯得不像样子，她不许外孙和他一起玩，她觉察出那孩子暴躁之外，还有点儿毒。那孩子初中没念完就进城去打工，认识了个女孩儿，女孩的妈"半拉眼没看上他"，于是坐上长途汽车，闯进女孩儿家里，把她妈像条鱼一样剖开，内脏流了一地。她记得他周岁大概是刚满十六。

有一对盲人夫妇在步行街上乞讨了多年，好像妻子还有点儿视力。他们是生计上的搭档，不一定真有夫妇之实。男人吹笛子，女人唱歌，不跑调。收入不错。不知道那几个穿制服的人为什么为难他们，似乎也不是取乐。领头的指着那个男人问："你说我拿你们当搞艺术的还是当要饭的处理啊？"围观者有不忿的，也有起哄的，都很小声。盲人脸上始终不安地踌躇，使人读不出表情含义。

他认识对夫妇，开了家小饭店，男人跑外，女人管内和服务员，其利断金。近了年底发工钱时，女人的脸色便日益难看。他去店里闲坐，看女人正靠在柜台上发号施令，趁柜台里的丫头不备，突然飞快地从架子上拿了条烟扔到地上，熟练地用脚拨进柜子深处。多少年了，他都后悔当时碍于面子没揭穿她。

过年时，满城都传个消息，电视上的一个男主持人自杀了，先勒死了情人。都说，那女人把他缠得死死的，到处给他接主持婚礼的活儿，一场一万，全揽在手里，男人儿子有病，她连医药费都不给，这段经过清楚，遗书上写得详细。现场也简单，他打开煤气之后，似乎后悔了，走到门口欲出去，想了想能去

阴森　　269

哪儿，就又背顶着门出溜着坐下。他那档节目叫《欢声笑语》，搭档是个卡通人物。

人最后一口气难咽呢。四天里，每个人都在重复这句话。万事俱备，所有细节探讨了许多遍。打着哈欠，守着垂死的人像看藏着鱼钩的水面，像看一个垂死的人。然后看墙上的钟，嫌它不走字儿。他将不会获得一点儿悲痛，只有伴随着坚定的拒绝的少许怜悯。以麻烦别人和尴尬的等待收场，许多人的终点都是如此。

老同学聚会酒桌上，他端杯来敬，说起那时的羞涩暗恋，带着点儿感人的结巴，俨然忘了已经在世上走了一半。同学会本就是朝花夕拾。几个也留在当地的男女同学都围上来说"喝吧，不喝不好"。竟然大醉。但愿真像假装的这样，不记得那晚两人的事。毕竟在世上走了一半，还不明白那天的几人都是同谋么？他们如土狼似的合作狩猎，知道她不敢告，也不怕她对质：玩儿呗。谁知道是否还拍了照。

患者家属们带着具罩着白布的尸首来了，将医院大门围得水泄不通。他们得以发泄几个月来的各种猜测和怒气。几层密密匝匝的旧花圈是五块钱一天从主动来揽生意的人手里租来的，那些相貌凶狠的闲汉也是。

普通病房里，人杂乱，气氛松弛，像候车室。进来两个风尘仆仆的穷人，一个背着一个，卸到张空床上，对着喘。护士追进来问"谁让你们来的"，能说话的委屈地回答："这推那推，都说不归你们治，求求你们了。"欲跪下。忽然，床上的人脖子一歪，就这么大张着嘴和眼死掉了。说话的急哭了："他家里托付给我的，刚从大兴安岭坐了一宿火车下来，可咋办？"

莆田老板只管租高楼开大医院，三甲医院冷淡繁忙，程序如谜，进省城来看病的，被成车地拉进这些装潢漂亮、医护和蔼的地方，进门三句四言古风，"病得很重，我们能治，得不少钱"。还有雇男妓和大搜索公司拉客户的跨业整合。精神建设方面，如牙科鼓吹忠孝，"你看到父母的白发，没注意父母还有几颗牙？你孝了，父母才笑了"，拳拳到肉。当家者都是剽轻凶悍的豪杰，很少有医闹敢来滋事。

县里、乡里专门有些靠举报超生度日的闲汉，悄悄地四处打探消息，关注着远亲、四邻孕妇们的动静，等孩子一生下来，争先恐后地去报告，从每笔让超生户雪上加霜的罚款里，他们能分得半年开销。

＃社会新闻＃　在南昌八一广场走失的五岁男童在福建被找到。人们在监控视频里看到，人贩子是个江西老妇，她让自己的外孙去和选中的猎物一起玩耍，等到附近无人时，就像家长一样带着两个手拉手的孩子离开。

（续）一九九六年一月二十三日凌晨，韩某与两名同案盗窃了一辆价值四十余万元的公爵轿车。据同案犯张某说，这辆车倒卖后，韩某分了三万二千元，他花四千元买了把假手枪，添置了《中国通史》等书籍，并准备出书。韩某很快归案，当时正赶上严打，最终被北京一中院以盗窃罪判处无期徒刑。十几年后，他在北京街头和路人争执时当众摔死了一个婴儿。

（再）现在时隔几年，还要再说一次，那次闹得最凶的是西部某市。那次游行里打残了一个日系车主，行凶者用的是链锁。据他说是下班途中看游行实在热闹，就挤了进去；看有人动手实在有趣，就挤了上去；打完了觉得反正不责众，就施施然地走了。随后判了重刑。这是一个人、两个人、许多人的一生。

（又）杭州一家肯德基，一个七岁小女孩坐着等妈妈，等了三十个小时。店员叫来了警察，她大哭，死活不肯走，警察只好陪着她。女孩的母亲终于出现了，行色匆匆，满脸疲惫，女儿抱着她大哭，她也落了泪。这位母亲解释说，全家刚到杭州，她要忙着搬家，女儿无人照看，只有这里安全暖和。

（五）说起过失杀人，也是则旧新闻：在始发站桥下，公交车和一辆奥迪A6轿车抢行，女司机和开车的男人互相指责。女公交司机都厉害，嘴比男人还野，怕他听不清连珠妙语，索性打开前门以示光棍。于是那个男人拿着把大钳子上来，当着十几个乘客，把她活活打死在驾驶座位里。随后被刑拘了。那是十线公交车，我回忆了一下，渐渐想起这个女司机长什么样了。

（六）有些失独者要求的补偿：城镇居民年人均可支配收入（上年）×（平均寿命－成活年龄）÷2。"这等于如果孩子还在的话，可以给这个家带来的收入。"因各地收入情况和孩子死亡时间的不同，这个算式的结果，少则三十万，多则五十万，北京上海失独者提出自己的赔偿理应更高些。《申请》还提到希望将超生所征收的社会抚养费用于补偿失独家庭，以实现社会的公平正义等等。

（七）你还记得马加爵这名字吧，他被执行死刑之后，报载《云南大学闻讯发来贺电》："云南高校师生昨日听闻马加爵被执行死刑的消息后，大都异常高兴。有的鼓掌，有的唱歌，还有人相约晚上喝酒不醉不归。大家认为终于还受难者一个公道，也终于可以从马加爵案件阴影中摆脱出来了。"他姐姐说："我告诉小弟，希望他放下仇恨。不要带着仇恨去死。"

【前腔】一个被卖进山里的女人，因为做乡村教师，感动了几伙拍电影的和记者，查被拐卖以来贞静地坚守妇道，很可旌表。生罢闲气，觉得立论也正确：乡村女人，自然小于事功，更小于纲常，纲常的连贯和稳定压倒一切，千年来莫不如此，这便是为生民所立之死命，为往圣所继之绝学。忧患识字始，始自加入这嬉皮笑脸的纲常。

【馀文】那篇大凉山小学生作文，读到后就想忘掉。有人说是伪造的，理由是写得过于好，但愿只是善良地盼望世间无此惨事而已。可惜，有，很多，且没有减少的迹象。有人天赋异禀地凶狠，向来不知同情；常人还是后天努力习得，因为欲望损益而"不断改造主观世界"；还有情势或智力所限，被裹挟着混沌地参与恶行，至死仍以豪爽人自居。果然，人人都是要死的乃是世间最痛快之事。

仇
隙

【宾白】仇恨怨毒，将人与己都付之一炬，以自毁居多，以无必要居多，所以愤怒哀怨的人常被看作缺乏教养。好的复仇能量炙热，累世血仇可以写成单纯而美的故事。只是日常琐碎中，没几件事够格的，真够格的又不能说：

我爸在十二月三十日早上用手机给我打电话，他在电话里哭了，让我回去看看他，我问他怎么了，当时他什么也没说，就说让我回去，说回去再说。我就没再问，就直接打车回到家里。我爸看到我回来了，把我从我爷爷奶奶屋里拽到厨房，哭着对我说："我把你王姨和他儿子杀了。"（抄录自 @ 第二编辑部）

（续）"不行你就去自首去吧"，"不行你就去死吧，不行你就去撞火车去吧"。我父亲说他要出去一趟。我对他说："你要干什么去？"他说："我要去你王姨家一趟。"我说："你带着我吧，我也去看看。"我父亲就同意了。离她家还有二百多米，我父亲说："你别过去了，你在这儿等我自己去看看。"过了五分钟他回来了，这时我就相信他真的把王姨和朝阳杀了。# 笔录 #（抄录自 @ 第二编辑部）

平日里整天笑嘻嘻什么也不干、人人都以为好欺负的老工人找到办公室，说："我没钱给你，你要我回家的话，今天就要躺下一个。你现在可以骗我，明天再让警察来抓我，但我不死在看守所的话，咱俩还是要躺下一个。"赶紧把他的名字从名单上划下去了，客气地说："你是老师傅了，这事儿和谁也别说。"

我小时候街上的斗殴多，突兀惊心的一次：无轨电车上常有蹬鞋踩袜子的事，一语不合，大汉大声骂了旁边瘦弱男人几句，又随手在他面颊和额头之间扇了两巴掌。男人扶了扶歪斜的眼镜缩到另一节车厢去了，进站时，拎着不知哪儿来的活扳子挤回来，给了大汉后脑沉闷疯癫的一击，踩过大汉瘫软的躯体下车，快步消失在街头。

他打了那个公然在课堂上和他犟嘴的学生，又被学生家长找来的几个男人逼着在操场上当众下跪，烈日当头，校长躲在办公室里，他们把螺丝越拧越紧，看谁先把谁逼到疯狂。

雇主们的丑事是保姆间的主要谈资，再就是交流对付他们的办法。雇主间也同理："她们互相学坏，什么家里有事儿，那就是要涨工钱的意思，该辞就辞，别惯她的毛病。要是定下来辞退，先到中介公司面试好下一个，别叫她看出什么来。然后直接摊牌：限她一个小时内收拾东西走人。有什么不近人情的？住在一起也不是一家人。我们公司连辞退经理都这么辞。"

地下停车场出口。前面的女人探出头来，和穿着保安服的收费员对骂起来。事实原委不清楚，声音越来越高亢。直到那个女人尖利地说："你这样的人，就得活该一辈子干这种下贱的活。"那个中年收费员像是被拔了塞子，突然闭上嘴矮了下去。女人得意地拍了一下喇叭，扬尘而去。

在全国范围内搜罗猫肉吃，非大广东之物力之嗜好之精神，不能成焉。心急的救猫志愿者怕放走运猫的货车，设了路障，报了假警，未待停稳便攀爬到车顶去，有拍照取证的，有如丧考妣般哭的，有如面对电影机一般做作砸锁的，有忙不迭喂猫粮喂水的。群体矫情如今改译为刻奇，总之是因共情而理直气壮。高速交通遂陷入瘫痪。有一次车主为解围，用刀扎穿了自己的大腿。

"一下他妈来几千万人，也不上学，也不上班，也不打工，天天在街上晃，起个名儿叫旅游，你他妈去杭州苏州，还能看个景儿，北京啥也没有你看个鸡啵？你老家没有人吗？没有车吗？你他妈不好好在老家种地你跑这儿来！滚！逛王府井去！谁他妈也别挨着我！"＃从四惠站一直骂到五棵松还没完的老头＃（抄录自＠第二编辑部）

我们亲眼目睹他从一个和善的老邻居一点点儿变成了"酒魔子"，眼神从奇怪的欢愉到癫狂浑浊，喝光家产以后，就用殴打妻儿来下酒。在夏天，我们难过地看着他穿着结满油垢的棉裤，拎着灌了散装白酒的矿泉水瓶子在附近马路上晃荡。他成了住在过去的躯壳里的陌生人。他死的那天是他们家久违的假日。

　　腊月二十九下午，那个老太太，八十多了，家属说她是自己在家的时候爬到五楼阳台上跳下来的，人像只猫一样轻，穿得挺干净，浑身上下只有嘴角见了点儿血。老太太的儿媳妇很会说，说"我妈这是心疼我们，觉得自己是累赘"，然后"妈啊妈啊"地哭了几声。不过，你说，她为啥偏挑大年根底下呢?

　　目击者往楼顶那里指，就从那里，老太太因为和儿媳妇打架，抱着十一个月大的孙子跳下来的，儿媳妇扑到老太太的尸体上，又掐又咬的，这是结了多大的仇。

　　风俗以老人的咽气时间来占卜后代的财运，谓之"留饭"，早饭前离世大吉，午饭平常，晚饭后预示子孙自此困顿。有位老妇几乎是擦着次日的凌晨前断气的，算是二十年来对儿子儿媳唯一的一次反抗，当然，也没有逃脱随即儿媳的破口大骂。

　　纳凉自然在阴凉处，只有个独居的老太太坐在炎热的台阶上，有八十了，自己做饭给自己吃，自己领自己出来。穿得还齐整，只是总那么一套，也不十分显脏。但身上气味儿大，没人给她洗澡，她只能做到洗净脸，所以离人群远远的，邻居也不轻易走近，怕她尴尬。有两个儿女，不大露面，像秃鹫似的远远守着那套房子。有什么恩怨就不知道了。

老头儿当然知道"保姆"图的是什么，儿女正好借故不再登门，旁人何必多嘴呢。每个月的工资折交出去，换这个白天去串门打麻将、晚上和自己并肩躺着的胖娘们，他乐意，旁人何必多嘴呢。台湾管这类女人叫"收尸队"，快死的人碍着谁了么？他想，旁人何必多嘴呢。

楼上的瞎老头和前后几房老婆名下共有八名子女，哪个是他亲生的是道奥数题，总之只有大儿媳妇替他雇保姆，其余的一律不上门。我数着，他平均一年换七个保姆，都说难干：每天要给他念报纸，连他带轮椅推下楼时，他手里拿着大小两个收音机，一耳朵听一个，出于特殊的妒忌不许保姆和任何路人说话。

那老头独自颤巍巍地住在套大房子里，长得挺有风度，这点风度让他年轻的时候颇"不省心"，截长补短地闹风流事，他老婆倒不当事儿，邻居认为因为她是个日本人——就是日本遗孤，看着和中国人没区别。又没儿女。老了老了，女人和日本方面续上了联系，扔下老头自己回了日本。邻居觉得过了一辈子竟能如此生分，也是因为是个日本人。

农村的远亲打电话来，问有人要领养孩子么，男孩儿，快四岁了，不为钱，好人家就行。爹妈刚离婚了，孩子的妈不要孩子，和人走了，孩子的爹怕带着孩子不方便再婚，都刚刚二十出头。听说后来把小男孩送到了邻村，条件是三万块钱兼不许探看。

送走前，孩子哭了四天，终日躲在桌子下，说一定听话，求不要卖掉自己。

还有一家卖了四万，一儿一女里，挑的儿子卖。孩子的爷爷来求留下男孩，爹冷着脸说："儿子卖得多，剩个姑娘，小时候能干活，长到十八嫁出去，还挣一笔。养儿子，你给我买房娶媳妇钱？你留了什么给我，配要孙子传宗接代？"

银行历来是好单位，改制以前更是。说这话是二十年前的事儿了，副行长娶了个美丽婉转的儿媳，安排在信贷科，见过的人都说"啧啧啧"。下礼拜一没来上班，礼拜二也没来，同办公室一个男的也没来，听说各自家里收到封信，寄来了离婚协议，两个人事先在北京连工作都联系好了。捂着嘴窃笑了些日子，副行长娶新儿媳的请柬也就到了。

当初，出身有点儿问题的女大学生常常选择嫁给工人，最好再是转业兵。我妈的许多同学都是如此。她们毕生都在后悔自己的一时软弱，像个被抢来的女人一样嫌弃自己的丈夫们粗俗无知、不解风情，致力于在各自的家里几十年如一日地制造别扭空气，就仿佛对方的半生没相应被她们耽误一样。

作为位小学老师，作为中年女人，她似乎修饰得过分了一些，衣服换得很频，首饰也多，虽然不算粗俗。"你不知道她怎么回事。"别人讲，她嫁的那个男人，打下岗之后脾气就变了，只有欺负老婆孩子的本事，明明白白地告诉她：想跑、想离婚，就先杀孩子，再杀她，再自杀。她活着，只剩下多穿几件衣服，多照一照镜子。

"我死了以后洒到江里吧。要不，就得和你爸埋在一起了。憋屈了大半辈子，不想再见他。"

不愁女友又不肯结婚的男人，都有些说不清的魅力，也很懂浪漫，胡乱浪漫几年，女友往往吃不住劲，下最后通牒。男人沉默，女人哭一场，就去找个人结婚了——这种男人的女友，想嫁出去也不难。那男人起初无所谓，甚至有点儿得意，一夜酒醉，闯进曾轻车熟路的女友家，把很大的鱼缸砸碎了。连他自己都觉得这真没什么道理。

同事笑着说："我家孩子威胁我说，'你们敢生小弟弟小妹妹我就自杀'。"她犹豫片刻，正色说："可能不是开玩笑，现在的孩子习惯独生了，觉得家家就一个才正常。我表姐的儿子十二，去年真的因为父母要二胎上吊了，我们原来也当他说死是赌气说着玩，孩子不懂死，不怕死。"第二天同事说："我们和孩子认真谈了一次，仨人哭了半宿……还是做掉吧。"

这是作为男女朋友的最后一通微信，斟酌再三，打算以"那就祝你将来幸福吧。还有，把我删了吧，我怕我有一天会忍不住想再找你"这句话结束，或许那头的人会被感动，至少没什么坏处。起码发出去时被自己感动了一下。手机上显示一个红色惊叹号回来："对方开启了朋友验证，你还不是他（她）的朋友，请先发送朋友验证请求，对方验证通过后，才能聊天。"

咖啡馆里，旁边桌一对父子，爸爸抱着儿子念故事，声音很耐心。像是坐了很久。天色暗了。爸爸说："走吧，给你妈妈打电话。"儿子重复："给我妈妈打电话对吗？让她来接我对吗？"爸爸说："对，给你妈妈打电话，让她来接你。"儿子又重复："给你老婆打电话对吗？让她来接我对吗？"爸爸不应。（抄录自 @乌白）

把结婚和离婚登记都放在大厅相邻的两个窗口，不是糊涂就是天才的恶作剧。离婚登记这一头排队的男女或者面呈羞愧的厌烦，或者出离厌烦到彻底麻木，直到一个男人冲窗口里喋喋不休的女人大声怒吼："都给她！我刚说了，都给她！"

离婚的时候，他们都觉得忍无可忍，必须尽快结束这一切，像急切地切掉一个瘤子。现在她为什么还总是找他，他为什么还总要去？像从前一样，他们继续讨论那些事情，以争吵和空洞的威胁结束。他们是彼此最坏的习惯。

办完离婚手续，她上街去买新衣服穿。买了许多。对着穿衣镜一件一件地试，夏天很短，又过了一半，穿完这几件，就过完了。连带自己，一辈子，她想，爱几个人，就过完了。

夫妇俩都三十几岁，除了孩子应有尽有。男人和个五十岁的女人出轨了，女人是退役空姐，很有风韵。男人夹叙夹议，很是悲苦，妻子白了他一眼："离呗，抓紧离，离完我回家过年。"放这猴急的羁鸟归去了。不到半年，老空姐腻了，男人更悲苦地要回来，前妻说："我细想想，当初你也没什么好，就是对我的猫不错，可光凭这个，也不值得复婚啊你说呢。"

【前腔】"日子快到头了／果子也熟透了／我们最后一次收割对方／从此仇深似海"（周云蓬《不会说话的爱情》）。这歌是观察和总结，还是体会了一遍悲喜之后的残余，不知道。我见过数不清的人被这首歌打动，认为是唱给自己的。爱欲能引起最广泛的合唱，带来最接近快感的疼痛，留下最大的空洞和希望。

【前腔】形容世事艰难惟精惟一，东北有句很野的歇后语："头拱地操瘸子，一步一个坎。"一直为如何文明地描述这艰难场面而苦恼，直到某明星夫妇闹绯闻，才学会"且行且珍惜"。因爱成仇，愤世者说狗屁爱情，原本就是性欲和盲从。也罢，既然不可追，纵然真没机会遇到，总还有机会学习适度，学会未必真心然而好言好语地道别。

因为是我家老邻居，我说得清。十五年前，房子新落成前，他还是个秋后的处长，停前妻，迁新居，娶新妻，新房装得像个酒吧，天天跳舞。十三年前开始打仗，十二年前打得隔了一层楼也能听到。十一年前离的婚，两套房子被分走一套。七年前卖的这套，直到签完协议时才知道竟然也被后任前妻买走了。新近刚死。墓志铭大概只好刻一个"作"字而已。

寻常烦恼。她就是咽不下："……我俩下火车的那天，连吃晚饭的钱都没有，没白没黑的多少年才开了那两家小店，那个小骚货能和你遭这个罪么？"有个头发花白的老司机说："妹子你要再想不开就和出租司机说，说完下车谁也见不着谁，和你爷们硬顶就把他推过去了。"她说："我已经这么做了。"

他自己辩解说，是因为结婚太早，有些事儿没经历，还因为她媳妇捉奸捉得太二百五，直接把他俩半裸着送进了派出所。所以，那个女人是愤愤然、不情不愿地和他离开北方小城私奔去广州的，三个月后，把他一个人扔在那儿了。他如今重新被媳妇捡回家里，靠她阴晴不定的情绪活着。

最幸福的只有出逃那晚。两人早已是生活的成熟过客，都明白需要逐一解决和重新建立许多事情，在此期间，多次生出后悔，在彼此身体上获得的快乐将越来越少。比起豢养情人或长期私通的人，私奔者是坦荡的，坦荡许多。也就残酷许多。有个私奔者的儿子讲：我少年时把他恨成一个陌生人，现在，我逐渐知道他那时候有多需要出走。

她破解了丈夫的 QQ 密码，买了最近的航班去那个他号称出差的城市，如释重负地捉了奸，锁定财产，请律师，起诉，冷静地出庭，环环相扣，怒气一直支持到她坚决地完成了离婚的最后一个环节，让她来不及清点丧失的一切。

她经常在小区的楼下，等他们手挽手回来，拖住他，放那个女人过去，小声央求说："能和我回家么？"几年后，他退休了，真的回来了，她觉得为了孩子，一切都是值得的。

每隔一个星期，她就到他的单位去一次，衣着邋遢，蓬头垢面，花样百出地大声辱骂他和那个骚娘们。她习惯了耻辱，不指望自己能够获得新的开始，只有把婚姻变成一场漫长的相互糟蹋。

男人公然带着新的女人出入社交场合，一并剥夺了妻子装不知道的资格。

"爸爸靠近五十岁的人了，丝毫不顾及我和妈妈的感受，家成了他的旅店和饭馆。我跟妈妈多问几句就要被他骂。妈妈希望我早点嫁人，可是她怎么办呢，让她跟我一起过又不肯，让她离婚吧又不现实。爸爸整天跟一个女的发短信电话啥的，那女的跟好几个男人有染，爸爸很生气，但居然还要跟她联系……"

打记事起，爸妈就睡两个房间，各自有外面的生活，痛苦地、漠然地或带醉含恨地对她说："要不是你，要不是为了等你长大……"半夜，她又见到妈坐在沙发里，手机冲着下巴，向里面说着绵绵情话。夺过来摔到地上："求求你们快离婚吧，别总让我活得像有罪一样。"

【前腔】逐渐说的全是家务事，也罢。这世界多好玩，婚恋中的闹剧，旁人看是喜剧，不必强调曲直。小孩子游戏追逐，拍到肩膀，角色就换过来，"该你了"，无关强弱。或者说，只要一方开始嫉妒就进入弱势。欺骗算尊重还是坦白算尊重呢？听人说：哪天被老婆抓到就认了。他自知没什么好辩白，又不打算放弃"没抓到"的刺激。婚姻该不该取消也不必讨论，活着不可缺少这种扭曲。

行业

【宾白】生活一点点儿地改变容貌。所谓夫妻相是表情的彼此影响，不只夫妻，赵忠祥和倪萍搭档久了，长得都有点儿像呢。职业更能改变人，"只有工作能日复一日地持续地做"，直到"成为那些顺生活之流而下的死尸中的一员"。日本鼓吹"职人"，以社会角色为生活价值。我也觉得大可推介，以便我坐享他人做职人的成果。虽然等来了号召，可惜咱们人民个个聪明，和我一样，全都只附议而不上当：

闹市十字路口的交警把驾驶证掐在手里，信步踱着，仿佛牵了根线，司机随着这根线亦步亦趋，越收越紧，低声在警察耳边说着什么，警察面无表情，继续变换着步伐，像钓鱼一样，让那人每走几步就矮下去一块。

最早起来、出现在凌晨马路上的是穿黄马甲的环卫工人，最早被穿城而过、昏昏欲睡的巨型货车杀死的是穿黄马甲的环卫工人，那些大车甚至不减速，像一阵风，刮起他们刺眼的枯叶一样的身体。然后，人们开始醒来，自怜生活的不容易，在上班途中看到没来得及处理的事故现场。

十字路口的报摊摊主是小儿麻痹，报纸几乎全是靠挎着报兜子艰难地走到车窗边上卖掉的，有些司机一次买四五份，他自然也知道他们不需要那么多。

公交车开得野蛮无章，因为司机按圈算工钱。所以都不愿意拉老年人，免票，动作慢，摔了还要赔。老太太边往上爬，边侧着脑袋问到不到东站，司机甩了句结得出冰碴的话，老太太犹疑了一下，又倒着下了车，司机翻了个白眼，提起手刹，撺了下去："回来，回来！我都说终点就是了，你害（还）上哪儿去！"

重型牵引卡车在本地统称为"卡玛斯"，手续不全的车主不愿意负担聘请正经司机的费用。开车的都是些摸车没多久、没有驾照的半大孩子。他们在深夜把这架不听使唤、严重超载的庞然大物开上大街，对能否到达目的地、将碾到什么东西一片茫然。

站前的小寄存点儿拥有无可挑剔的声誉，从来没发生过遗失货物的事情，他们也绝不拆开、乱翻寄存物，大件放一天是十块，放一个月是三百块，此外一切听便。好几具装在箱子里的尸体都是存到臭不可闻时，他们才报警。

地铁安检的意义何在，闹不清，如单肩包不过安检而双肩要过，有的站设安检而有的站不设，大意也许是万一出事儿时可以说：日常防控已然到位。造就了一些还算抢手的岗位，都是些年轻的姑娘小伙儿，穿上制服挺英武。安检机器后面的女孩正冲着对面穿背手跨立的男孩大声嚷道："我就是喜欢他就是喜欢他，我喜欢谁你管不着！"

防空工事改的地下商业街里有一个行当，是给服装的摊主们当"托儿"。最著名的一位表演起来一句台词也没有，只是风尘仆仆地在摊前摊开一张包袱皮，拼命地往里放其实已经积压滞销的衣服，浑身都是戏，形体语言能拿到国内大导演默默梦想了很久的国际大奖，具有无法言说的煽动魔力。雇他一次，摊主能多挣一千多块，分他二百。

防空工事改的地下商业街里的另一个行当，是为摊主们运送捆扎起来的货物，黝黑、矮小、驼背，穿着红马甲，应名就叫"地下扛包的"。货物一立米一件，轻的也上百斤，一趟要在万头攒动的人群里上上下下几百米。收入不错，几年前的地震里，其中一位披着红马甲默默地捐了五千元，上了报纸。呃，钱汇给了中国红会。

办公室楼下门口，一个顺丰的快递员遇到了麻烦，正摊开递送单据密密麻麻的账本儿样册子，嘟嘟囔囔咒骂着，不知在骂猪队友同事还是刻薄投诉的顾客。不知道他吃晚饭了没。忽然手机响，他叹口气，换用僵硬客套的声音接听，问候"您好"。这个艰辛的城市里，大多数人过着高压而清苦的生活。（抄录自@倒逆河流）

"美元就是美好的元，美元就是美丽的元。"中行分行门口，无冬历夏，十几个像流氓、像摊贩、像家庭妇女的人拦住过路人："换美元不？欧元英镑加元卢布？"电子汇兑不发达时，每人的腰包里都有厚厚一叠现金外钞，和银行里的柜员极熟悉，每天办十几次柜台业务。换得多时，领你去旁边一栋民房，一百万美元也哗啦哗啦地点给你，面值新旧不限，不像银行里面麻烦。

（续）在那些隐蔽的民房里，他们曾有个兑换外币的集市，属于违法场所，里面还进行国库券、收藏币等其他民间金融交易，现在那楼是保护建筑，拍过电视剧《夜幕下的哈尔滨》。多年前被查抄时，闻讯争抢着把成捆的外币塞进阴沟、丢进厕所。他们终日携带大量现金招摇过市，从不担心被人盯上，没有出过被抢劫的事。

他们这报，日常不大有人看，只在装修时有用，版面大，纸质好，但还有下属产业和刚性发行，日子依然油汪汪的，只是最近须按规定收敛，年年都有的发行会不知让不让开了。去年在某胜地，会后逛庙。他算是酒肉穿肠过马列心头坐，自信有点儿坚定信仰，只当玩儿，不烧香。看到那些午饭前说话还几十年如一日头头是道的旧相识都在磕头，觉得有点儿滑稽，甚至伤感了。

进城以前，他在县里干了半辈子治安。那年赶早下屯子抓人，天蒙蒙亮，持枪翻墙进去，手一挥，不知怎的枪响了，顺着窗户打进去，击碎了面镜子，屋里有个熟睡的婴儿。惊出一身冷汗。从此他最恨有人乱摆弄凶器，看谁在办公室挥着枪说话，必定劈头盖脸地怒骂一顿。

（续）他当年主持县里收枪，他们那儿是抗联和胡子的渊薮，花样很多，连盒子炮、长筒左轮都有。其中有两杆外国名牌来复枪，极能打远。科里有个平素不上班的老头天天来围着库转。那老头好打猎玩儿，他猜，到了集中销毁的时候，那两条枪会被偷换了，他也懒得问。这一大堆废铜烂铁，谁能记得住呢？那么两条好枪炼了也可惜，起码那老头能度过好几个快乐的秋天。

很多年以后，他在街边等车，停下一辆黑捷达，里面的人说："记得我么，去哪儿啊，我送你？"他认出那是当初他亲手送进去的，逞血勇，不能"栽面儿"，拉开车门就坐了进去。寒暄之后，一路上无话，彼此悄悄打量。迈出车门时，手心里有冷汗。

【前腔】世界并非太极图，不容易找到黑白间的那道边际。结束掉"所有人反对所有人的战争"后，结成社会，建立契约法律，罪罚适当，得而食诸，写出来时，法治和法制这俩词我常用错。我上学时，课本里还直接管它叫阶级统治的暴力工具，相当摇滚。现在仍无法从理论上加以修饰，或许也不必，为恶无近刑而已。

女领导家在外地，就住办公室里间。叹息破办公楼盖这么老大，下班以后，全楼黑洞洞，关起门来十分地怕，只能扭大电视音量。部里派个刚毕业的男大学生帮着搞卫生，嫌不干净，又怕男孩儿不好意思，早起自己里外来回地擦。听到有人敲门，立刻就放下抹布，调整出冷淡语音，恢复强人面孔。

老司机说，从部队转业到办公厅，伺候过几天大院里的大干部。那时候和现在不同，下乡前，嘱咐食堂准备一兜子面包香肠，带一个秘书跨上212吉普，在全是沟的山道上抖几百公里，抖累了，蹲在路边啃红肠，解开裤子哗哗地尿，上车接着去抖。进县城已入夜了，直接到县招待所先住下来。当时都这样，大官的日子也是死的，不算做给谁看。

"秘书学"很具体繁琐，他那个活儿是单纯地搞接待，左不过就是迎来送往，安排吃住，人走茶凉，上升不到贴身。接待一伙大学校长，至景区合影，他堆笑招呼"各位领导照张相吧"，老头子们合影之后接着走，他在后面冷笑这些人不懂行、不算官：大领导是要招呼工作人员也来合影的，这是修养，这是水平……冷笑过后望他们的背影，又觉得不那么好笑了。

在阴冷寡淡的大机关里混半辈子，盼望级别到了就派下去，去地市或县，进班子乃至做主官儿，将级别化作实权实利。如果仅仅挂职，地方则只有客情，或压根就是轻慢。五点下班，夹包就走，没人鬼鬼祟祟地挽留。进宿舍虚掩门，也没人鬼鬼祟祟地蹴。寂寞，失落，打开啤酒罐和电视，胡乱睡下，想起唐诗里有个词儿叫宦游人。

机关里写材料的自嘲曰"喝白水尿黄尿省老婆费灯泡",他尿了三四十年黄尿,级别不低,和管一条线的局长齐平,但有自知,"他们叫官,我呢?是僚,垫了一辈子桌角的僚"。临退休提了个怪要求,请示能否在一次全市会议上讲话,因为净写了,没讲过。是日讲得繁花着锦,举座皆惊,领导说"欸给我写讲话咋没这功夫呢",他干咧了咧嘴。

部里的年轻人,推荐来、选调来、考录来,是体制内精英,男女皆很深沉,对基层又有谨慎威严,这叫作风,大有深意。业余爱好都得体,打乒乓球,真有打得不错的。好在他这部委还能险胜,擦擦汗,年轻人得体地恭维,继以"老啦老啦"。去政协打球被杀得干干净净。"怪啦!""怪个屁,"旧同事笑他,"这头谁也不求谁,没人让着你。"是啊,多简单的事儿,他竟然真忘了。

在机关喝了四十几年的菊花茶,喝坏了许多把水壶,同其他老娘们打了几百仗,嚼了无数的舌根子之后,她退休了。办公室里这面镜子什么时候买的?忘了,她照了照,觉得应该哭一下,哭不出来。

我听了两个女人的谈话:"他们单位食堂可好呢,一天三顿换花样,好多人都不在家做饭了,早上下通勤车先去食堂吃饭,九点多才到办公室,十一点下楼,先到食堂有抻面蒸饺韭菜盒子,馄饨现包现煮,自己磨豆浆,每天还发酸奶巴氏奶,每个月还分鸡蛋,可好呢。""欸你们单位也还行吧,不行么?""我们单位周五总吃包子，不好吃，太腻。"……似乎这对话已经重复了几十年。

老干部退休以后，觉得自己虽然只是调研员，但老百姓不懂和处长的区别，且隔几个月拿到一本内部参考资料，断不可妄自菲薄，与花园里晒太阳、搓麻将的野老头儿混为一谈。想返聘，单位不要，想出去调研考察，没人组织和报销，自己花钱，舍不得。只好选择在家干待着保持神秘感，一个月下不了几次楼，人傻得很快。

同学时成绩差不多，毕业一个去了省里机关，一个回到县里。三十年后，级别天差地别，位置高的常上电视，回乡过年，找他去闲谈，是放松，也是很有用处的关照。交换了许多体悟："和你的领导啊，要外远内近，官场的近，在内不在外，你能明白我的意思吧？"

瑟缩着开业，只请个自带音箱话筒的人在门前吆喝一整天。他这只还是自制的，早就有可以插优盘的了。星期天一早，吱啦吱啦的破喇叭吵醒了邻居的回笼觉："就是这么优惠，就是这么爱心，全市最便宜的红肠，才十三块五一斤，啊！"有几个人从店里空手出来，老板娘怒视着这个一身倒霉相的人，他开始不自在地唱。行人反倒走得更快了，叹息自己这条嗓子算是彻底完了。

庙是要讲经营绩效的，方丈就是经理，过去是坦然的常识，后来模糊了。此庙在几个贫困乡镇中间，香火黯淡，也没有看头，直到把几个黄胖的和尚都陆续饿走了。听说来了一个学管理的女博士，"承包"了庙，有了新的灵验传说和神道。三年后，许多老板从省城赶来烧香和还愿，批了块地，翻盖大殿和宾馆。使人欢喜赞叹，旧技艺总算恢复过来了。

他在停车场拦住你，先给你看很像的度牒（其实你怎么会见过真的），然后指指自己身上的海青和布鞋，用各种各样的方言介绍你的命运。从他们口中，你会知道你的天资聪颖，生性慈悲，具有慧根，乐善好施，即将成就一番大事业。你唯一欠缺的条件就是，在过去半生里，没有一个挂着念珠手持度牒的人在停车场拦住你，向你开示这一切。

乞讨者的磕头往往简化为趴着点头，仿佛刚在舞厅里吃了药。闹市大街上的那条趴着点头的汉子，耳聪目明，从头看到脚，四肢粗壮，比我结实，有异于常人的似乎只是脚太脏了一些。一边点头一边熟练地用手捋着一摞绿色的一块钱票子，凑成一定的高度，用一根橡皮筋仔细扎紧，嘴里默念着加减乘除。

街口有个吹笛子的左腿截肢的人，虽然翻来覆去只是一首八三版《射雕英雄传》的主题曲，但吹得准确悠扬，还在音箱里加了浓重的混响。不合天理的是，他的收入比终日趴着甩头的壮汉少。

他俩靠着从南方以极低的价格批发皮包，堆在车里以稍微低的价格零售，逐渐在城里站稳了脚跟。某国际冬季运动会之前，她欢喜地对理发店老板说，进城这几年，总算可以回老家去看看了，从现在起的半年内，不许他们出摊了。

整个小岛成了个景区，经过清理，每个街角剩下一个"景区音乐人"。卖尤克里里、卖自己唱的专辑，咿咿呀呀，八十年代的风格，"在车里听，很好听的"，操着东南部的普通话这样介绍。为什么要在车里听呢？摊子上摆着自己在越南参军的照片，和崔永元的合影，意思很含混。夕阳在小岛上落下时，音乐人数了数还是剩下很多的 CD，回家了。

景区步行街里有大约二十多位画像的画师，统一管理，穿着号坎。各自摆着自己的得意样品，刘德华、赵薇，更多的是自画像，带颜色五十，不带颜色三十。无一例外地蓄着浓密的胡须，谁也不理谁，用艺术家的姿势抱着肩膀斜坐在折叠钓鱼椅子里，像一袋袋懒散的粮食。

各地景点，最相像的是里面上班的人，他们表情凝滞地或站或依靠在一长趟玻璃柜台后面，里头是小件文物（仿品）、石碑拓片、十几年前的烟盒、明信片，都蒙上了一层薄薄的灰尘，连灯都不开，并不真打算把它们卖出去，它们只不过是售货员待在这个古庭院里的理由。他们都有一个大号的饭盒，一个干净的玻璃罐头瓶子做的茶杯和一只舒服的椅垫。

大酒店求三气：名气靠大会，人气靠旅行团，财气靠商务客人。此酒店尤有官威，独揽重要任务，隆重时入门设有武警和安监，一大堂的便衣或制服警察。经理平时挺威风的，这时则殷勤得怕人。厕所里面有穿西装、戴白手套的老者。愧对王敦，始终局促。拉开门，"您好"，洗完手递上温热手巾，"您请用"。"大爷，可别这样，我是混进来的。"他咧了咧嘴权当是笑，他那样的年岁了。

我看过服务员彩排为会议倒水。十几位高挑、穿旗袍、脸上挂着微笑的姑娘，有一位领头的照顾队伍，后面的亦步亦趋，贴身抱着个暖水壶，眼睛盯着每只茶杯，余光扫着脚下的电线。保持基本一致，倒没用绳子量，地方活动，还没到那个级别。这些姑娘平常待在会议室边的小屋叽叽喳喳、玩手机，该倒水了便换上咬筷子练出来的端庄微笑。

写字楼的保安有点儿猥琐，有女访客时，话很多，又盯着背影用力地看。早上进门，闻到很大的丙烯味儿，见他正在前厅一个角落，反戴着大檐帽、绾着袖子刷墙一样地画画，风景，画得不甚好，也不太坏，尺寸惊人，是为了遮住一扇三七防火门。想起来他昨天下午原来是在钉画架子和画框。神情比日常庄重了许多。

百货店恶俗规则中，有一条是在门前设置了个穿西服的高大小伙，隔十几秒朝门外鞠躬唱喏。也发挥其他功能，比如拦下一个背着行李的民工，问："你是干嘛的，找谁？"民工被半推出不锈钢旋转门时，脸色还挂着讪笑。百货店的暴利靠制造体验，我虽然也是抄近路的闲人，但勉强符合衣着要求，幸而未被逐出。另一件可笑可叹的，是这高大门僮的工钱，其实远比他瞧不上的民工低。

他发现百货商店熄灯后像女人卸掉了晚妆，说不出的疲乏诡异，标价高昂的商品也变得和破烂儿一样。在里面走，就像个看坟的，布置完次日的装点，还剩个怪毛病，要和附近的塑料模特逐一握手，认真地说晚安、明天再见。一次抓起来的是只软手，两人都惊得大叫，原来是名加班盘点的女员工。以后就改了。

天天到画院来起腻的都不是正经画家，为了办个展，真是什么丢人事都干得出来。有点儿名气以后，得保养这个名，待在北京上海，成老爷子了，主要功力在赴贵人的酒局子，给贵二代或姨太太做精神导师，当地画院要上赶着去求去伺候。领个买主以为是送人情，结果背着手装牛逼，说"这幅不能给你，这是献给中央首长的，给你那幅吧"。砍完价，要三十五万。心想"你哪值啊，你想献首长得理你啊"。

天津几个相声园子里巡回的相声队，台上台下的年轻人多了起来，看大褂的颜色就知道了，有了水蓝和浅粉色的大褂，好几位三十上下年纪、艺业很可观，长衫下面，是牛仔裤和运动鞋，多数排在第二或第三场，实则最叫座，鞠躬下台，甩着大步径直出门去了。暗地里也都想做相声枭雄，业务上虽差得不远，可希望并不大，观念时新时旧，受困于创作有限。只暗恨这台子小，觉得天低。

（续）"攒底"的还是老先生居多，七十多了，以师承行辈，以各有能耐，多能展现老观众才留心的细节。脸上挂的一层汗珠，砸在哪里，也是老观众才知道。有没有笑声少而好的相声？他们演的就是。这种生活，把神采多留在台上。散场后一齐走进夜里，擦肩经过时，熟悉的，互道一声辛苦。

人为什么要到酒吧夜场里来，而不是直接在家里、在街头解决这些需要？在很小的"乐池"里摆弄乐器时，我一直在想这些。曲调简单，何况错了也没关系，店主人只要求一个与啤酒和二手烟气味交融的背景，很久才会有个人走到跟前来听我们在弹唱什么。不必和他们交谈，这里没有细腻的感触，谁也记不住谁。只要不是殴斗和火苗逼到了眼前，就这么作为背景一直响下去。

凌晨，拥有一座完整大厦的洗浴中心熄灭了，上百个疲倦的姑娘逐一钻进等在门外的出租车里。本分的司机听了地名默不作声地开车，猥琐的司机故意说些孟浪撩拨的话，随即被姑娘嫌恶的眼神制止了。她们现在尤其憎恨男人。

夜场租了临近一楼的民房，候场和换衣服用。单元楼里的居民，和这些光艳袭人的姑娘一起出入，孩子们奇怪地看她们在大冬天里光着大腿肩膀后背和大半个胸脯，踩在高跟鞋上瑟瑟地来回跑。她们觉得在这里陪酒、跳舞，比其他活儿好，玩儿着就把钱挣了。那夜场关闭时，来了几条土棍拎走了工作用的衣服。姑娘们眨着睡眼，有的昨晚的妆还没卸，拍打着车窗，追讨自己的身份证。

健身房里的人都叫那个一假期没见的女孩吓住了：原本好看的脸上硬削出个拙劣的下巴，活泼表情都死滞着，眼睛鼻子还没消肿，再看侧面，无不倒吸口凉气，像只鹅。教练拦住她说："这个动作你以后可别做了。"开直播以后赚不赚钱、能赚多久，是两说着的事儿。在屏幕上被一群人贪婪地看，确实能领略些当明星的滋味。

多年前，他出走去深圳。小城里的人事干部懵了，打电话，不回，去家里找不到。羞愤难当，直接登报，要他回来报到，否则"后果自负"，这四个字后面的悬念，过去是很吓人的，代表从批评教育到严惩的自由裁量空间，幻想着他能回来央求自己，享受到该有的快感。后来，他回忆：过去的生活不过是画地为牢，迈出去，它们什么都不是。

报社里，头路人物是能卖出报的。年会上，销售第一的奖二十万，采编最佳的奖三万，气得老知识分子拿着奖杯冲话筒说：

"同志们啊，我就是个大傻逼啊。"快餐厅的早餐套餐都免费送本地小报，订单是拿威胁连续报道食品质量换来的。此举不是创造，多年一贯，流氓办报是民国传统，如果钱多，算是劫道，如果钱少，算打发要饭的。做这事的人说："那我们也不能饿死啊。"然而，怎么就不能呢？

本地某报社想出让人在马路中间卖报的主意。绿灯时和乞丐、卖矿泉水的一起蹲在隔离带两侧，一旦车流放缓，就凑上前去，吆喝着新闻标题，一个车窗一个车窗地走过去。乱窜和变道的车多，有的正被他们挡住，一脚急刹，司机探出头来骂，他们就表情麻木地绕开，小心地不向车内张望。

一度和南周齐名的报纸被卖掉了，接盘的是国内某最知名情感类杂志集团。浪漫骄傲的记者主笔们被用螺丝刀子拧进了流水线，被收缩进折纸似的格子间，上班按时刷指纹，人人面向一个摄像头监控，考勤严苛，"还采访什么富士康，我们就是"。头个节是中秋，公司福利为每四个人一块月饼，拿线勒开，正如工位图。

＃富士康＃的员工健身房流程和生产线上的一样："作业内容"改为领器材、锻炼身体、还器材。这叫"目视管理"，就是一目了然，不用解释。在那里，生产一条数据线被分解为近百个工站，十二个检查点。每个工站完成的动作不超过三个，工人经过简单培训就可以上线，每天检查四千五百根数据线，按十小时工作制计算，平均八秒一个。

（续）中介搬着小板凳在闹市区招徕工人，富士康的待遇相对不错。想多赚钱就多加班。工厂配备有心理辅导员，还开通了78585爱心热线，平均每六千五百个工人背后有一个话务员。厂区里有体育馆、游泳池、图书馆。当然有网吧，每个员工每月十小时免费上网时间，超出部分要收费，也比外面的网吧便宜。但几乎没有人在这里上班超过三个月。

（再）在流水线上不需要动脑子。动作重复四千五百次之后会变辛苦，某个部位逐渐疼痛。做完一件，就有三两件在等着你，时间越来越慢，永远不会下班。有人在生产线上大哭，说他月底、周末、明天、今晚就要离职。有人通过讲不好笑的黄色笑话来打发枯燥。偶尔有人打架，声音很大，但是没人有时间去看。

（又）"连二十六个字母也不会写，经过一两天的培训就能上岗，每个月可以赚到三千到四千元人民币。富士康不是血汗工厂。它不限制人身自由，不强制加班，可以请假，可以旷工，大部分工人都是自愿来的，即使不是自愿来的，进了富士康之后，可以立即离开。"《第一财经》的报道称。如果真是如此，他们选择在那里自杀，或许因为头脑的空前松弛。

【前腔】富士康的连跳，苦于隐约觉出系统的强大虚无。更多的小工厂大敞四开着险恶毒害，更低的时薪令挣扎着拿到钱的韧性反倒增强。铣床车床专吞食人的手指，老工人唆使无知的徒工上去操作。没学过化学的认不出制皮厂飘荡着的溶剂名字，几乎每样都销蚀脏器皮肉，打短工的人不知道防护。钢厂、煤化工厂、造船厂的车间，都是工笔彩绘的地狱，不时出现凄惨离奇的事故。

高新城里有许多 IT 企业：做外包动画的最末端，给别人删帖刷单、管论坛，发弹窗广告、抢注网址，地偏，心远，都不入流，只能骗骗来视察的地面领导。较正经、雇人多的那家是给金融企业做票据数据上传的，大机房里，千百个二十来岁的孩子盯紧屏幕上几秒钟一换的扫描支票，嘴里默念，手指蹦跳，没有时间喝水交谈。像反乌托邦电影里的场景。

他是从游戏竞技挣到钱进到 IT 业，开发了海淘平台。和几个同志青年租民房做办公室，坚持不要别人投资。有个程序员兼做饭，我总想去尝一尝，传说比四川驻京办还好吃。"每天睁眼，想自己在干的事，都要吓一跳。"要立即生出支撑到深夜的力气，套上自己印的黑 T 恤跑来跑去，去年会、见合作人，系统瘫痪如火灾，有时连救火车都烧没了。早已无暇想成败，如一只车轮庄严疾驰。

上次见他，正带着十几个人独立出来做那个计划已久的APP，蛋糕上发泡着科技、股权和白日梦，烧着财务自由的焰火。这次见他，面色黯淡了，眼神则更迷狂。老朋友啦，用不着假话：

叫那家臭名昭著的投资人坑了,资金链断了。焰火还没彻底熄灭,年轻的员工愿意都要坚守两个月,正在集资缴社保房租,合伙人的孩子急等着一大笔治疗费。"你知道,没路了。我怎么把自己逼到这步了呢。"

几位这总那总,都开普通轿车,时常在其中一个租的办公室里聚会,内容只是喝茶发牢骚,终日在员工面前摆威严自信面孔,需要歇歇。共同的话题是难,太他娘的难了。都是做正经生意的,都自信于只要拿到这枚卡了数年的许可或那笔迟迟不放的贷款就成了,可最长的已经等了五年。茶水也像酒,能使人满脸涨红:"咱们都是为社会做贡献的吧?他们凭什么这么对我们……"

(续)天问之一,是"这些年赚的钱都哪儿去了?"。岁数和生意都最大的,在港口上做化工,时常要因政策挪地方,厂子越建越大,债也越积越多。"那天我儿子问我:'爹你将来能留给我多少产业?'我说:'你就放心吧。你爹要是现在死了,留给你的家产,你三辈子花不完;我欠的外债,你五辈子还不清。'"哄笑中各尽杯中黄绿的茶水,不再有人想说话,就散了。

俩人瞅着像民工,进店各要四盘最贵部位的羊肉。老板娘眼皮子杂,看桌上的烟和手机,又见外面停的是辆方方正正的大吉普,愈发殷勤,偷听谈话:这是在内蒙古那头包工程修路的,这轮投标没中。"哥这回你送了那头多少啊?""一百来万吧。"

老板娘借着倒酒来探问："那还能要回来不啊？""谢谢大姐啊。哪有还往回要的啊？明年再送再说呗。"

#乱神# 有一些人是职业人质，精神和肉体时常处于被外星人、鬼魂、精灵、狐狸黄皮子绑架的状态，出现意识混乱或者记忆中断，资深人质可以说外星和鬼魂的语言，能够画迷人的图画，被绑架之后会主动给熟识的边缘科学家打电话。边缘科学家也有正经工作，但是痴迷于各类神秘的边缘科学现象，"科学现象"这个词从他们嘴里说出来有种特殊力量。

（续）所有的边缘科学家认识所有的职业人质，和其中的一些成为要好的朋友。虽然经常被嘲笑、被禁止、被媒体辟谣，但是边缘科学家坚信自己掌握着通往真谛或者各类天堂的钥匙。只是科学家们弄不清楚，自己的朋友究竟是被附体的人质还是那些背后的神秘劫持者。

（再）边缘科学家说：城市里鬼少，环境差，空气质量不好，城市人心硬，连人都看不到，怎么能看到鬼呢？在城市做鬼很不容易。在乡下，鬼作出一点儿表示，人们就懂得，就知道去路口呼唤几声和烧纸。

【前腔】遍地江湖是恢复性的景象，只是技艺较百十年前的先辈大为不如，拿人的不过是"过阴"的俗套；幸亏受骗者也大幅退化了，天子脚下，有钱的"火码子"极多，抓紧骗都骗不过来。见到个戴眼镜的男人能霎时把声音神态装成老婆子，就以大师相称，言听计从地在家里建坛、掏数十万出来禳前世的灾。入行早的，结交下贵不可言的人物，也就更加灵验，这也是恢复性的景象。

专家老太太是独身，丈夫也是教授，当年趁她留学的时候跟研究生私奔了，除了家到手术室这条路、每年去国外女儿家住几天，别的地方都不熟，挣了许多钱，没处花。办公室挂着张患者的照片，是她盛年得意之作，那台手术连做了十几个小时。家属送钱，要。查房时说"你再加个疗"，病人赌气说没钱了，第二天她送来五千块钱，说"你再加个疗"。

（续）老太太的学生跟了她十年，家属们议论，很多手术其实是这学生在动手，她在一边看。俨然三十年后可以做老太太，在上升期，也是家属着力结纳的对象，又不平地议论"这年头，人啊，都这样"。有一阵，情绪很低落，虽然她就在这医院里，但是她母亲新查出来也是晚期，她知道希望不大。本院的专家教授，也是年年都有几个变成患者的。

各大医院对比，除了ICU，属这里的护士最忙。软底胶鞋传出的都是跑步声，动作快，没废话，不管闲事。据说这行除了做护士长就没前途。科里几个年龄临界的都够资格，真的护士长反倒看不出业务如何出众。有个干练的护师很美，像新疆女孩儿，有小姑娘爱慕地说"姐你真好看"，仿佛淡墨勾出的眉头皱了皱，笑说："好看有什么用？"

去病房找一位闻名的女专家，按理应该去门诊。小护士守门，很疑虑，听说约好了，说"那可以，进去吧"。先敲门，里面扭开锁，专家年纪不大，甚至有点儿姑娘似的单纯，只是一脸倦容，办公室窄小破旧，行军床上挂着两个旧绒毛玩具。看完病，说"没事儿的"，"不用不用，千万不用"，礼貌地推出来，里面又把门锁上。因为这科去年有患者家属杀过人。

出特诊的老大夫怕有七十了，再贵的专家，也贵不出二十块钱去。（说此为民生大计，好吧。）要不是有白大褂，说是个干什么的老太太都像，说是没上过班的家庭妇女也像。说话又轻又快，掏听诊器，手背上竟然还皱着一块。外面推门，一个小女大夫探头问："老师你吃饭去么？"她拍着个最大号的铝饭盒说："我带了，就这儿吃，下午找我去图书馆。"饭盒上盖着本厚书，上面的单词都老长老长的。

著名的"一把刀"是个木讷邋遢的人。千里之内某器官上的权威，关于他的收入有各种传说。他还住狭小的单位宿舍，回家就蜷起来睡觉看电视剧下挂面，不和任何人周旋，和家里人也不说话。听说哪儿有疑难特例双眼放光，倒贴钱也一定要打开看看，目无全牛，心无慈悲，只把手术看做解题。他学生说他是狂人，"我肯定达不到他的水平，我不是疯子"。

另一位眼科专家则完全不同，干练，"外面儿"，认识极多权贵，风度翩翩，身边总有四五个高个清秀披肩发的研究生，难为他怎么招到的。他只做摘除白内障等几类常见手术，自然手熟，如机器，很会经营自己，成名以后担任行政要职，却像个松散的合伙人，要挂他的号，需要先去他介绍的私立医院。在病人中名声不错，待人和善，不算黑，不算很黑。

我堂兄在北京读医，我去过他的宿舍，像个废墟，里面横七竖八地躺着一群半裸的未来名医。他在医院里走，兜里塞了厚厚一沓条子，签字的都是大人物，既然几乎每个病人都带着这种条子来，导师嘱咐说，那就一切按先来后到的规矩即可。导师觉得他可以承衣钵，过了几年，世道行业有变，唤他来说："算了吧，学好英语，练好手术，出国吧。"

他毕业于某三流医学院，分配到家破产边缘的国企附属医院，敢来他们科做脑外手术，也就是换个死法而已。亲眼目睹了科主任当场结果掉刚才还能说话的患者，他觉得干不了这个，他知道这叫心理创伤。去卖药。卖药的也不都挣钱，他就没怎么挣到钱，和卖房的不能比，但也比继续当大夫强。十几年后的毕业聚会上，全班的同学几乎都在卖药了。

老牙医过去是大医院牙科的台柱子，退下来就在家里开了个诊所，给邻居和慕名而来者拔牙镶牙，边拔边建议患者皈依主，看牙的俱大张着嘴，当然不敢发表不同意见。一直做到八十多，动作仍然平稳，价格还停在十五年前，低到让人不好意思。他修补过的牙，城里有见识的牙医都认得出来，边查看边赞叹。

（续）老牙医的女儿克绍箕裘，老爷子过身以后，她接着用那张旧椅子，仿佛觊觎已久，"比新的好使多了"。牙医实际上是门手艺，她的手艺也好，只是要价不再那么低了，别人替她数着，每天净收入以千计。她的消遣是关门以后到楼下的大超市，坐在墙角看货架上的畅销书。偶尔看一会儿电视，兴趣全在明星的烤瓷牙做得好不好上，"没有不整的"。

我见过的最大的针灸医院是个针灸大夫私营的，连地下室四层，在电视上做广告，他一副三甲医院一把刀的派头，白大褂外披着呢子大衣，身边簇拥着一群女学生。只负责下针，有专人起针。多年后再遇到他，完全换了神气，非常和善，守着个小诊所。提起那大医院，"赔了几百万，做了场梦，干不过那帮福建人"。笑嘻嘻地问："你见过我那时候人五人六的样子，挺不是东西的吧？"

（续）现在的小诊所只有个按摩的搭档和个区卫生局塞给他的护士兼祖宗，慕名来的患者仍不少。他的诊费不高而且随便，农民和他商量，往往手一摆："算了，你下回给我带几颗白菜吧。"下完针坐在一边盘算，中午做点儿什么吃呢，抻着脖子看市场，有卖大鹅的，"那谁呀，你别给我带白菜了，土豆吧"，问趴着的一堆患者，"中午都有事儿么？咱炖大鹅吃啊"。

（再）他从针灸上发财是在国外，还在俄罗斯荒唐过一阵，觉得天地在收缩而自己越肿越大。现在想，赔的那次像是有人点拨他，"毕竟没让我拿命换"。如今每天早上四点起床，五点半开业，下午两点关门，自己扫地，早睡早起。爱好是到江边儿和老头老太太一起唱歌，在社区文艺演出上投入地演反串。

本地过去有位骨科名家，儒分为八，孙男娣女都立起个分号，从民房里的黑诊所起家，干成了带透视机的正轨私立医院。市民相信他家的接骨手法，说药也很不错。我手指砸伤时去过一回，女大夫搭手说"末节断了，得上我们家的药，俩半月好"。后来去别的医院拍了个片子："哪儿他妈断了？"

有些按摩院和临近的小澡堂有业务合作，虽然确实仅仅是按摩，但是很多男客户还是点名要女的，最好是年轻的，可以加钱。有个姑娘有白化病，去了几次，都看一眼就被退回来，还常被挖苦几句。哭了几次，就再不应出外的活，越来越不爱说话。同事小伙子脸色难看地说："她的技术很好，手指比我们男的都有劲，干活特别卖力气。当然了，那帮人操蛋，没办法。"

是个揉奶师讲的。到病房看了一眼，说："你这是什么时候隆的啊？"病房里的人都变了颜色，她看见产妇的眼一寸寸地尝试去和丈夫对视，赶紧趁吵起来之前溜了出来，在门外吐了吐舌头，叹息自己一把年纪嘴上没把门的。后来听说那对儿闹离婚了。"你说我这是嘴欠做的坏事吧，没准是好事吧？"

（续）"还有一个，整个胸上纹了个大蝴蝶，左右正好是两只翅膀，过去是干啥的，你明白了吧？她男人心也真大，揉奶的时候，她跟做贼似的，耳朵听着门口，怕让婆家人瞅见。还是盖得慢了，被老婆婆看见了一个角，问我那是什么，我说是胎记。我这时候就有经验了。"

（再）揉奶师接着讲：有个产妇奶水挺足，吃一半扔一半。娘家大舅哥去了一趟，和婆家闹了起来，说他妹妹怎么成奶牛了！娘家有钱，大舅哥拿来两万块钱，说"给你家买奶粉的，别让我妹妹喂了，身材将来都走形了"。"东北是没规矩。有老公公随便进产房的，有当哥的管妹妹体形的，这哥俩是有点儿不对劲是吧？"

（又）所谓哺乳动物，多数不按摩也产母乳，所以这一行乱，没发现有男的。她是学医出身，有钻劲儿，有家传，慢慢遇到的全是疑难，四处去给惹祸的月嫂善后。她是坚定的母乳主义者，一女一子，都吃母乳到两岁半。觉得能喂而不喂是大罪过，比较偏执。有一次抱了个刚几天的孩子挨个病房走："亲妈跑了，马上福利院来接，你家孩儿吃不了借我们几口尝尝呗。活一回咋能不尝尝母乳呢。"

她这么算一个月的收入：在神经内科打扫卫生八百元，看护科里两个老头儿各两千四，卖水卖护理垫两千，卖废品五百，穿一个寿衣三百。她这么算一个月的支出：老头看病吃药三千，给那个前世冤家的姑爷堵窟窿三千，自己吃饭坐车打电话零花一千。她这么算她的未来：哪天病了，吃一顿好的，找个地方躺着等死。

（续）在医院里守着一个接一个快死的人，那股怪味早吃进肚子，渗到指缝、头发根里。头一份活儿是老头，比死人只多一口痰和几根管子。白天哼哼，晚上呼噜。只有个闺女常来。老头临咽气，护士把所有机器关上，啪啪啪啪，一排闪了一个月的红灯灭了。闺女文静地哭了一会儿，抹了抹眼角说："大姐啊，你帮我爸把身子擦干净了，把装老衣服穿上，我再多给你二百。"

都说好阿姨不易得。有心路本领的人，做一段就转行干别的了。这一行看似简单，做家务谁不会？可也是旱的旱死，只有她的活儿接不完。如今只做月嫂，因为钱多一倍。累，一个月没有完整的觉睡，产妇情绪紧张如刚会下蛋的小母鸡，一个月下来，都舍不得放她走。闲聊时说："你以后遇到那懒的、坏的保姆，不要惯她毛病，惯着她就是坑了下一家人，也省得她自己惹更大的祸。"

（续）为什么跳不出这一行？这人的运气如诅咒：年轻做生意发过财，可先遇到恶霸后碰上强拆，丈夫失业，然后重病透析，如今是老妈。随到手的钱随没，只剩下身子骨硬，做这个没本钱，能按月拿回去堵窟窿。不在乎钱的主顾留她长干，不肯，说："我家的情况可没准儿，可能干仨月就得停一个月，我老得跑医院，没事儿还得上访呢。"皱纹又细又密，总是无可奈何地笑着。

戍边后来变成了光荣的号召，但孤独和恐怖还是一样的。在高原上的几年，就是终日站着，颜色只有无边无际的土黄，见不到活物，他方恨自己读书少，找不出什么事情来想着解闷，孤独寂静是哲学境地，然而站岗并非修炼。所以只能反复地看每块石头，看出了岁月痕迹。其后他在人群里经历的疼痛、悲伤、羞辱，都好过那种滋味。

"每个公社都将公路修通，修一条宽一点的洋灰路和柏油路，不种树，可以落飞机。"他们那个军机场，当真穿过村中土地，也真如一条大路。清明一早，揣着摞黄表纸去上坟的老汉，抄了几步近路，被一架正上天的飞机撞得零零碎碎。飞行员冲地面喊话："大概撞死狗了。"他远远就辨出是人。哨兵硬生生地别过脸去，新兵蛋子，第一次见死人。枪膛里那五发报警的子弹早打光了。

在部队时死人看多了，从天上摔下来，和解体的机身一起洒落在数平方公里，在溽暑的南部山涧下已被晒了数日。这牺牲每年几乎都有固定的数字。最要紧的是几个零部件，纵然几千人拉网也必须找到。接到任务，背一口袋包子，几盒烟，一大块塑料布和两把铁锹，带个参谋，开辆破吉普倍道兼程。找这个有种办法最管用：各乡大喇叭广播。

三十年前，他驾驶侦察机做例行飞行时，突然俯冲，贴着江面，像一只燕子一样从两个桥墩子之间钻过。随即，他被以最快的速度提前转业，遣返原籍。这成了他一生唯一的噱头，他从没有回答过：他当时究竟想干什么。

台风警报，几页屏幕上，只有俄罗斯航班敢起降，高人一头的空姐拖着箱子走过停滞的人群，也不知道是羡慕还是替她们后怕。拉升不盘旋，直接颤抖着射进天际，"我是那风中的树叶，且看我如何飞翔"。货机更无顾忌，老毛子飞行员举头看看这阴天，又开了瓶五粮液，咕咚、咕咚、咕咚、咕咚，伸出拇指夸香，摇摇晃晃地趴进机舱："再见啦，我的中国好朋友们！"

飞行员职级和文化高，大多浪漫，觉得自己是牛仔或骑士，技术越好的越容易出事。裤子里伸出个管子连到飞机上，翻转时调节气压用，竟有不戴的，嫌那玩意儿像驴鸡巴，太不帅了。人毕竟是走兽，在天上有很多保不齐：好几个飞行员都说，见过一大群幽灵飞机在云层里漂浮，军用民用、各国各年代的都有，覆盖了短暂的人类飞行史，不觉得惊怖，只是茫然和平静。

给死人整容没什么说的，冻得梆硬，诈什么尸？这辈子见过的最漂亮的人也是个来此的死人。推来时一看傻了，想起睡美人和白雪公主。世上怎么有这样的美人，活着得什么样？化妆时不由得倾尽全力，这辈子唯一一次做出艺术来了，那张脸，所有观者都迷醉。忍不住想告完别后再偷偷看一眼，但没机会，直接送去火化了。就是这样，没有什么办法。

墓地附近游荡着周边村屯的农妇。戴着口罩和套袖，穿着军训或做苦力的迷彩服，胳膊下夹着根烧掉一截的木棍。无论需不需要，都要凑上来，不大容易驱赶。一边跟着挑纸一边念一些叫人难为情的求福咒语，还要提防她们没有把自己随身携带的一小把香扔进去，她们要的价会很高。

大学里的学生风纪纠察员算兼职，或可优先入党。挎着手电筒、揣着自来水笔和打印成册的表格在校园里巡视。那个男孩儿和那个女孩儿钻进树丛了。他们彼此打着手势，躲在道旁的树后细心观察，想象着自己是在丛林里狩猎。差不多了，同时把手电打开，每个人都板着脸，上上下下地看女孩的脸和胸脯，哑着嗓子质问学院班级姓名。

北京这么大，怎么能少得了骗子呢。按照干部模样穿皮鞋白衬衫西裤，架上眼镜，都自称是这长那长，或某某显宦的侄子外甥，拿十万来、拿二十万来，"包在我身上"。接头地点以地铁站居多，专业的，去大机关宾馆办事处租间房、注册个名字唬人的协会。骗子们吃饭切磋，找个正在坑的冤大头来结账，不许他上桌："都是大首长，怎么能见你，直接买单去吧。"

"晒太阳的老头说，那边有几个南方人围着提款机半天了，过去看，几个人拎起包就跑。追啊。南方人从包里掏出大把的钱往天上撒，咱们这儿的人反应慢，都愣着看，没有捡的，倒耽误跑了，正撒着呢就给按地上了。嚯，包里好几十万，全是真币。带回去审，好像是用个什么机器，能制卡，可以直接提款。让他说细点儿，白了我一眼说'你也听不懂'。你说，那我还能不揍他？我应不应该揍他？"

他这一行的人很少，大概是在上市前做切割和资产组合之类把戏，一个项目下来，几个人坐下来像分水果糖一样分上亿的报酬。他毕业以后就做这一行，先是对钱全无概念，然后对花钱兴趣也不大。因为是入幕之宾，没有迎来送往，还像个学生，背着双肩背包飞来飞去，看时间就掏屁股兜里的手机。

东北老居民楼有个工艺叫"保温阳台"，即在阳台外面挂一圈铸铁支撑的钢板，里面填上泡沫之类的，上面加塑钢窗，可以增多面积，很受欢迎。这一挂东西分量不轻。我和一个做这行的小伙儿聊天，问他十年前某小区七楼装这个，阳台突然齐根坠落，摔死了一个正作业的工人，有没有此事？他阴着脸说："有，死的那个是我哥。"

小伙子穿着神情都像浪荡子，其实是规规矩矩的装修木匠。举着图在现场转一圈，口撺账，就下出正够的料来，经管工地像兵营，临时做出改动，设计师也说"还是你这个好"。最不像这年纪处是知道保重，七点半到工地，放出当日图样，一气切到中午，认真地吃过饭，休息半小时，再一气钉到掌灯，收拾干净现场，用气泵吹净衣服缝里的木头碎屑，拉闸，下班，向来不晚睡晚起。

（续）在街上常被拦住："你不是那小木匠么，正找你呢，我同学家有个活儿，有时间没有？"他挠挠头，记不住这人是谁。他能记住活儿，多少年前干的，什么尺寸，用了几张板，从活儿上才一点点儿倒出这个人来："想起来了。真没工夫，年前都有活儿，我给你介绍个别人。""那能行么？""保证能行，我不和孬人搭伙。"买车以后拉工具方便多了，也更难找，因为开车时不接电话。

小木匠说，现在木工活儿简单，不如力工挣钱多。力工科目为刨沟砸墙、扒旧装修、装运垃圾，随身只带锤子凿子，夹着卷背残土的编织袋，如雷公子弟，电镐额外租借。也是最招邻居恨的，惊天动地，连绵不绝。日落时耗尽力气，满头满脸的白灰红砖沫，赤膊擦洗，个个是黑红的急健身材。等烟尘落下，就地坐下吃喝。说挣钱多，可这叫啥活啊，谁愿意让自己儿子干啊。

工人们有一次和楼下小饭店吵了起来，为了上菜慢或是故意算错账。气哼哼地上来，开始脱工作服，以为是要抄家伙，原来是换上干净齐整的衣服，又特地梳头洗脸，重新下去和那不讲理的城里人理论。

水暖电工讲技术，漏不漏、热不热、跳不跳闸。他还讲成活漂不漂亮，俭不俭省。终日一声不吭，摆弄管件的专注自得像是搞艺术创作，耳机里放着邓丽君，微信号叫"咖啡的味道"。最近喜欢说话了，因为买了车，喜欢讨论车。他买的车比别的师傅的贵一级，是白的，没事儿就打一桶水下楼去擦。"开头总得有几次磕碰，之后就不心疼了，撞过没呢？""没呢，小心点儿开呗。"

在火车上推车卖货，先到公司补个名字，然后包线路，各线的承包价相差悬殊，发达地区很贵，偏远的便宜，货物要统一向铁路拿，也能夹带些。要是自感受得了这奔波疲劳，再背好一片说词，放下不好意思，就能上车了。各色人等，各种事情，来来回回看在眼里，可没时间停下掺和。晚上倒在卧铺里理腰包里变厚的钱，算计从哪一站开始甩货，听着咣当咣当的前行声音，进入倒退的黑暗。

"上远洋货轮不用学游泳，航行途中落水，只在理论上有生还可能，更别提风浪天或夜晚了。场面吓人的是被崩断的缆绳打到，还有从梯子上掉下来的，你在电视上看见过船有多高吧，就那么直接拍到甲板上，让人一个礼拜都做不出别的梦来。剩下就是无聊了，再加上磁场引起的抑郁和烦躁。过去航海是冒险，现在航线和日程都是死的，每天有固定的活儿干，跟服刑一样。"

老出租司机的车脏得像长途站候车室，在叫私家车紧张的混乱路况里，摇下窗户，冲另一辆出租车亲热地骂了几句。"跟我同岁，也开了三十多年了。我这些年攒下来两台出租车，自己开一台，外边租一台，现在一台值八十万，还得涨，将来养老什么的全够了。他跟我一块儿买了两台，好赌钱，好玩娘们，媳妇离婚，都卖了顶账了。现在给别人卖手腕子呢，整俩钱儿还接着耍，这老小子。"这话是三年前，因为打车软件，今年出租车牌照二十万都没人买了。

到省城六百里，黑车一百二一位。站前凑够四个人，噪音比喇叭响的破捷达鸭子一样扭上高速。让开快点儿。司机说："大哥，车主这箱油算得就多十块钱儿，快一点儿就不够。"临近出口时，手机繁忙，询问何处下坡。一头栽下路基，顺着四五米的陡坡失控般摔出铁丝网扒开的大洞。有的惊恐，有的习以为常。"没事儿，天天这么走，我们就挣这个逃费。"

（续）每天玩两至四把命，平均价值二百元。有一次尾随大车直接闯杆，随即警灯大作。咬紧牙关，踩穿油门，人车合为一条喷浪飞涎的疯狗直直地乱窜，后座上女人哭声大作："弟儿啊，姐求你停下吧，要罚多少钱我给！""那一停下就完了！"他至今觉得光彩，"把警车甩没了，刚一停，那老娘们推车那个跑啊，没顾上理我，在车上就吓尿裤子哈哈。"从此成了这条黑线上公认的虎逼。

邻居家的孩子好赌，在小局子上成百论千地输，腿被打断了，在床上捏着扑克苦练，觉得没法了，只能撵出去。那时候谁家都有仨俩的，不心疼，死了算拉倒。再见面打听，以为会有个凄惨结局——没有，在澳门呢，入了籍。大赌场里做荷官，是个小头目，穿名牌西装回来，外语不错，家里转述他的收入，既不好意思又骄傲。还是爱赌。

上中学的时候，校门口有家游戏机店，卖机器之外向学生零租，两块钱一个钟头，店主是个愁眉苦脸的胖子。我很奇怪他守着五百多张世嘉游戏卡还不开心是为了什么。"我这是谋生，我不爱玩游戏。"他一字一顿地回答。他是个多么诚实严肃的胖子啊。

他的手艺是在农村公路道边上没有菜谱的小饭馆儿里练出来的，上灶时哪吒一样三头六臂，有人专门从省城赶几个小时的路来吃他的手艺，饭口时候，门前停着成串的车。终于有人出了大价钱要他去城里做"行政总厨"，没过半年就辞工回来了。"每样东西都加乱七八糟的东西，肉也不是正经肉味儿，菜也不是正经菜味儿，还要我干嘛？不能待。"

他的微信在被添加后总会立刻改为"轮胎"，然后双向锁上，没人留意他的朋友圈其实还挺文艺。除了补胎倒胎，一年呼叫两次：下雪前和解冻后。他在公路边上有间小屋，睡在几堆雪地胎中间。换四个胎连做动平衡，一个人，半个多小时。"除了宝马大吉普，胎太硬。"总报警，去了几家，说该怎么修的都有，看了一眼："坏的根本不是这只，4S 店给你安错了，怎么还能连这都看不出来？"

山顶的矿泉水贵，是从山下一步步挑上来的，用缆车运多贵啊。全副运动装备的游客歇脚，就见挑山工又从后面赶来，都侧身让过，说："真不容易，你这一趟多少钱？"挑山工见惯了这些悠闲的感慨，不停步，伸出俩指头晃晃。游客又说："这么少吗？啊呀可真不容易。"上山时挑菜挑水挑杂货，下山时挑垃圾。他们都会唱同一首歌，不是本地口音，只能听懂一句："哎……我只是个挑山的。"

【馀文】城邦最好的时代里，人被定义为政治上的参与和权利。之后维系体制就全凭强力了，人所以为人，要先在社会里有用处。人越长大，剩下的可能就越小，像玩扑克，可如今儿童所谈的理想也都是将来如何择业而已。职业被作为免除道德的遁词，城市化和分工的意义，在历史社会经济等学科里怎样高估都不过分，那么，其对个人的异化也应作如是观。

温
故

【宾白】在大河的波浪里，所见的是白茫茫，凡人都恐惧，也有跃跃欲试的。岸上的人看他们原地打转，觉得滑稽，或伤感于人力微小。凭道听途说加一腔血勇，欲改变世界的青年，和几十年后提前摘下果子的青年，大概算作一个轮回。登上时运枝头的和被轮辋碾进沟壑的，在记忆像鸟群飞过头顶时，于历史中默然碰面：

旧北大天才大家横出，学生里首推孙以悌，博闻强记，见识精辟，不只是凤毛，当时便被教师和学生们公认可充任一流文史教授。曾和同学说"应该以众生为念"，本不是年轻人该领会的孤绝境地。临毕业前，他焚烧了所著书稿，卖掉衣物，和同宿舍的人说回天津，却坐船出海，靠岸时，人们只见到行李。对他衣冠的追悼是开学后校内的一件大事。

他是个拘谨的讲故事天才，时常流着鼻血晕倒在稿纸上。他抚摸着图书馆整架整架的书籍说："那么多人写了那么多书，我真的什么都不想写了。"

杨绛讲，幼时和某下野督军为邻，那人终日在家拜佛，如嚎叫般悲怆地念诵，吃力地起身，复又跪拜，觉得该是造孽多端，垂老良心发现。时局混乱，强人更迭，有冷暖的感慨，无切身的危急，竟然良心发现了。真是良心么？抑或是恐惧。今人拜佛，连来世也不求了，行贿般地与泥胎木像商讨眼前的麻烦事。

　　天津老先生说书好插闲白，爱讲年少时见到的民国。夜里坐胶皮（人力车）回家，拉车的不是善耍嘴皮的津门车油子，是个文弱青年，回答说大学毕业，找不到事由，只好赁辆车拉晚座。说书的小先生动恻隐，多给了钱，拉车人既羞又谢。信口说道："唉，可怜极了。那个年头，大学生毕业，找不到工作，吃不上饭，一点儿都不新鲜。"稳了稳醒木，痰嗽一声，接着说书。

　　从清华改投中央航校后的第三年，卢沟桥上的枪响了。他以击落日军"空中霸王"南乡茂章成名，授空军飞行大队长。于八年中，历大小二百八十战，辗转整个东亚战场。他如飞来飞去的水手，又生得皎洁挺拔，心里装着晓风残月，箱子里有许多漂亮姑娘的照片，背面写满诗句。他年轻时没想到会得以终老，没想到是终老于台湾。军衔是"二级上将"。

　　淞沪战前，日本早有渗透，以为能轻松瓦解守军城防。亲历者讲，"八一三"的上海，军队抵抗之顽强超乎双方意料，市民的精神是因敌忾而兴奋乃至喜悦。兵败后沦陷，便恣意娱乐，新开了许多舞厅，特地加早场，黎明即起"蓬嚓嚓"。流民涌入，房价飞涨，庙会热闹，又弄了个城隍殿凑趣。敢跑单帮的都发了洋财，来日莫测，讲吃讲喝，成全一批很够气派的大酒楼里昼夜刀勺乱响。

当上海还能放下间安静书房的旧时，也还能放下她轻盈的少女生活，虽然外界正是变幻王旗的内战。几年后，她去新的首都读大学，毕业，和学力相当、称心如意的丈夫结婚。之后，就开始经历知识分子分内的折磨，八十年代，还没到退休年龄就殁于离家不远的苏州，临去时，闺中做女孩的旧日又豁然在目。

我大姨夫的爹是买办，四十年代时有一层精致的房子和一架相机，一长一幼的两个妻子，和其中的一个终日歪倒在堂屋吸大烟。大姨夫闭上眼睛就能想起鸦片在火上炙烤的气味儿，在那种味道里重返富贵诡异的童年。

农人知道将有兵乱到来，就穿上完整的衣裙，把储存备荒的粮食拿出来吃掉，辍耕待死。奋进者带上所有细软，加入流民队伍去死在路上。其后，不同朝代无数次重复描写，一直延续到晚近的中原：将起内战，村庄里便杀猪宰羊（是否杀耕牛没有提及），过年一般，人人都呆滞地去过狂欢般的生活，无争吵、无笑声、无哀哭，只有默默地吞咽。

在一九四五年八月逃亡的飞机上，溥仪一本正经地问同行的日本人："神体"安否？日本人一时迟疑，只好不尴不尬地答道：安着呢。在脚下这片列祖列宗三百年前气吞万里如虎的土地上空，"大清宣统皇帝陛下"只能做个捣蛋鬼。溥杰在他耳朵边上小声说："皇上，现在飞行高度是一千四百米。""陛下"把眼睛又闭紧了些："别说了，我头晕……"

【前腔】战争中，真理第一个阵亡，仁恕紧随其后，此二者尸首腐烂，从中滋生出坚强和乐观。凡人的"不适应"虽脆弱，但也珍贵。所谓适应，会愈演愈烈，不断把标准下移直到不知标准为何物。届时，施者漠然，受者甚至打心眼儿里爱上施者，都不再觉得有什么残酷可言、有什么旁路可走。如此说来，当下所发生的残忍都被掩盖着、被粉饰着、被辟谣着，竟是好现象。

"我姑姑爱上个胡子，就是'解放'前山上的土匪。我爷爷把她锁在家里，夜里有人敲门，我爷爷去开，伸进来支枪，把他打死在地上。那天晚上，姑姑也走了。第二年解放军剿匪，她应该和那个胡子'姑父'一起死在山里了。家里没人去看。"

老年间盖房子，尤其是南方大户，按照风水，主人要在门斗里藏贵细物件。到全家突然被驱逐出户时，黑夜折返，从门斗里摸出上辈建房时藏的金锞子。说祖宗有灵，仿佛能知道有今天。

爷爷大半辈子在扬州，少小学生意，庄上大半子弟都跟他学过徒，很信服他。日本投降回家，听了奶奶的话：不打仗了，该拿积蓄出来买地，直买下小半个庄子。四年后，活钱换成金条箍在臂上，比围在腰里戴在手腕上略安全，赶紧跑，他家才成了西北人。老来和他闲谈："国家有国家的事情，老百姓有老百姓的事情，国不顾民，民不为国。"他听了一惊，老头怎么想出这些的？

我大舅在城里确实没见到活活饿死的人，没见到是不是等于没有还不好说，但是恐惧小很多，只是"困难"而已。他弄到一桶豆腐渣想拉回家里，想回家去取爬犁，怕人偷，拿粉笔写上"不许偷！"，半小时回来真没人偷。日后他常以此怀念过去民风淳朴，我总觉得，只能吃豆腐渣是不值得怀念的。

她那时候在市糕点厂上班，市面上早已断货，但厂里也没停过产，哪儿去了呢？成筐成筐的鸡蛋、人造奶油一直都有供应，边做边往嘴里塞。有时候用大铝盆蒸鸡蛋糕。他们还把厂区周围的一个老太太当宠物养，只要她按照口令在小窗户底下做些丢人现眼的动作，就丢几块从蛋糕坯边缘切下来的薄片儿给她。

一九六六年的乡村婚礼。新娘左手拎包袱，右臂抱红宝书于胸前，走二十里山路到婆家。大队妇女主任代表婆家馈赠新人铁锹一、镢头一、毛选一，全体向宝像三鞠躬，各自祝愿发誓，礼成。

我妈那年夏天去串联，在天津瞻仰红海洋，因为点儿差池没继续南下。北京站台上有接待站，发糖包和咸鸭蛋，给安排住处，竟然说第二天伟大领袖接见。次日，她在长安街上见识到恐怖的人海，远处海啸一样的万岁声传来，她被后面的人推向街边，立即加入亲历神灵时近似痛苦的狂喜。三十年后再回故地，她指点给我：路边上的方形排水孔，那天都当茅坑用的。

我爸本该在这一年从大学毕业，忽然之间，没人知道该如何定义刚学到的知识，不知道还有没有毕业这个概念。也为回避另一些事情，他加入系里同学的队伍，各挂一根红缨枪步行去延安，走了个把月，走成了《西行漫记》里的样子，为了图省事，枪头改成了匕首插在腰间。气血充足的青年，加上怪和乱神均踩在脚下，除了一个吃坏了肚子死掉的，其他人都安然返回。

她六九年从北京下乡去南方，是个在古书里常见到的地方。第二年夏天过了还没回来探亲，家里隐约听说她死在了那里，派他的哥哥去找她或她的死讯。在山里，她的哥哥听说"你妹妹从河里救了一个孩子上来，我们第二天在河下游找到了她"。她的另一个哥哥写了首诗刻在墓碑上："花园毁灭以前／我们有过太多时间／争辩飞鸟的含义。"

山东知青去的是青海的格尔木和马海。梦幻散得很快。最单薄的小姑娘先病倒了，越来越沉重，"死"字压在孩子们的心上。她神志不清时，唯一想吃的是萝卜，越想越清楚，萝卜的气味儿，萝卜的甜和辣。一边哭一边说："我想吃个萝卜。"一天，她的战友举了个青头白皮的大萝卜来，那么大的一个，她接过来，是纸糊的。

她们半年前就得到通知，亲王和公主要来这座城市访问。家庭成分好、长得最漂亮的女生开始训练欢迎舞蹈，成分好、次漂亮的女生也练，盼望着在第一拨中有人当场晕倒好上去替补。每人发了布票，做花裙子。还说，亲王走进孩子们中间时，亲到哪个女孩子，不要害羞，光荣的。那天，她等着，亲王和公主的车来了，公主戴着黑眼镜，在如雷欢呼中一闪而过。

当过"造反派"算不算光荣呢，反正他不觉得丢脸，荣耀的体验远比孤独的道德感直接而受用。然而，喜欢讲的几件事里也有这么一条："反正我要开会，不像他们用细铁丝挂牌子，牌子下面不许坠砖头，没勒坏过人，没出过人命。"这能不能算美德呢？他觉得太能算了。

一九六三年，毕业生在给她的留言里写道："我尊敬你，敬佩你。你有一颗赤子之心。王国维说，阅世越浅则性情愈真，你却始终保持真性情，你是群众的学生，也是群众的先生。"十年后的毕业生在留言本上直接叫她的名字，满纸叹号白字："你要抓紧对自己的改造！这半年天天训你，现在又训你，想来对你有好处，必须粗暴地向你冲锋！"

林巧稚说她是虔诚的基督徒，入党恐怕不便，这该和终身未婚育一样，对她救治妇儿至少是没有影响。鼓浪屿有最早的教堂，一个斜坡上围成一个小公园，里面有她的雕像。很多旅游团被带到这里，导游把她的事情简单复述一遍，然后旅游团里一些身手矫捷的游客，开始试图爬到雕像上，勾着她的脖子照相。

【前腔】说起从前的酸楚，多是涂炭中的生离、老病关口的死别，或贫苦、运动、战乱里的苦厄。还有一种，是极热切地奔走，得来事事相反，无端害了人。他们因为相信天堂而死于地狱，按悲剧理解又不够贴切。不必历史评价，只需把他领回到青年的自己面前，会觉得可憎而陌生，欲语还休，只有歌者继续唱道："如果你要为我哭泣，花样的年华，倒不如祭我一杯苦酒。"

"一九七九年记得吗？"在上海，一个警察这样问我。他说：当时东北边境形势紧张，居民开始备战。那年他四岁，跟当兵的父母在珲春住，因为要打仗了，父亲让司机把他送到一个亲戚家里，结果司机喝多了记错了路，把他送到了朝鲜一户人家，过了半年才被找回来，领回来的时候已经完全不会讲汉语，满嘴擦哈密达。（抄录自 @ 第二编辑部）

一九七九年，大学里的政策是中国学生去留学生楼陪住，方便留学生了解中国。他现在回忆，学校胆子很大，不害怕他们接受不了这种事情：他的华裔同屋床底下的易拉罐一块钱一罐，比他一天的伙食费贵。那个小伙子说得最流利的一句中文是"对不起"。他接受了这种事情，他感谢学校让他很早就接受了。

我刚会走路的时候，我爸领我去一里外的食杂店，买一袋人造肉回来。是种豆制品，需要在水里泡（有点儿像多年后见到的腐竹），炒一盘，和山东老家寄来的花生米，和用炸过花生的油摊的黄菜一起招待他的大学同学。他们很严肃地吃人造肉、交换政治传闻和预测，小心地每样剩下一半，陆续掩门而去。我尝了尝人造肉，是对肉的向往和对肉的回忆。

那时，林区里有一种没长开似的小蘑菇，晒干之后富蕴异香，不像日后的猪拱菌浪得虚名，是口蘑鸡㙡以外的逸品。大干部去视察，早起在集上乱转，认得这蘑菇，一问，二十元一斤，顶天的价格，沉吟片刻，掏钱买了二斤，很宝贝地包起来抱了回去。林场负责接待的干部知道，但装不知道。这种事儿放在现在说，好像成了一种感慨，其实只是好奇那蘑菇是什么味道。

一九八一年，有个瞎子在大别山山窝里称帝，自创道德金门教，按照评书里的体制，大封附近山民，计正宫、西宫娘娘及宰相、大将军二十一人，阉了条狗当太监。铸仙印四十一枚，其中错别字十余个。十年后，该"道国"被两个路过的乡文书发现，派出所午饭以前出动了几个警力，于是"灭国"，"满朝文武"因为坐了一次汽车感到挺开心。没有人被追究刑事责任。

当时有个风流的小木匠，像只蝴蝶一样穿梭于镇上的姑娘媳妇寡妇之间，他的事儿不好定性，最难听的话叫"奸出妇人口"。一直待在看守所里，老话叫"浮押"着，主要是修门窗桌椅，所长也不愿意放他走，因为他生得一双巧手，炖狗肉还好吃。连他自己都忘了案子其实还没结。"决定"是秋天传达过来的，头一批枪毙的里头有他，都有点儿意外和惋惜。

从我们大院里最先被抓走的几个人里，有个女人外号叫"大魔怔"，有一点儿痴呆，见到男人就嘻嘻傻笑着把自己松垮垮的裤子解开。她被认为是无所争议的女流氓，现在稍有见识的人就知道那是种典型的精神疾病。

我幼年对游街公审无限神往，但每次消息传来，我姥姥都把我按在床上逼着我午睡，禁止我跟在其他孩子后面去观看这狂欢。我只能想象一排背上长出木牌子的人站在绿色解放卡车上，子弹像蝲蝲蛄一样铺天盖地地飞过他们的胸膛和头颅，我梦想能捡到一把追忆着耀眼死亡的弹壳。

"剃头有用，你当清兵入关逼汉人剃头是闲着犯轴？八几年，小崽子学嬉皮士和香港人，长头发大喇叭裤，弄进去，先推个秃子，没了个性，再提审就软一大半，好用着呢。那时候学校也用这招。留发不留头，我猜是汉人给满族人出的主意，他们自己不见得懂这奥妙：要你自己跳出来，把立场摆在明面上，再残酷斗争，头发已经没了，脸也就不好意思要了。"

＃罚＃ "告诉你啊：要生下来，就得交罚款一万"，那是多少年的工资，她认了；"工资扣三级，以后也不给涨"，她也认了；主任又来了，"国家抓得这么紧，孩子生下来，派出所不给上户口，一辈子是盲流"。她哭了一夜，同意去做掉，计生办派两人看着她被推进去，等她出来，那两人已经走了，自己扶墙回家。孩子要是活着现在快三十了，总念叨：其实交了罚款就能上户口，叫他们骗了。

（续）那时候机关单位管得更严。她说："其实呢，当时我非要生，也就生了，已经六七个月了，但是觉得应该响应国家号召。"补充了一句："国家干部，谁敢不响应！"就去做引产。是个男孩，血糊糊地躺在蓝边儿白底搪瓷托盘里——她为什么要看？但是看了，看了也不觉得有什么，整个国家都刚刚度过最严寒的岁月，正在侥幸地喘息。

（再）我大姐家女儿小名叫黑嫚儿，因为是超生的，款罚了两千，当年是让人胆寒的巨款，最严厉的打击是大姐夫没了吃公粮的身份，但也没后悔过，不知全国有多少以黑为名的孩子，自小被人取笑。此所谓不为国分忧。扒房牵牛的旧经验，再过几年，就要被当做传谣了。有家房子坚固得气人，生到第五个时，是可忍孰不可忍，多方协调，批来炸药，终于落实了"房倒屋塌"。

【前腔】多年以后，一份报纸上的一条普通报道写道："儿女双全一直是安徽合肥居民×××最大的心愿。去年，三十九岁的她终于等来国家的二孩政策，尽管取掉了节育环，但一年多了还是怀不上。"

气功在全国很流行过一阵，知名气功师里，稳健的表演隔空取物，激进的自称大兴安岭的大火是他踏着五彩祥云灭掉的。有大科学家铺保，还有大作家写传记传诵，我愿意相信他们是受骗而不是同伙。每到星期六晚上，大小礼堂里都有带功报告，上千人连哭带笑，一人顶一口铝锅。那时候的人单纯，不奢望成仙，更舍不得羽化，只是图个解闷而已。

·可能是下海和炒股兴盛以后，气功就退潮了。其后十余年后又有传销之事。本市有块飞地，是个自办社会的国营厂区，民风淳朴。我去那里走亲戚，大街上正放着流行过了的歌曲，职工和家属都练市里人已经不玩了的气功，八块钱一盘买空白磁带翻录带功报告，翻录的也同样带功。亲戚家的小女儿寒假期间开了天眼，开学后，班上还有几个同学也都陆续开了天眼。

八十年代末，什么都开始带一点，时代重新伸向许多可能。有了股票和外贸，有了夜总会舞厅，过去的文化人下海办公司，踟蹰往复于许多可能之间。赚钱后去娱乐，老板许以随意和尽兴。也搂着年轻女子在灯球下打转，这有何难？酒酣耳热，调笑仍然斯文："这首曲子很好听，叫什么？"女子一愣："可不咋的，见天儿听，都不知道叫啥名儿呢。"遂顿感无味。

一九八八年，经济好像陷入某种艰难，而上海因为毛蚶陷入了甲肝恐慌。据说是运送水产的拖船也运送粪便所致——这是公共卫生话题了。我当时刚能勉强看懂本地小报，记者写道：在上海的一家饭馆里，一个刚刚被传染上的患者叫了两个菜，吃完之后，又恶狠狠地舔了一遍面前的餐具。这是我对世界的最初印象，其后也没有什么改变……

　　【馀文】"我们经过的日子都在你震怒之下"，"求你指教我们怎样数算自己的日子"。度尽的年月褪掉污垢和光泽，不再有荣辱，只剩下广泛的孤寂和无始无终的畏惧。他们将神灵的审判视作绝对的仁慈，我们矜夸着各自的劳苦烦愁。在时间这条笔直的迷宫里，各自思索着不可说的问题。虽变化多端，但也是只是关乎自己的去向。在磨难与荣耀之间，或许有，或许并没有那条道路。

再
会

东南某市街头，正午时，见一小饭馆落下的卷帘门上贴着墨笔字条——"光荣结业，有缘再见"，里外洒扫得干干净净，像明天还要开门似的。或许只是这里的生意套话，但看惯了丧气、愤懑的倒闭景象和生冷的"本店出兑"字样，觉得有点儿感动，将其理解为不迁怒，乃至市井里的林泉风度。就到这里吧，光荣虽不指望，也要说再见了。

篇后

最后一杯纪念自己

雷蒙德·卡佛的短故事《露台》这样开头：

那天早上她在我肚子上倒了铁骑士（威士忌），然后舔掉。那天下午，她想从窗户跳出去。我说："荷莉，不能再如此下去了，这种情况一定要结束。"

像胃部被人揍了一拳，只觉得既痛快又忧虑。这写法正如他所声称，"用普通但准确的语言写普通事物，赋予它们广阔而惊人的力量，是可以做到的"。那是仅能眺望的天才领地，朝它而去，会坠入寒冷而幽暗的水底，何况，尽人皆知，卡佛的一生有多艰难。

我与众人一道，竭力回避外在的寒冷和内在的幽暗。失落者直到退无可退的最后惨败，仍紧闭双眼不敢看它；奋进的人，惊惧于迫近的声息，尽最后的力气逃脱；社会对等级如此着迷，炫耀权力、金钱、智力、容貌甚至某个器官的举动，慌张到近似可怜。我们也一并在逃避那广阔而惊人的力量，那力量即存在于被命运撞击，经常在悄无声息、平淡无奇的场景里降临，有时像傍晚一点点黑下来的天色，有时像坏小孩儿扔到眼前突然炸碎的爆竹，此时此地，人才能返回真实：广泛的个性，卑污的、干净的，重浊的、轻盈的，全部袒露于巨大的公平之下。

我被问过"写这些干什么用？"——多希望是指当今无名作者的可笑收入而非针对我。只能回答：终归撑不过去，不如坐下，把目睹和亲历的低下说出来，把孤独说出来，把无能为力说出来，把柔软和温暖也说出来吧，仓促狼狈之际，也获得一线彼此明白的机会。然而，似乎也没有足够的意义：我喜欢但不指望"顿悟""觉醒"这类词，那好像是说轻易可以去往一个新境地。在抵达救赎（我们对这概念无知）前，心灵要攀爬的每一步，都必不可少。

我认得个人，将醉倒前开始自斟自饮，说"这最后一杯，我要纪念自己"。我第一次听这句话像明白了什么，但转瞬就忘了。直到对健忘忍无可忍，才新建文档，即使仍不清楚意义何在。中文的旧写作，临揿管操觚，先掐诀念咒，从往圣先贤挦过来，替自己许下重大使命；新的习惯是标榜游戏笔墨的轻浮，生怕被当做正经人，显得不够潇洒。我没有可展示的东西，也贡献不出什么，可你一直看到这一行，或许也有缘故。

被问及的另一个问题是："你写的都是真的吗？"我没有反问过："那你的希望是什么呢？"是啊，其实我想知道，你希望的是什么呢？

就快整理完旧文档时，妻子找我谈话，逼我删除了许多条，她察觉出我掖藏的心思："万一被本人看到怎么办？你怎么这么残忍，拿别人的痛苦随便玩儿，还玩了这么长时间？"早该承认，整件事情都是过错。谁能饶恕我，应许我安宁？

二〇一六年十一月二十五日

图书在版编目（CIP）数据

潦草 / 贾行家著 . —上海：上海三联书店 , 2018.8
ISBN 978-7-5426-6262-0

Ⅰ . ①潦… Ⅱ . ①贾… Ⅲ . ①散文集—中国—当代Ⅳ . ① I267

中国版本图书馆 CIP 数据核字 (2018) 第 091000 号

潦草

贾行家 著

责任编辑 / 殷亚平
特邀编辑 / 王家胜
装帧设计 / 苗　倩
内文制作 / 陈基胜

出版发行 / 上海三联书店
　　　　（201199）中国上海市都市路4855号2座10楼
邮购电话 / 021-22895557
印　　刷 / 山东鸿君杰文化发展有限公司
版　　次 / 2018 年 8 月第 1 版
印　　次 / 2018 年 8 月第 1 次印刷
开　　本 / 880mm×1230mm　1/32
字　　数 / 185千字
印　　张 / 11
书　　号 / ISBN 978-7-5426-6262-0/l.1387
定　　价 / 49.00元

如发现印装质量问题，影响阅读，请与印刷厂联系调换。